浙里美

——桐乡百村行

费国平 著

天津出版传媒集团
百花文艺出版社

图书在版编目（CIP）数据

浙里美：桐乡百村行 / 费国平著 . -- 天津：百花文艺出版社，2024. 9. -- ISBN 978-7-5306-8903-5

Ⅰ . I267

中国国家版本馆 CIP 数据核字第 2024QH4629 号

浙里美：桐乡百村行

ZHE LI MEI：TONGXIANG BAICUN XING

费国平　著

出 版 人： 薛印胜
选题策划： 郑　爽
责任编辑： 沙　爽
策划编辑： 吴秀娟
装帧设计： 悟阅文化
出版发行： 百花文艺出版社
地址： 天津市和平区西康路 35 号　**邮编：** 300051
电话传真： +86-22-23332651（发行部）
+86-22-23332656（总编室）
+86-22-23332478（邮购部）
网址： http://www.baihuawenyi.com
印刷： 成都市兴雅致印务有限责任公司
开本： 880 毫米 ×1230 毫米　1/32
字数： 288 千字
印张： 12
版次： 2025 年 1 月第 1 版
印次： 2025 年 1 月第 1 次印刷
定价： 78.00 元

如有印装质量问题，请与成都市兴雅致印务有限责任公司联系调换
地址：成都市金牛区沙河源街道陆家桥社区
电话：028-83181689
邮编：610000

序

大地流彩，跟着国平走读乡村

文 / 王立

古有梧桐，凤凰来栖。京杭大运河逶迤千里，穿境而过，一座座吴越古镇交相争辉，一个个美丽乡村星罗棋布。

地处浙北平原的桐乡大地，林茂草丰，物产丰饶，历来享有“鱼米之乡，丝绸之府，百花地面，文化之邦”的美誉，在“乡村振兴”的时代背景下，勤劳智慧的桐乡人民把自己的家乡建设得越来越美，越来越好。

费国平是一位中学老师，当他以研学的名义走向乡村时，起初的田野调查或许是偶尔为之，然而，他在日益深入之后，走读乡村便成了一种自觉行为。对于一个文学作者而言，广阔的乡村大地无疑是写作的一座富矿。

一百多年前，鲁迅回到绍兴老家，交割变卖的老屋，后来他在短篇小说《故乡》中这样写道：“苍黄的天底下，远近横着几个萧索的荒村，没有一些活气。”这种“悲凉”的色调，源于他对当时乡村现实的观察与体验。那么，一百年后的乡村呢？国平在《颜井桥村：罗家角的泥土》中如是描述：“村里的房子特别有味道，那种白墙青瓦的楼房在蓝天白云的映衬下显得格外干净利落。家家户户由小隔弄分开，院子前是矮篱笆，篱笆上缠着丝瓜藤，藤上的黄花正怒放。碧绿的长丝瓜悬着，篱笆下的鸡鸭在草丛中觅食。”这般乡村景象，便是国平笔下桐乡百村的一种写照、一种基调，展现在我们眼前的是当代桐乡的乡村新面貌。

新面貌，是旧景象中的变迁。都说乡村是一种自然生活状态，田野阡陌，炊烟袅袅，鸡犬相闻。然而，时代的车轮滚滚向前，乡村的变化亦天翻地覆。经过科学规划、合理布局，乡村面貌不断迭变升级。而自治、法治、德治相融合的乡村治理体系，进一步推动了乡村发展。

正是日新月异的乡村，吸引国平走进了一个又一个村庄，挖掘历史的传统文化，打量当下的村容村貌，畅想未来的大地流彩。

国平说，走进乡村，才能发现乡村“沧海桑田”的巨变。

现在，我们就跟着国平去走读乡村。在罗家角，感受远古先民的狩猎耕作；在新地里，领略璀璨闪耀的良渚文化；去田野菊海，呼吸乡村原野的芬芳；去桃园村，品尝香如醴甘逾蜜的槜李；来到“三治融合”发源地的越丰村，阅读乡村治理的新篇章；来到毛衫集散地的永越村，解码时尚濮院演绎的新传奇……每一个乡村，都有自己的特色；每一个乡村，都有自己的优势。

国平每到一个村庄，都要把他认为最美的地方推介给大家，如人文之美、产业之美、环境之美、民居之美、人情之美，即使是一棵古树、一丛花儿、一爿老桥、一座凉亭、一条小道、一泓河水，他都以审美的眼光，撷取最具特色的景致，遣使锦绣的文字，把斑斓多彩的乡村大地编织到纸上来。

跟着国平走读乡村，去发现乡村之美，领略乡村之美。如《正福村：荷花，美在水中央》：“远看池中的荷叶像一个个大圆盘，荷花从大圆盘之间冒出来，有的才展开两三片花瓣儿，有的花瓣儿全展开了，露出了嫩黄色的小莲蓬。荷花貌若天仙，白的似玉，红的如火……荷叶挨挨挤挤的，像一片绿色的海洋。微风吹过，荷香沁人心脾，我陶醉在梦幻般的景色中。一阵蛙鸣将我惊醒，我想，小青蛙们肯定在笑我多情。”又如《陆家庄村：稻香四溢》：“田间的稻禾已经呈金黄色，连田埂上的野草也被同化成一种颜色。只见千百条水渠像彩带似的把无边无际的田野划成棋盘似的整齐方块。那沉甸甸的稻谷像一垄垄金黄色的珍珠。地头还有吐絮的棉花，像一颗颗雪白的珍珠，等待人们的采摘。一根根横跨蓝天的高压线，伸向远方，连接着一座座电灌站，像琴弦般日夜弹奏着丰收的乐章。”

宜居宜业，共富共美，是“乡村振兴”的核心所在。“美”，正是这部书的主旨。乡村美，文也美，故以《浙里美——桐乡百村行》为书名，甚为贴切。

国平以桐乡百村为创作题材，书写新时代的“山乡巨变”，这是十分有益的尝试。他辛勤采撷的这部乡土文化读本，既有现实的映照，又有乡村的记忆；既有风物的写真，又有文学的描绘。关注“三农”的人士，情系桑梓的游子，生活在这方热土上的新老居民、广大学生，若要了解今日桐乡之乡村，这部书便是一条便捷的路径，而国平则是一位称职的向导。

乡村振兴，大地流彩。我想，当代桐乡的乡村，是浙江乡村的样板，也是中国乡村的代表。

目录 / CONTENTS

高桥街道：林下高桥桥上亭

“高桥”之名的由来，相传与一座桥有关：在中沙渚塘东端有一座高桥，“沙渚高桥高，仰头帽子掉”，说的就是高桥之高。周围地区以此桥为中心形成农村集镇，此地也就以高桥命名。

其四周环绕着美丽的乡村，一条条洁净的马路在柳树和梧桐树的掩映下显得幽静而又绵长。农民公园也有球场、游乐园、绿道、长廊、草坪、古树……一点儿也不亚于城市公园，甚至比城市公园更有特色，因为有田野风情，更有文化长廊。一幅幅简笔农民画、一个个故事传说都在演绎着村庄的过去、现在和未来。

自东往西一路走过去，村舍如同迷宫一样让人着迷。我们也不赶时间，就在这午后享受着慢生活。户与户、家与家之间只留一条窄窄的里弄，透过镂空的窗格能看见对面邻居家的鸡鸭在桃树下啄食嬉闹。最可爱的是院内的枇杷树伸出了手臂招呼着路人，怕路人不注意他们，干脆拿出了自己泛了黄的果子笑盈盈地诉说丰收的喜悦。

高桥就是画家手中的调色盘，勤劳的高桥人在93.31平方公里的平面之上构建起视觉空间，呈现出多层次的唯美画卷。

骑力村：稻草里的“美”

高桥街道骑力村地处桐乡南端，传统的农业生产还在这个地方延续，到骑力村真的可以让城里人看到稻作文化的真谛，哪怕是一根稻草也能吸引你的眼球。

从桐乡出发，按照导航的指令，沿着乌镇大道半个小时行程就到骑力村了。但停车真是很不容易，因为车多、人多。我们只得将车停在了远离村委会的小道上。穿过农民新村的绿道，我们向着骑力村的文化大广场走去。农民新区的绿道上真是诗情画意：抬头，黄澄澄的柚子挂在树梢，犹如灯笼指引着我们走向村里的文化广场；低头，那一片片梧桐树叶如同一群群黄蝴蝶忽上忽下地随风翩翩起舞，似乎在欢迎我们的到来。漫步在乡间绿道上，踩着落叶，脚下发出沙沙沙的声音，让人忽而想起“人烟寒橘柚，秋色老梧桐”的意境来。

穿过绿道，就到达了村里的文化广场。这里已经是彩旗招展、人头攒动了，泥地上都铺上了绿地毯。广场的中央搭起了大舞台，地道的农民演员已经穿着流光溢彩的演出服在台下做着准备，大喇叭里播放着《今天是个好日子》。早到的村民们像逛集市一样，在广场四周的摊位上精挑细选着自己喜欢的农副产品。

广场南面的土丘是最吸引我们目光的地方。这是高桥街道所有村稻草艺术品的展区。村民将最普通的稻草扎成各式各样的艺术品，有传统的鸡、鸭、猪、羊等动物形象，也有高铁、建筑、风景、家园的形象，还有倡导学习、拼搏、勤俭、奋发向上的形象……这些栩栩如生的稻草艺术品不仅仅包含一种稻草技艺的结晶，更体现出农人对幸福生活的向往。

“你们从来没有见过这样的东西吧？”我们正在稻草艺术品前拍照留影时，一位当地的老人满脸微笑地朝着我们说。

“是的，是的。”

“您老人家也会扎吗？”

“那中间的两只鹅就是我扎的。”老人笑着指了指土丘中间那对稻草鹅形象，我们齐刷刷地看过去：那两只鹅，伸长脖子嘴对嘴，中间一个大大的爱心造型既别致又暖心。

“老人家，您手真巧！”我们竖起大拇指给他点赞。

“我们在农闲的时候，也喜欢扎个鸭、扎个鹅的，自娱自乐一下。”老人笑得更开心了。我想，扎稻草不仅能给他们的生活增添色彩，也是农家借助稻草的一种情感表达方式吧。

从文化广场向南走过十几米青砖铺就的古道，穿过一个黛瓦做顶的圆形拱门，再走过一处墙角，一个20世纪建造的文化大礼堂呈现在我们面前。三层楼高的门头高高矗立，门头最上方是一颗硕大的红五角星，红星的两边分别是三面迎风飘扬的红旗。

虽然门头上的装饰色彩有些斑驳，但其立体感还是冲击着我们的视觉。

踏过门前三级台阶就可以步入大厅，大厅两边的门窗洁净亮堂。原本这里是当地村民举行重要会议和观看电影的地方。遥想当年，在农闲时，村民们拖家带口来礼堂观看那些盼望已久的电影，一双双好奇的眼睛在这里打开了世界之窗。

在大礼堂里，或在墙壁墙角都有几件稻草艺术品。这里的人真是心灵手巧。他们坚守着“生活”最本真的样子，演绎着“挂在墙上的故事”。不管生活如何变化，这背后是村人对稻草扎技几十年如一日的坚守。

“要扎稻草艺术品，能沉得下心，耐得住寂寞，这是作为扎稻草技艺的首要条件。”在老人的眼里，扎出来的稻草工艺品的好坏与创作者的生活习惯、审美情趣甚至个性心理都有关系。只有在平和、悠然、淡泊的心境下，稻草艺术品的品质才有保障，传统技艺才能坚守。稻草虽短，情义却长，与其说高桥人守护的是扎稻草的技术，不如说他们守护的是对生活的理解。所以，今天文化广场上的稻草艺术品格外逼真、有趣。

趁着丰收节的庆典活动还未开场，我们又向西边的稻田里走去。过了小桥，那一望无际的稻田呈现在我们眼前。金黄色的稻田里配上彩旗显得格外耀眼，一垄垄的禾稻伫立在田里，各个垄头被编上了号码，等待着各村派出的代表来进行割稻比赛。

大喇叭里传来的主持人的声音响彻田野，我们循声而去。简短的开幕式后是村民们狂欢的时刻：一首首唱出农民幸福生活的歌曲、一段段舞出农民愉快心情的舞蹈、一个个道出农民感谢党和政府的故事，在舞台上依次亮相。

台下村民的欢笑声随着秋收的空气一直传到村外，飘到空中。

三村村：花丛里的“笑”

每年五月都是鲜花盛开的时节，各种花卉五颜六色竞相开放，争奇斗艳。最近听朋友介绍高桥街道三村村的云垚花卉基地里绣球花正在惊艳地开放着，我又是个喜欢花的人，于是就迫不及待地邀约朋友们一起去看绣球花。

停好车，一进入花卉基地，啊，这儿、那儿，这里、那里……顷刻间，我们已经淹没在云垚花海里。场外的田野里种植了5000多株绣球花，那五彩缤纷的绣球花就如地毯一样铺向远方，彩色布满眼眶，展眼望去，感觉要晕眩了；那沁人心脾的花香弥漫在空中，深吸一口，感觉要沉醉了。侧身、微笑、耍酷……在这个网红打卡点上留下生活美好的瞬间，我想人们一直梦寐以求的诗和远方就是这般模样吧。

在花卉基地外拍了美照后，迈步进入40亩之大的花卉基地的核心地带——绣球花会。进门就是一个大花坛，一幅百花争艳图活脱脱地呈现在眼前。这里是整个花卉基地最令人惊艳的地方，由200多种绣球花汇聚在一起，组成了一个绣球花艺术品展示台。赤、橙、黄、绿、青、蓝、紫，阳光中的七种色彩都可以在这里找到，各种花色都尽情展示自己的光亮，让原本较为灰暗的大棚显得格外亮堂。花坛前放着一组家具，前来参观的游客纷纷坐下来，像是在家里团团圆圆地围坐在一起，享受着团聚的欢乐，按下手机快门，留下这难得的一幕。

集中观赏后就是分散拜访，寻找躲藏在一个个温室大棚里的各色各样的绣球花。一盆盆花密集地摆放着，有的已经开放，有的含苞待放，有的还在孕育花朵……它们有序地等待开放的美好时刻。

我进入其中一个大棚，步入花丛中间，与它们来个亲密接触。蹲下，细看这些娇艳的花儿，它们的叶对生，卵形至卵状椭圆形，被有星状毛。花于枝顶集成聚伞花序，边缘具白色中性花。花初开带绿色，后转为白色，具清香。看着一大棚的白色绣球花，“绣球春晚欲生寒，满树玲珑雪未干”的感觉款款而来。怪不得李渔在《闲情偶寄》中这样写道：“天工之巧，至开绣球一花而止矣。”绣球花形态像古时的小姐招亲用的绣球，故名绣球花，绣球花也象征着忠贞的爱情。

绣球花不仅花团锦簇集中式种植好看，就是单独一株散种也是好看的。其伞形花序如雪球累累，簇拥在椭圆形的绿叶中，放在庭院的任何一个角落都是美美的。因为有了云垚花卉基地的育

种，加之绣球花的花语隐喻着希望、美满和团圆，三村村的村民在房前屋后也摆种了不少绣球花，这些花不仅装扮着村民的家园，更表达了村民们对美好生活的追求。

转出云垚花卉基地，看时间尚早，我们就向北去三村村走走看看。

一条洁净的马路在柳树和梧桐树的环抱下显得幽静而又绵长。将车停在三村村村委的停车场，漫步进入农民公园。球场、游乐园、绿道、长廊、草坪、古树……一点儿也不亚于城市公园，甚至比城市公园更有特色。因为有田野风情，更有文化长廊。一幅幅简笔农民画、一个个故事传说都在演绎着村庄的过去、现在和未来。

是公园就少不了水池，这里的水池小而精巧。池如泉眼，清澈见底，池边是一丛丛芦苇在风中摇曳，一低一高的起伏间，池里的荷叶就会展露出那翠绿的大盖帽。小水珠是最惬意的了，躺在荷叶上滚来滚去地撒娇。西斜的阳光在水珠身上折射出多彩的光线，照射在三村村农民公园入口的门头上，使得青砖黛瓦生出一种特有的亮光。“雅苑雅曲融春意，秀水泛舟动客心”，一副对联说不尽公园的闲情逸致。站在小池的对面，看那绿草坪上习近平总书记的金句“幸福是奋斗出来的”，面对满池的荷叶细想，我们的人生不就是如此吗？“人生在世，不勤何获？”

公园的小道连接着村庄的小路，路边的野花指引着我们进入那个小村庄——秀水浜。浜底头是个小机埠，机埠下是石块搭建的跳水桥，机埠对岸是绿道小亭。我们沿着小河进入村庄深处。路边的一排排竹林挨着农舍而立，在夏风吹拂下，竹叶发出沙沙沙的声响，在宁静的小村中奏响欢乐的小曲。

灰白色的农家小院前的一棵棵枇杷树上结满了黄灿灿的枇杷，真是诱人无比。也许是我们的欢笑和赞叹声打扰到了农家大婶，她探出头来打量我们这群不速之客。当我们说明来意之后，大婶客气地邀请我们采枇杷吃，还一再交代，房前的枇杷比房侧的枇杷要好吃。

枇杷现摘的确好吃，味道清香甘甜。我们道谢后向前走去。在村中心有块小空地，这里是村中的交通要道，村东村西由小桥连接，村南村北由小路分割。坐在香樟树下的秋千上，随着秋千的上下摆动，那极富农家气息的生活画卷在此延展：眼前是排排晾晒的蚕匾，身后的一片密林中虫鸣起伏；右边农舍在升起袅袅炊烟，左边有贯通南北的小河缓缓流过。闭上眼，我仿佛只身处在小时候的家乡，那幽静的小村庄是多么亲切。

“哗哗……”一阵雨声打断了我的回忆。侧身往河里看，隐藏在那河道中央的水管中水柱突然喷涌而出，水珠均匀地散开，犹如一朵朵盛开的荷花，河道中几根水柱同时喷射，场面颇为壮观。水珠也会随风飘落到我们的身上，凉凉的很是舒服。小河两岸都是新建的别墅小院，小院里处处是美景。红的、粉的、白的盆栽花卉竞相开放；橙黄的枇杷、青红的桃儿、翠绿的梨子，家栽果树有序地等待成熟。院连着院、树缠着树、花挽着花……到处都是美好的景象。

新别墅的旁边还保留着古老的农舍，穿梭在古旧老屋的夹弄里，那二十四孝的故事图在蚕匾里栩栩如生地展现出来。“耕读传家，孝亲为本。”秀水浜的人们谨记祖训，将良好的家风家训传承下去。

夕阳西下，我们依依不舍地告别秀水浜。回望满是绣球花的三村村，忽然想起一句话：“用力将绣球花往天空抛去，画成一道抛物线的圆弧落在前方，落地花开，满地的花瓣铺成了农家的幸福生活。”

龙南村：桂花开，香满村

桂花开满房前屋后，热情的音乐在田园里流淌，村里的男男女女、老老少少都往村文化大礼堂的露天舞台赶……9 月 20 日，高桥街道以“农民丰收节”为主题的中秋赏月大会在龙南村举办，举办的具体时间是晚上。当天下午，村文化礼堂的彩排已经如火如荼地开始了。

我们也赶热闹来到了龙南村。“桂花花开，清香袭人，被视为吉祥如意、祥符瑞气的象征，中秋节采摘桂花、腌制桂花的习俗，至今仍在南方流传。”龙南村位于桐乡市高桥街道西南端，东靠落晚村，南邻湘庄村，北与亭桥村隔河相望，西与崇福镇湾里村交界，崇高公路由东至西贯穿全村。村中以种植水稻、桑树为主，是桐乡市的原蚕基地，全市 80% 的蚕种由本村生产，是真正意义上的蚕桑基地。龙南村分布着 800 多户村屋，鸡犬相闻、炊烟袅袅，迄今依然保持着自然淳朴的乡村风貌。

村民的房前屋后大都种植着桑树，当然除了使村人得以发家致富的桑树外，也有美化环境的桂花树。桂花树不仅寓意生活美好，也表现了村人对庭院美学的独特眼光。

本次中秋赏月庆丰收的大会由丰收典礼、乡村艺术、村民市集等板块构成。丰收典礼集合了高桥街道各个村选派的艺术作品，热情讴歌新时代，“助力乡村振兴”。乡村艺术以鲍月景书画为艺术载体，在稻田中设置云朵空飘、萌趣稻草人等艺术装置，还有大型仕女画艺术展示。村民市集包含农副产品展示、名优特色产品推介等互动体验的活动。

我们绕过文化大礼堂的舞台，走进龙南村的鲍月景艺术馆。现代著名人物仕女画画家鲍月景（1890—1980）是桐乡市高桥镇星石桥人。早在20世纪30年代，鲍月景就在江浙沪一带有较大影响，其代表作有《唐宫百艳图》《百子图》《红楼大观图》等。潘天寿称其“六法皆备”，丰子恺誉其画技为“神来之笔”。鲍月景还受邀长期为杭州都锦生丝织厂设计台毯等三十余件，传播七十余国，并著有《冰壶草堂诗文集》等。20世纪50年代列席浙江省政协会议。中国美协浙江分会首届理事，还在周建人任省长之聘为浙江省文史馆馆员。真是想不到，这样一位艺术大家竟生活在乡村，真所谓“高手在民间”。

我们怀着崇敬的心情跨进了艺术馆大门，身后排练的大喇叭的声音随之消散了，一个“回”字形的四合院显得特别安静。从北厅到西厅，再上二楼，都是鲍月景先生和他弟子创作的仕女画像。（中国的仕女画作为人物画中独立的一个画科，是专指以封建社会中上层士大夫和妇女生活为题材的中国画。）画的虽是古代仕女像，但现代元素也表现得很突出。这说明鲍月景先生和他的继承者们的画法也是不断创新和紧跟时代发展的。

自古都是一个道理：成就大业者都酷爱学习，鲍月景先生亦是如此。鲍月景从小酷爱绘画，9岁入书塾，由于聪明勤学，为蒙师所称许。14岁时，曾随父亲学习小木。但鲍月景对绘画非常感兴趣，经常为当地乡邻们画一些鞋样、裙样、老虎帽样、六神牌等。只要农民需求的，他什么都画，什么都写。这为他的艺术创作打下了扎实的功底，20岁便走上以绘画为业的道路。起先苦于无师提携，他经常徒步十多里路，往返于崇福镇褚氏裱画店和家之间，细心观摩名家作品，经常一站就是大半天，饿了吃一点从家里带来的干粮，回家后立即默画。就这样，他进步很快，所创作的人物仕女画被著名山水画家张伯英（早年游学日本，在日本组织南画会并任会长）所赏识，后者推荐他拜崇德夏伯铭为

师，自此诗文画技大进。

踏着咯咯作响的木楼梯来到西厅二楼，透过格子木窗，整个小院一目了然，就连花灯下的石块、花草都是清清楚楚。朝东门外是邻家小院，登高望远才能感受到艺术馆的清静，既享村中热闹，又享独院清静。正当我们感叹鲍月景先生的画技高超之时，东门刚好进来了两位身着汉服的仕女，在艺术馆门口拍照取景。她们的一举一动、一颦一笑有古代仕女风范。看看二楼展厅中的古代仕女画像，再望望门口活脱脱的婀娜多姿的现代仕女，我想这就是仕女风范的传承，也是对中华传统文化的继承吧。

艺术馆的南厅是个长方形的教室，整齐的课桌椅上端坐着龙南村的娃娃们，老师在手把手地指导孩子们画画。桌上的颜料最神奇，它能让孩子画出心中的色彩，描绘幸福的生活。

放眼望去，散落在村里的桂花树有不少。因最近天气炎热，桂花还没有全部开放，风中已隐约透着桂花的香味，虽不浓烈，却很清雅。桂花树装扮了农家小院，小院让桂花树有了展现美的机会。就这样，整个龙南村有着淡淡的、让人欢喜的气息。

走出艺术馆，走进龙南村的深处，一家一户的庭院美得像公园。村民们受到鲍月景先生的艺术熏陶，成了生活的艺术家。看，一个破石臼种上的铜钱草竟是如此茂盛，就如村民的口袋，钞票鼓鼓；瞧，一堆乱砖头垒成了花坛，鲜艳的花朵就如村民的衣柜，花衣多多。龙南村往日的破旧不见了踪影，往日的垃圾变成了宝贝，就连最平凡的稻草都成了人们津津乐道的艺术品。

走遍全村的乡间小道，造型各异的彩灯都乖乖地各就各位，等待夜幕降临时发出耀眼夺目的光彩。要不是晚上有其他事情需要处理，我真的想留下来和村民们一起看演出、猜灯谜，在绚烂的灯光下载歌载舞。

舞台排演响起的锣声和村民们的欢呼声渐渐远去。当我们离开的时候，看着路上纷纷赶来的车辆，我想今晚的演出肯定是热闹非凡的。今年的中秋赏月庆丰收活动，通过传统又新潮的手法，强化民俗互动体验，让“桂花开、香满村”成为龙南村中秋节庆的新名片。

湘庄村：太虚故里文化苑

“仰止唯佛陀，完成在人格。人成即佛成，是名真现实。”——太虚大师语。偶然的一次机会接触到太虚大师的佛家故事，读着佛家语，感觉很有哲理性。而且太虚大师是桐乡人，老家就在高桥街道湘庄村。朋友阿杰就是湘庄村人，于是约好一起去看看。

阿杰是个极浪漫的人，撂下电话就开车来接上我和阿良，说是要尽地主之谊。从桐乡出发，时值下班高峰，道路堵得厉害。好在阿杰对道路熟，七绕八拐地走小路，不仅成功避开拥堵，还让我们享受到了田野风情。夏天的晚风有一种甜甜的乡土味，将手伸出窗外，让晚风轻抚掌心，感觉若有若无。这大概就是佛家所云“有即无，无即有”。三个大男人在车上说笑着，背后是夏日的余晖。

驰过开阔的田野，转过一个弯，就看见渚塘桥了，桥的南北两侧就是骑塘集镇的旧址。集镇沿河而建，临水而市。“我小时候就在下渚塘边玩耍。”阿杰用欢快的语调介绍这块地处桐乡西南的土地，足见阿杰浓烈的故乡情结。

汽车驶过骑塘学校就到了太虚故里文化苑，停好车，一座古色古香的庭院跃入眼帘。

“太虚大师生于 1890 年 1 月，圆寂于 1947 年 3 月。俗姓吕，名淦森，浙江（崇德）桐乡人，近代著名高僧。他平生致力于佛教改革，关心民众，提倡爱国爱教，早年接受革命启蒙，抗日战争期间呼吁全国各宗教信团体和全体宗教徒团结抗日，积极投身抗日救亡运动。他不仅是受人敬仰的佛教理论家和佛教实践家，更是现代中国佛教爱国、爱教的楷模。”位于文化苑东南角的一座八面柱子的经幢上篆刻着后人对太虚大师生平的赞誉。

赞誉越多越说明大师的作为被众人所景仰。近年来，桐乡作为太虚大师故里，致力于对太虚大师文化遗产的保护；整理和弘扬，经过前期努力，整理汇编出《太虚诗集》，收录太虚大师诗作。桐乡籍当代著名画家吴蓬先生还特地创作了国画作品《太虚画传》。

“太虚故里文化苑是由巨匠集团出资建设的古建筑文化主题公园，全苑以太虚湖为中心，小桥、流水、假山，亭台楼榭，草木葱茏，曲径通幽，飘逸着民国江南园林风韵。苑内有大师雕像、功德碑、潮音阁、祖居、西梵山、太虚亭、太虚洞、唯心亭、仰止桥、雨花斋等建筑设施。文化苑小巧而精致，充满着浓

厚的人文气息。”阿杰是个很优秀的地陪导游，带着我和阿良穿梭在文化苑里。

那潮音阁高耸在文化苑的中心，远远望去就能看见阁楼四角翘起，犹如菩萨的兰花指弧线。暗紫色的窗门上镶嵌着木条，菱形、弧形交织在一起，组成好看的花纹。想要细看这个好看的阁楼必须穿过一座假山，此假山是由太湖石堆成。在湘庄村这样的平地上忽起一座山，实在稀奇。看那假山石，其色泽为白、为青、为黑、为黄……加之设计者丰富想象力和的创造力，太湖石的“皱、漏、瘦、透”之美被表现得淋漓尽致。

由于假山石光滑不便爬，我们从太虚洞中穿过。洞内空间狭小，我们只得小心低头而过。在不经意间看到昆明、长沙、武汉、重庆等地名，由红笔书写。我们正在纳闷，阿杰笑着说出了其中的奥秘：原来是太虚大师在国内传播佛学的路线。阿杰一说，我们就特别留意起来，在七拐八绕的洞里，发现了大半个中国的地名，足见大师宣扬佛教的路途遥远。

出得洞来，豁然开朗，一条九曲廊道在潮音阁前的湖面上铺开。站在唯心亭向北仰望阁楼，那阁楼犹如佛祖端坐中央，目视前方。阁前那一汪清澈的湖水犹如佛家众弟子在佛祖脚下虔诚地聆听佛法。

湖西岸边是一排磨石垫底的小道。虽然磨石之间有一定的距离，但双脚踩跨并不会摇晃，在磨石上站得稳稳当当。冥冥之中似乎在告诉世人，只有通过磨炼方能安稳。

走过踏实的磨石路，来到三岔路口。其中一条路上坡，上方有个土丘，土丘之上还有个太虚亭；一条路向北，路边花团锦簇，但没有通道；一条向前，虽然野草丛生，但有通往出口的路。我们站在三岔路口迟疑了一下，决定先登高望远。土坡不高但有点陡，石阶边上有小石块做护栏。这些小石块不简单，因为每块上都记录着太虚法师旅外传法的路线：美国、英国、法国、斯里兰卡、印度……

为了看文化苑的全景，我们三步并作两步走，一下子就登到了仰止亭中。面对湖水，微风变得更加凉爽。在夕阳的照耀下，潮音阁、临水长廊、唯心亭、假山，还有天边的红霞，统统倒映在湖里，原本平静的湖面顿时变得热热闹闹的。

看够了美景就安坐在太虚亭中的石凳上冥想，想象着自己变成了空中的小鸟自由自在地飞翔。睁开眼一看，天色渐渐暗下来了，于是学着孩子们的样子从向土丘坡冲下去。耳边呼呼的只感觉有风来，却不清楚风来自何方！犹如儿时长大的经历，只记得有很多事情，却记不清具体是什么事。

从土坡上一路冲到菜园，从菜园踏过大家桥，一口气到了起点。

回望石塑的太虚像，只见他犹如一位慈祥的长者目送我们离开。夕阳下的太虚故里文化苑熠熠生辉，犹如大师一生不忘初心爱国护教、牢记使命勇于改革担当、关爱众生支援建设的伟大之光永不灭。

楼下角村：翠竹深深

“宁肯食无肉，不可居无竹”是苏轼的居住美学观，如今的楼下角村的村民亦是如此。村居环境的改善正是村民生活水平提升的最好例证。

楼下角村位于高桥镇的东南角，比邻海宁斜桥镇黄墩村、乐龙村，全村共有 781 户人家、2800 多人，土地面积 2900 多亩。在这里，你会遇到“乡村绘新卷，美景入画来”的场景。

进入楼下角村村委会对面的法治文化公园，就能让人感受到“城镇焕开新画卷，乡村时见古民风”的意境。一棵棵香樟树伫立在广场周围，像士兵一样保护着这个文化广场。斜阳下，石柱雕砌的凌云亭更显得古朴典雅，满坡的绿草散发着蓬勃的朝气。偌大的广场是村民休息、活动的集中地。围墙之上书写着有关健身的科学道理，劝诫村民多运动，于是公园里就多起了运动的人。迎着朝阳，是健身人的背景；迎着晚霞，是舞蹈者的身影。如此美好的生活让人欢喜，就连稻草都被编织成了与友欢饮的塑像，稻草人栩栩如生的表情与动作成了楼下角村村民幸福生活的映射。

跨过密竹浜桥，进入楼下角家园新村聚集点。这里的房屋造型别致，风格统一。每家每户的巧妇精心扮靓着小家，自觉维护家里家外的环境卫生，担负起清洁、呵护、美化环境的责任。新的乡村居民点就这样出现了“一户一处景、一村一幅画”的可喜局面。

清澈的河水、崭新的步道、古朴的长廊……走进楼下角村，你定会感到眼前一亮，会产生“留下来，在这里好好逛一逛”的念头。沿着密竹浜的藤桥头的健身绿道一路蜿蜒，延伸向远处。漫步在临河的绿道上，两边都是碧绿的草坪，路边还不时能“遇见”令人一把木头椅子，坐在椅子上远眺，目光所及都是大自然的美景，心旷神怡。

我们到楼下角村时已是冬至节气，但村里没有冬天那种寂寥的氛围。农家小院的栅栏次第打开，绿意盎然。小院里的青菜都绿得油亮，萝卜白得锃亮，满院的鸡鸭都在欢快地叫唤。抬头望，天空被一阵阵清脆的鸟鸣擦亮，蓝得逼人的眼。

楼下角村是一个以农业为主的村。放眼望去，广阔的田野里只留下一片枯黄的空旷，走近细看却有惊喜，那已被割去稻禾的稻根之上蹿出了嫩芽。原本枯黄的稻田里冒出了一股新绿，就像是顽皮的孩童急等着春的到来。

来时脑海中翻滚着“楼下角”的N种美丽传说，在村里打听了一番，年轻人没有谁能说得上来楼下角村村名出自何处，又有什么特别意义，只是说“老祖宗留下来叫什么就叫什么”。还是村里老人有话说：旧时，杭州有个叫留下的地方，老早的辰光就有人从留下搬到了这里了。这里土地肥沃、物产丰富，迁徙而来的人安居乐业地居住下来，后来就取名楼下角（桐乡话中，“留下”和“楼下”音近）。

老人不仅知道本地的历史，还保留着日出而作、日落而息的生活习惯。说完村名故事的老人骑着三轮车去桑树地里整理他的榨菜秧苗了。高桥最大的农业特色便是榨菜，楼下角村至今仍是种植榨菜的大村，每年至少有1000亩的种植面积。

这两天，暖冬。田间桑树地里的榨菜已蹿得老高，间或穿插的嫩马兰头、香椿等野菜，无不透露着春的信号。等到明年清明时节开始收榨菜，农家又有一笔不小的进账。老人们想着这个场景，都高兴得合不拢嘴了。

楼下角村村委会东边有个紧闭的柴门，透过竹篱笆可以隐隐约约地看见里面的大致情景，有竹林，有池塘，有桑树，有榨菜，有鸡鸭，有野菜……俨然是个小农庄。只是主人不在家，所以紧闭的大门上挂着一把链条锁。透过门缝可见那香樟树上还挂着小灯笼，红色调在一片翠绿之中更为显眼，让这农庄有了别样的灵气。

绕着小道往北，便是大片的果园。果园中，都是整好枝的果树，它们的枝丫根根向上指向天空，天空中柔软的云朵仿佛围绕着果园转，如同守着家园一样不肯离去。闭上眼，仿佛身边是满架的黄桃、葡萄，深吸一口气，空气中满是甜蜜的味道。

毋庸置疑，在空气质量越来越被重视的当下，更多人都乐于往绿化率高的农村跑。于是楼下角村兴起了农家乐旅游，让城里人尝尝久违的土灶菜，看看这似曾相识的乡野风景。

一个村子最能打动人的是老故事，而江南地区广为流传的就是与乾隆皇帝有关的种种传说，楼下角村也有幸在列。相传村里曾有个小组叫桃子村组，种满了桃子树。乾隆下江南时，来到这里，热心的村民奉上一篮桃子，乾隆吃后大为赞赏。后来，人们就把这个篮子叫作“皇篮”。

望着整片的田野，忽又想起一首好听的歌——《梦田》：“每个人心里一亩一亩田，每个人心里一个一个梦，一颗呀一颗种子，是我心里的一亩田，用它来种什么，用它来种什么？种桃种李种春风……”待明年再来楼下角村，“草的芳馨、果的清甜、鸟的啁啾、虫的吟唱、叶的微语……”我将亲历这番美景。

迎丰村：山居秋暝

土黄色的泥墙在秋色中与大自然的本色融为一体，要不是我放慢了周游的步伐，真的要错过这个田园美景了。

百翠山居就在屠新线上，因店招不太显眼差点错过。通往景区的小路在翠竹丛中，不细心寻找还真是看不见。小路上碎石随意地分布着，沿着翠竹的指引可以进入景区。这段引路不长，但尽显曲径通幽的妙处。我想“大隐隐于市，小隐隐江南”应该就是这个样子的吧。

低调的外观下竟有奢华的享受，这是我进入景区后的第一感觉。一个偌大的湖，自然到原始的状态。湖周围的生物都是自由生长的，高低错落有致，疏密间隔有距。野鸭、白鹭都随心所欲地在湖边觅食，高兴起来，扇动几下翅膀，高歌几句属于它们的欢乐。

“虽为林园居，不忘江湖趣。更着小舟横，无惊野禽聚。”初秋时节，湖边的芦苇已经长得老高。略微西斜的秋阳斜照在水面，有水汽升腾，袅袅地笼罩着整个湖，在这氤氲雾气的包围下，整个湖仿若仙境。我小心翼翼地踩在碎石路上，蹑手蹑脚地离开这个属于鸟儿们的天堂。

经过带有篱笆墙的小院，我被好奇心驱使着，轻轻推开虚掩的木栅栏。那些枯了绿叶的南瓜藤下露出南瓜的可爱模样，淡黄至橘黄色，扁球形、球形至长圆形，让人看着就感觉喜庆。

“稻香村”，这个民宿的名字十分雅致。这几间土房的周围就是一片田野，田里的稻还没有收割。站在院落之中举目远眺，那稻浪随风起伏，带上我们的心绪远行。

室内的装修特别温馨舒适，客厅中的家具几乎都是原木的，整个房间里弥漫着木头的香味。像这样的民宿在这里一共有13幢平层夯土屋，总计26间客房（每屋内有两套客房），共用一个近60平方米的客厅。每套房的卧室、起居室、观景平台、独立院落和园区内各种功能会所构成立体空间，可满足一家人对亲密公共空间的需求。我特别喜欢的是客厅里的壁炉，冬天烧着木炭，暖暖的，一家人围炉夜话，或者是烤红薯、聊家常，那一定是很有趣的事情。

平安村、莲花村、稻香村……连名字都是这样接地气。就连摆设也都源自乡野，比如采摘下稻田里的稻谷插在花瓶里，就地取材的装扮也是蛮好看的。“整个庄园里还有稻田、花海、月湖、马场、儿童体验场、陶艺馆、山地越野车基地、有机农场……”导游的介绍更是引发了我们的兴趣。

“走，去看看……”如同孩子一般的我们踏上乡间小路，走出了六亲不认的步伐。那泥路有着自然的弹性，让我们省下不少走路的力气，去看那些属于“百翠山居”特有的美景。

田野里有的是有机蔬菜，长得绿油油的很养眼；散养的鸡鸭，奔跑在菜地之间；鸡犬相闻之声不绝于耳，人间烟火味正浓。站在乡间小道上，仿佛进入了陶渊明笔下的桃源世界，忘了自己的存在。

这么丰富的食物必须有精致的器皿盛放而自己动手做的碗碟最合自己的心意，就这样，一个陶艺馆应运而生。“土圭垚”陶艺馆就在空旷的田埂之上，土黄色的外墙、高耸的烟囱成为乡间的地标。这陶艺馆是2016年桐乡百翠山居邀请景德镇非物质文化遗产制瓷柴窑“柴烧”“建窑”传承人冯上论先生与余和柱先生搜寻13821块景德镇老窑砖复建而成的江南第一座古镇窑，建筑面积478平方米，有电窑、气窑和柴窑三种，游客在此可学习

捏塑、拉坯、雕刻、绘画等一整套陶艺课程。不要吝啬自己的时间，安心坐下来，自己动手绘画。我想，看着自己的绘画作品成为陶艺的一部分，一定是一件非常美妙的事情。

当夜晚来临，有机蔬菜火锅烧上，汤底是用半天时间炖出来的土鸡汤。百翠田野里的新米，加以泉水土鸡汁煮成的稻香米，香软黏糯，再加上有机手工腌制的大头菜，鲜香四溢。用刚烧制而成的特色碗碟盛上，这碗米饭简直“相思入骨”了。不要去叫停孩子们兴奋的吵闹、尖叫，就由着他们去吧。这样的声音是多么悦耳啊！

我们一路走一路停，当我们来到马术场地时，已经错过了开放时间，只得望马兴叹了。这样也好，留个遗憾，找到了一个再来的理由。我想，人应该有朴素的生活和遥远的梦想，即使明天天寒地冻、山高水长、路远马亡，我们也有前进的方向。

走了一圈是有点儿累了，回到原点，在景区入口的餐饮区选个靠窗的位置，点上一壶桐乡特产——菊花茶。推开木质的窗，那“吱呀”声就如同打开儿时记忆大门的引线一般，让人回忆起童年的秋日。

举目张望一池的枯荷别有风味，细想着那荷叶下的青蛙们都去了哪里，唯有静卧在池塘里的蓝天知道其中的奥秘。喝口清凉解渴的茶水，用心体会李义山的那句“留得残荷听雨声”的意境，只有人到中年才有如此特殊的恋旧情怀。

“在百翠山居，每一个季节都有主题活动，春天的春茶节、夏天的杨梅节、秋天的稻香丰收节、冬天的香腊节，你都可以亲身体会各种当季农事的乐趣，找回儿时的记忆。”我正读着桌子上的宣传手册，“扑棱棱……”一阵碎响打断了我天马行空的异想，那几只寒鸦也很有生活的情趣，在枯叶池塘里欢送着将要结束的一天。

“孤村落日残霞，轻烟老树寒鸦。”位于迎丰村的百翠山居，有我们想要的诗意生活。

毛水浜村：庭院美景

毛水浜村看起来很新。高耸在村口的村标像极了刚建好的新房子，白白的墙、亮亮的窗，一派喜庆。目光沿着黝黑的乡村公路一直延伸，道路两旁是新的楼房、新的小区、新的桥梁。这让趁着假期来乡村行走的我，充满着期待。

贯穿全村的毛水浜（河水名）为东西走向，南北两岸的水乡房舍依势而建，蔚为壮观。屋脊高低起伏、参差错落，勾勒着村庄的轮廓。傍水而立的绿道古树、亭台楼阁，跨河而立造型各异的小桥，装点了毛水浜河水的灵性。

从浜底向东走，古树下绿道更显幽深。绿道不宽，只能容两个人交错而过，但幽静的乡村小道，竟能让人忘记时间的存在。河埠头的石阶依次排到水中，那细微的涟漪轻轻地碰撞着石块，似青年男女在约会时发出的喃喃细语。

河埠头上的人家布置得很精致，哪怕是隔着栅栏也能感受到主人的审美情趣。从河埠头上来，去看看这个精美的庭院。庭院门头上有块匾额，上书“石榴小院”四字。

“有人吗？”我叫了一声，但没有回应，唯有红彤彤的小石榴挂在树梢。

我的叫声没有叫到主人，却叫醒了睡在窝里的狸花猫，它弓起身，做了一个慵懒的伸爪操，眯着眼睛看了看我们。看来我们打扰到它的美梦，它有点生气，“嗖”一下跳到栅栏上去表演自己的绝活儿去了，也不来理我们想干什么。

主人不在家，我们就大着胆子进去参观。沿着别墅的墙边小石子路前行，脚底下窸窸窣窣的声音给寂静的小院增添了热闹的声响。

院内有小桥流水、石板青苔，极富古典美；有阳伞露台、餐桌卡吧，洋气十足；有金橘挂枝、柿子泛红，一派秋实之气；有绿草铺地、细花点缀，予人视觉之享……庭院虽小，布置却十分合理，足显主人高雅的审美情趣。

这么好的美景，我们就不客气地静坐一会儿，享受乡村美景。当退出小院时，也未遇主人回来。只见村外一片收了稻谷的空旷田野，两三个农人在撒肥料，想必小院主人也在其中吧。

我们又沿着浜底未走完的毛家浜。村中的小店就在桥头，那些瓦屋顶木板墙的老屋掩映在大树下。店堂里摆放着为数不多的日用品，店主人悠闲地躺在老旧的藤椅上，眯着眼，双手打着拍子，自在地哼着戏曲，老黄狗就在他的脚跟匍匐着。店外的廊檐

下，几位老太太聚在一起聊家长里短，闲适的生活画面胜过那热闹的场景。

漫步在竹林加香樟树的小道上，如同在梦境中一般。寂静中把村庄连同那些湿润的青石板和布满苔痕的墙根儿砖缝一起读进去，此刻，你会觉得毛水浜是有艺术品性的。每一块砖瓦似乎都在向你诉说着村庄里的陈年旧事，于是，浜水的气息会随着你的脚步而漫溢开来。

将农家与农家隔开的小弄堂仿佛是架望远镜，走在其中可以将村外秋色层染的景色尽收眼底。随着我们进入弄堂的深处，站于屋后，那田野的美展现得更为出色：翠绿映衬着金黄，金黄烘托着丹艳，如一幅巨大的秋天写意村居画。秋风拂过，村外湿润的泥土气息扑面而来，令人如临梦境，似入仙境。

毛水浜的美在于水。那蜿蜒的河水将村庄包围，不仅滋润了庄稼，更养育了村人。

走进村文化大礼堂，那一个个新旧对比的生活场景震撼着我们的心灵。从手工劳作到机械化劳动，从饥饿到温饱，再到小康，一切的变化都源于村人辛勤的付出。

“吃水不忘挖井人”，为了更好地宣讲革命历史、革命英雄故事，让红色文化深入人心，村里在文化礼堂专门设置了一个抗战展览纪念场地，常年放置一批从桐乡民间收集来的抗战史料，里面有当时日本随军记者拍摄的杂志照片、日军为侵略中国制作的浙江作战地图原件等，都是很珍贵的史料。有了对比，更能让我们重温峥嵘岁月，忆苦思甜，珍惜现在的好日子。

将要离开毛家浜村了，看着这河水，我忽有所感：人间岁月如流水，流水给人启发多。

亭桥村：印象亭桥

车停亭桥村村委会，刚下车，那个亭桥村的村标就吸引了我的眼眸。那高耸的白墙之上画出一亭一桥，寥寥数笔，简约到极致。但简约并不简单，轻快的笔调勾勒出亭桥村的特色——小桥、流水、古亭，让人浮想联翩，想象那亭中是否还有一个思乡的人儿。

沿着农家小院往北走，去看那向往已久的北沙渚塘风采。那墙角的花球菜刚刚长出雏形，淡黄色的小花球显得很是稚嫩，它顶着大头，伸着脖子往外瞅的样子让人忍俊不禁。踏着细小的石子，脚底窸窸窣窣摩擦的响声给秋后的小乡村增添了一种活泼生机。

河边的风是大了些，吹得那香樟树叶一个劲地高歌，“沙沙”“沙沙”，似在歌唱着自己满意的生活。树下的小青菜是大树的歌迷，个个昂着头，随着风响的节奏而狂欢。风急水也急，北沙渚塘的水流自西向东疾驰而去，流水快到渔网都兜不住鱼儿，亭西桥上捕鱼的人只得望“水”兴叹。一抬头，塘边的工厂、店面、别墅，一切的一切都映在流水之中拉长了倒影。

亭桥村村名取得就是这么随便，因为桥边有座亭，故称亭桥。想想也是，乡间的人就是随便取名为阿猫阿狗，好养活，也好记。这样看来，看似随便取名的亭桥，却让人深刻地记住了亭桥的名字和当地的特色。

亭子在桥南矗立，方方正正的四角亭，暗红的色调为亭子增

添了一丝古意。在亭中小坐，倚栏北望，亭桥集镇街市上忙碌的景象一览无余。蜿蜒在绿树翠竹之中，亭桥路沿河向东延伸，走在路上，我们边走边感受沙渚塘的风情。

古时，亭桥村这一带是一片水中陆地，景色优美，烟雨迷雾中彰显独特的水乡浪漫气息，遂称“烟雨沙渚”。至于语溪这个美丽的名字，是从吴越文化开始的，源于勾践女儿的传说，历经众多文人墨客的演绎、抒情，至今语溪的故事仍在传诵着。久而久之，似这溪在言语，遂称“莺歌语溪”。

从故事到现实的转换，寻找历史的痕迹。沙渚塘中的云、人、景都成了流动的风景画，立体而又丰满。感觉古人给予沙渚塘“烟雨沙渚莺歌语溪”的定位很形象，也很贴切。

人总是向往热闹，走过幽静的绿道，翻过亭桥进入闹盈盈的亭苑街。这里的街市别具一格，除了街道两边的店面，更有宽阔街道中间的绿化带。随意几块石头，加上几棵小树，背景建一堵镂空的墙，活脱脱的一种苏州园林格调就出来了。

在街心摆上一张八仙桌，一壶红茶，浓墨漆黑的那种，喝一口，过瘾。

“今年的菊花好价钿！”从乡村出来的大伯卖了鲜菊花，也坐下来喝茶聊天，笑逐颜开。衣裤上的花粉香，合着红茶的醇香，在空气中蔓延。乡间野趣成了他们共同的话题，满脸的皱纹是内心开怀的呈现。茶香袅袅，就如他们的生活一样蒸蒸日上。

坐上个把小时，解了渴。一声“走了”，干净利索。留在炉子上的水壶还在冒着袅袅热气，店主在水汽中忙碌着。

村外是一大片菊花地，远远望去，似海浪在随风起伏。那俯下身子采摘的农人像极了弄潮儿，在与娇艳的菊花进行最近距离的接触，那欢喜之情无以言表。种菊花、摘菊花、卖菊花，工作中都是美的享受。怪不得陶渊明特喜欢菊花，因为菊花好看又实用。

菊花就是亭桥人的致富花，还有桑苗种在菊花地边上。菊花的黄白与桑苗的翠绿，绘出了亭桥人生活的色彩。菊花与桑苗轮流交替耕种，可以充分地改善土质，体现了亭桥人与自然和谐相处的智慧底气。

好地、好水、好物产，亭桥小集镇上的美食数不胜数。早晨的咸菜面，咸口烫嘴；中午的烧卖，鲜美酸嘴；下午当然少不了芝麻大饼，软糯甜嘴……一路走一路吃，此刻的我们像是回到了童年时光：那手中的零食就是我们穿梭岁月的“月光宝盒”，那短短的亭桥街就是我们念念不忘的“白云苍狗”。

回望北沙渚塘边的亭桥村，一亭、一桥下的一水已经流进我们的心田。

越丰村：生活美学

对美的追求是人类的终极目标之一，美包括了物质的美、形态的美、精神的美。在越丰村这个地方，这样的美却比比皆是，看得我们目不暇接。

在乌镇南大道将要走完的当口，乌镇旅业大厦的对面有一条悦秀路，左拐后一个农民新区呈现在我们的眼前。道边是一排店面，店堂整洁敞亮。服装店、奶茶店、手机店、超市等城里有的商店，在这里也是应有尽有，甚至还有比城里更为开阔的车道、宽敞的停车位，让人消费得舒坦。

越丰新村的小洋楼成为乌镇南大道上的一道亮丽风景。这些小洋楼又有多种样式，用红色、灰色，甚至金色的外墙装饰得光彩夺目，墙上常有民间工艺装饰，有双凤比翼、孔雀双飞及各种花鸟，这种中西合璧的农家别墅拓宽了越丰人的视野。

在村中心的十字路口，文化广场、农民公园相对而建，给新村增添了更多的绿意和清凉。虽然路口还没有安装上交通信号灯，但经过的每一辆车子都会主动减速让行人先通过。

这样敞亮、洁净的村庄，先从哪里看起，我站在路口竟犯了难。刚好有一位大妈骑着三轮车经过，我就跟着她先到了农民公园。大妈的三轮车已经远去，我则留在公园赏景。公园不大，呈南北走向。从南看到北，郁郁葱葱的绿植犹如一条翡翠玉带镶嵌在新村的小洋楼边上，做了一个生动活泼的装饰，远远望去好似随风飘动。

一头钻进公园的密林之中，踩在凹凸不平的甬路鹅卵石上，给足底做了一个舒服的按摩。“啾啾”的鸟鸣声不时从茂密的树叶间传出，抬头看却找不到鸟儿的身影，只留下婉转而又悠扬的声响在林中回荡。低下头，绿毯式的草坪之中也是繁花点缀，组成了一幅“花开富贵”的喜庆图案。漫步公园，有一种“人在画中游”的感觉。

折回往南，象征着越丰特色的村标伫立在文化广场中央。红色的线条、清晰的轮廓、突出的党徽，寓意着越丰村村民在党的引领下发展生产、创造生活。

越丰人敢于创新、敢于尝新，乘着改革开放的东风，村里因地制宜地率先办起皮革厂、蔬菜厂、服装厂等村办企业，积累了丰富的集体资金。富裕起来后，村里修起了路，架起了桥，造起了房，成了四里八乡羡慕的对象。

“一步先，步步先”，越丰村不安于现状，想尽办法着力打造生态致富的发展新路子。在美化村容村貌之后，又利用临近乌镇南大道、紧靠高铁站的区位优势，办起了“美丽乡村”旅游业。

慕名而来的游客越来越多，村民的收入也是越来越多。

道路硬化，河道美化，房前屋后都是绿化带，村民们对这样的生活环境很是满意这样。但问题也随之而来：村民总有一种渴望种菜的情结，生活在新村里，菜种到哪里去？

一片片“三治菜园”解开了村民的疑虑。由村里腾出空地，划好区域，让村民自己去耕种，既解决了村民的菜篮子问题，也解决了种菜破坏绿化的难题，更部分解决了农村剩余劳动力工作的问题。

站在斜港浜底的临水栈道之上，我们为村庄之美而陶醉。远处是乌镇旅业旗下的伊甸园铂金酒店那金碧辉煌的建筑物，近处是一幢幢崭新的农家别墅，加上河岸边的芦苇摇曳生姿、月季娇艳盛开，还有一块块长势喜人的“三治菜园”。一切的美都汇聚在了清澈的河面，在河面上我们可以看到摄影家眼中的层次感，也能看到画家眼中的色彩感，更能看到农人眼中的幸福感。

俗话说：“一切的改变，都来自理念的改变。”越丰村人在村级管理中率先进行理念创新，将“法治、德治、自治”的管理模式运用于工作中，取得了良好的效果。越丰村从一个名不见经传的普通乡村，成了一个远近闻名的富裕村。

由于越丰村基层社会管理模式的创新，2018 年 5 月 28 日，全国首个三治融合馆在经济开发区（高桥街道）越丰村启用。展馆面积 1200 平方米，由三治融合馆、文化礼堂、越丰社会工作站三部分组成。馆内运用图片、视频、实物等手段，智能化、全景式展示三治建设的历程，分为开篇、越丰溯源、三治缘起、三治探索、三治融合、智慧治理六个部分。可以说，这里既是介绍可复制的三治实践经验，也是爱家乡爱国教育基地。就连上海财经大学城市与区域科学学院的现场教学点都设立到了越丰村，因为“三治融合”是越丰人实践的经验，有着最接地气又能解决问题的治理实效，成为全国乡村治理的样板。

就这样，全国闻名的“三治融合”馆在斜港浜底临河边建立起来，吸引着更多的人来参观学习、借鉴运用。全玻璃幕墙、人字形的屋顶，将整个馆的大气展露无遗。进入越丰村三治融合馆的大门，大屏幕上播放着来自各行各业的居民或新居介绍的画面。视频里，村民们用不同的乡音向每一位客人送上问候，“越丰欢迎您”，让每一个来到越丰村的人都感到无比亲切与温馨。

每一个来到越丰村的人都会喜欢上这里，因为在越丰，人们都是用“三治融合”的方法处理所有问题，让每一个人都能感受到公平与尊重。越丰村将“大事一起干、好坏大家判、事事有人管”的基层治理新格局嵌入每一位村民心中。所以就连卫生这件“小事”大家都会上心。看，“三治融合馆”外的场地上就特别干净、整洁，连户外的宣传栏也是一尘不染，尤其是那象征着“铸牢中华民族共同体意识”的红石榴塑像在阳光下显得格外耀眼夺目。这些都是越丰村人“爱卫生、讲卫生、护卫生”的结果。

推及邻里纠纷、社会矛盾等诸多问题，越丰村都用“三治融合”的办法加以解决，让越丰村实现了多年来信访事件与行政诉讼案件零发生，矛盾纠纷零上交。村民知法懂法用法，法治意识持续增强，越丰村也因此先后获得“全国民主法治示范村”“省级培育示范中心村”“全面小康建设整治达标村”等荣誉称号。

坐在“三治融合馆”前的紫藤长廊下，闻着花草的清香，看着健身场上孩子们在跳跃、奔跑、欢笑，真的很是享受。“轰——”疾驰的高铁列车在头上一跃而过，飞奔远方，高铁轰鸣声给宁静的生活带来了热闹的生机。健身公园里孩子们的欢笑声与高铁飞驰而过的轰鸣声刚好融为一体，透过云层，传到乡村之外。

幢幢别墅在后退，棵棵绿树在挥手，告别这个美丽的乡村真是有点依依不舍。这里不仅有城里人想要的田野生活，又有农村人想要的便利交通。

永安村：将要搬迁的未来

“我们全村将要搬迁了！”接待我的永安村村干部笑着说，那自豪的神情感染了我。

是啊，能搬迁就说明永安村地理位置重要，有发展的区位优势。同时，搬迁也就意味着将零星分布的村庄聚集起来造新房，这样不仅能改善村民的住房条件，更能节约土地，为新永安的发展提供更大的空间。

村委会前面笔直横着的路就是屠新线，长长的，一眼望不到尽头。停好车，在这条笔直的水泥路上走走，享受着午后的宁静。路两边的树木高大挺拔，就像村委会宣传橱窗里展示的永安籍军人保卫家乡、保卫祖国的雄姿一样。绿色的香樟树、墨绿的水杉树、红色的枫树……他们间隔排列着，遮住了斜阳，那阳光用力地挤进树叶的空隙，在灰白色的路基上印下永安村所特有的图案。

悠长的路上奔驰的汽车不多，来来往往的三轮车却不少，那是大伯大妈们在忙着秋收冬种。菜地里的绿色从来没有空缺过，青菜、萝卜、芥菜、花球菜……按着季节轮番上阵，因为儿女孙辈们从城里来，就是喜欢吃自家种的蔬菜，现摘现炒就是鲜。院墙角那棵橘子树最为耀眼了，红色的橘子就如小小的宫灯，召唤着远行的游子早早归来。大伯大妈不舍得摘来吃，也防鸟儿来偷食，所以给橘子树盖上了网兜，他们不仅仅那兜里的惦记橘子，也计算着儿女们回家的时间。

从大道上一不留神就走进了小村坊——河北埭，经过村中的河道名叫安全浜。这个河名其实是由“庵前”转音而来，据说这里过去有个普师庵，浜在庵前，故名“庵前浜”。现在的我们都追求安全第一，久而久之“庵前”变成了“安全”，“安全”是我们对生活的一大期待。

浜中的水真是清澈，村里的一切都能在水中映现，哪怕是在竹林里觅食的鸡鸭脚刨嘴啄的动作都能一览无余地映出来。“咚……”随手捡起一片瓦砾，像儿时那样投到河中，那寂静的小村顷刻欢腾起来了，就连空中的白云也在河道中快乐地扭起了腰。

从小桥桥头向河北埭东去是村庄，村中的老人从屋里出来，睁大眼睛打量着我们这些不速之客。说明来意之后，他们的话匣子打开了，纷纷介绍起家人和村庄来，那语调就如房前乱砖堆上蔓延的“圆眼豆”那样随和。

聊了一阵后，我们转身去桥西。桥西是一大片庄稼地，地里的菊花正怒放，田里的“大头菜”正茂盛。虽然是深秋，那田野里的景色一点也不亚于春天，田间的三轮车上装满了各式各样的农副产品。永安村是个传统的农业村，绿色农产品是他们主打的产品。从大伯大妈在田间地头忙碌的身影可以推算出，他们都有着不少的收入，不信，你去看看他们的笑脸。

在空旷的天地之间有座黄色的建筑，不用猜，一定是乡间庙宇。踏着比机耕路还窄小的石子路，躲过密密麻麻交叉着的桑条“机关”，“糜相公庙”就在密林深处。

庙不大，但在乡间的空地之上，飞檐翘角的建筑也算是突兀而出，再加上黄色墙面装饰更显气派。可惜不是初一、十五，庙门紧闭，无从打探庙内奥妙。

在百度上一查，说这个庙与刘备有关。三国时期，刘备有两位妻舅——糜竺、糜芳，他们一文一武，为刘氏鼎立三国中之一国做出了不可磨灭的贡献。北宋时期，当时的汴京（今开封）为糜竺建起了庙宇，人称糜相公庙。随后宋室南迁，糜竺被封为土地爷跟着迁徙到了今杭州之地。但世事弄人，南宋末年，糜相公庙毁于战乱，庙里的当家和尚逃至今桐乡一带化缘，打算重建庙宇。当地的百姓闻知京城土地爷要落户此地，纷纷慷慨解囊，永安村一男子捐了建庙土地七亩三分，糜相公庙从此安家落户于高桥。此后又经历元、明、清，庙宇一时兴、一时衰，直至今日小庙重建也是适逢盛世。

站在庙边的古老石桥之上，看着缓缓流动的河水，感觉自己也是乘水前行。

“那是来收大头菜啦？”刚转过一片桑树地，从田地角落里发出一句问话。

“我们是来看美丽乡村的！”我马上回答这对在田里劳作的老夫妻的话。

“哦，吾拉乡窝头蛮好看特！”大伯抱了一大捆刚从田里割下的野草来到路边，放在三轮车里，看着我们笑着说。

“这个糜相公庙经常有人来看，可惜格拉不晓得其中的奥妙。”大伯慢悠悠的话引起了我们的好奇，赶紧摸出香烟，敬上一支。

点上烟，有关糜相公庙的故事就开始了。

“糜相公庙东南向，团团落雨剩中央。双抢头里躲阵雨，日中心里乘风凉。”大伯嘴中唱出来的打油诗还很押韵。我们光感觉大伯说唱得好，其实打油诗的韵脚里竟还藏着乡间小庙头的“三个奇”。

一奇是方向。庙屋依庙港河流向而修，面朝东南方向，一改庙宇坐北朝正南的定位。原来如此，怪不得我们刚才走近糜相公庙时迷失了方向，分不清东西南北了。二奇是天气。相传每到夏季农忙时节落阵雨，总会避开糜相公庙，冥冥之中像是有神仙为这庙撑着一把巨伞一般。因此在周边农田里干活儿的百姓，一旦下雨，便跑去庙屋附近躲雨。三奇是视角。说的是糜相公庙右边河港上的那座庙桥。因为修缮，在老桥桥身的基础上，抬高两端路基，将原先拱桥（环桥）桥面改成平桥方便大家出行，所以出现了“远望是环桥，其实是平桥”的不同视觉效果。

老伯讲完故事又去干他的活儿了，留下我们在田埂上回味着有关小庙的奇特之处。也就是这样的“奇”，造就了庙的神奇。

以前乡村的人，一年四季都有忙不完的农活儿。但一有机会，大家也很会“借佛游春”，舒展一下精气神。每逢节日，乡村的善男信女都要是趁着烧香的机会出门走走，与新老朋友聊天结缘，为此，小庙周围总是热闹非凡。

我们告别这对老夫妻，沿着来时的路回到河北埭，穿过里弄走廊，那乡间农舍的白墙壁上都绘上了色彩绚丽的画：或充溢小桥流水的江南气息，或一派肥鸡肥鸭的农舍风光，或一幅瓜果飘香的小院景致……这些墙壁画虽然不够精致，但足以展现永安村幸福的生活。

漕泾村：金秋画不尽

在漕泾村，桐乡市高桥街道的一个村，我们沉浸在金秋时节浓郁的丰收氛围里，感受着丰收带来的欢悦。

抵达漕泾村是上午九点，正是艳阳高照的时候。稻田之上有层薄薄的云雾，使人顿感神清气爽，对即将开始的参观充满了期待。要知道，这里是桐乡最南的一隅，要不是张锋书记的邀请，一般情况下我们是不可能前往的。

跟着导航在整洁的柏油路上弯弯绕绕，车窗外是一片片开阔的稻田，金黄平畴，在远处开发区高楼的映衬下，秀丽的田园风景所拥有的诸多形态和细节，随着道路的延伸而缓缓展开。金黄的橘子、橙黄的柚子、火红的柿子……这里的果树植株低矮，形状与北方的大不一样，像是一株株枝干简洁疏朗的灌木，沿着一排排水泥桩密集地排列着，果实累累垂垂，带给我们一种颇为新奇的感受。

沿着水杉树通往漕泾村村委会的路两边，都是刚新翻出来的番薯，个大鲜红，村民用三轮车一车一车地往家里拉……共享菜园中，镂空的篱笆用各自的色彩组成了一个大大的“丰收袋”，里面装上各种农产品。南瓜、豆荚、茄子……依次上场，它们用甜美的笑容、光亮的色彩，展示着金秋丰收盛况。“寒露到，割晚稻。”农忙时的节气正遇“农民丰收节”，既意蕴丰厚又自然贴切。

“漕泾农特产品基本都是对口销售，不怕卖不出去。”村支书张锋自豪地说。我们纳闷：市场经济，哪儿有打包票的事情？

“走，去看看！”张锋在前面领路。张德庆家庭农场的阳光玫瑰葡萄串串大，整个采摘场中弥漫着香甜的气息。“随便尝！”场主客气地将一大串葡萄递了过来，有点沉，一串足有三斤。青色中泛黄，色泽模样都饶是可爱，吃到嘴里个个甜！

“好吃，好吃！”吃过之后，我们都要买点带回家去让家人尝尝这鲜甜的葡萄。场主黝黑朴实的面孔上露出笑意，从葡萄架下剪下沉甸甸的大串葡萄，过秤去零，结算去零，还客气地将包装袋送到我们的手里。

一路走，一路吃，一路看，一路说……感觉漕泾就是个世外桃源。但多年前，漕泾村是个远近闻名的落后村，一穷二白是这个村的特色。“白天一看，灰暗的村舍；晚上一想，内心的无助。”张锋书记接手漕泾村后，面对一无资金、二无资源的现状，心中也是一片迷茫。

“越是落后，越有发展的空间。”乐观的张锋书记下定决心要改变这一落后的局面。

张锋白天进农户家摸底听意见，晚上坐在镇上的文印店里“临市面”。功夫不负有心人，张锋发挥自己在高桥派出所干辅警工作时的精神劲，终于在其他村子来文印店里复印的发展规划书中，筛选找到了适合漕泾村的发展思路——种高质量的果蔬。

在村民眼中，日月星辰、林木庄稼、田亩水井、畜栏灶台，各自都有神灵佑护祝福，那么科学就是漕泾村种植有机果蔬的神灵。张锋书记奔波于江苏其他地方和浙江的温州、金华……学习各地发展绿色有机果蔬种植管理的经验，用科学的管理护佑村民种好菜、卖好菜。有了科学的种植，丰收是确凿无疑的现实，就像掌心托着的阳光玫瑰那沉甸甸的分量，就像齿颊间甘甜的葡萄汁液，真实而清晰。

对美好事物的体验，永远不会嫌多。我们在张锋书记的带领下，游走在漕泾村的田间地头，目睹着庆祝丰收的场面，浩大、丰富和生动。扬起下巴才能望见高大的朴树，阳光透过树叶，斑驳的树影带着七彩光线照射在我们身上，暖暖的，很舒心。

行行复行行，我们一行人转过几个弯，走过几条街道，面前豁然开朗的村中心广场上，孩子们拍打着篮球，一次次投篮，一阵阵欢笑。远处的稻田浓重恣肆的金黄色，像是无数桶颜料被一只巨手从天上倾倒下来，又均匀地泼洒开来。我脑海里忽然跳出了波兰大诗人密茨凯维奇的诗句：“好一片田野，五谷为之着色！”

稻田深处矗立着一个大牌子，上面写着“漕泾村基本农田”。收割机已经亮出它那大嗓门在田间“轰隆隆”地吼叫，原本静谧的田野骤然变得灵动。黄色的收割机，让我再一次感受到了收获的美以及感染力。

田间角落，收割机是开不进去的，农民们会用镰刀割下稻穗。被他们一把把高高擎起的稻穗，仿佛是一簇金色簇的火焰。镰刀在阳光下闪亮，让我想起了党徽。漕泾村红忆馆中的悬空小球，一面是党徽，一面是“孝”字，家国情怀就在我们心中展开。

在红忆馆中感受漕泾村的变化是深刻直观的。“流血牺牲，只为温饱”，以前，贫穷和苦难像魔鬼的符咒，笼罩在上一代人的心头。而今，乡村振兴的有力措施，让漕泾村摆脱了贫困，生活展现出崭新的面貌。

“村看村，户看户，群众看干部。”实干的张锋书记带领村民将村道硬化、河道净化、环境美化……一切都在悄无声息地改变着。猛然回头，漕泾村变化的速度和幅度都超出了村民们的想象。“浙江省卫生村”“浙江省高标准农村生活垃圾分类示范村”“浙江省善治示范村”“嘉兴市优美庭院创建示范村”“嘉兴市人居环境优胜村”等荣誉接踵而至，落后村一跃成了让人羡慕的先进村。

在今天的所见中，既有劳作的收获，又有劳作的过程。劳动和收获无法分离，就像张锋书记面对 2.1 平方公里的漕泾村一样。

从红忆馆里出来，看阳光下的漕泾村，这是金秋的画面，被时代的霞光照亮。

梧桐街道：梧桐叶上潇潇雨

“梧桐百鸟不敢栖，止避凤凰也。”作为百鸟之王的凤凰心怀宇宙，非梧桐不栖。凤凰只有碰到梧桐才落下栖息，可见梧桐之高贵。梧桐为树中之王，相传是灵树，能知时知令。凤栖梧桐是绝配，梧桐街道因宋时境内多梧桐树而得名。

梧桐街道地处长三角洲平原腹地，是桐乡市政府所在地，是全市政治、经济、文化、科技中心。拔地而起的高楼大厦尽显城市之美，城市之外是乡村的美丽。

进入槜李园深处，我们被花朵包围着。大片雪白的槜李花中还夹杂着粉红的桃花，剩下的是将开未开的梨花。此景与槜李园深处白墙青瓦的小楼、亭台与小河倒影相映成趣，真是美极了。槜李花下是一顶顶帐篷，男男女女、老老少少笑声不断。他们正在演绎着浪漫的爱情、动人的亲情、真挚的友情。透过盛开的槜李花仰望湛蓝的天空，悠悠浮动的白云，偶有槜李花花瓣轻轻落到脸上，犹如婴儿的小手轻抚你的脸庞，光滑而又柔软。轻轻合上双眼，用心去享受属于自己的花开和惬意吧。

走在乡间，我们感知到田野苍茫，流水汤汤；自然生万物，万物各有各的用处。

桃园村：槜李花果惹人爱

看不厌的槜李花

这个星期，我一连去了两次梧桐街道的桃园村。一次是一个人，只为那朵洁白无瑕的槜李花；一次是陪同朋友，围观那朵朵清秀的槜李花。

来过的人都不会忘记槜李花的千姿百媚。放眼望去，一片白色花海随风泛起波浪，一波起，一波落。站在槜李文化广场南端的广益亭中，百亩槜李园、盛开的槜李花，惊艳到让人窒息，我连呼吸都不敢太用力，怕惊动白色的槜李仙子。一朵朵、一条条、一片片……它们像一只只可爱的白蝴蝶扑入眼帘，追赶着春天那浓烈的气息。

走下高处的亭子，穿过那木桥，一座古老而又神秘的古树园呈现在眼前。这里是整个桃园村槜李古树的集中地，相传西施就是在此地品尝过槜李鲜果，还在槜李果上留下一道美妙

的指痕。这一传说是真是假无人知晓，“白雪霏残琼颗存，犹见佳人指爪痕”的古诗却在流传。槜李花下，那些爱美的姑娘在尽情地展示青春的活力。她们满眼欢笑，或着汉服唐装演绎衣饰文化，或撑开纸伞踏春游园，或抚琴乐音悠扬远播，或身姿婀娜翩翩起舞……姑娘们的一颦一笑、一举一动，用她们自己特有的气质延续着古老而又活泼的槜李文化。

置身于桃园村的槜李花海之中，花香扑鼻而来，在阳光下，双眼明显应接不暇了。蓝天下的白茫茫、绿叶中的白点点……让人有点晕眩。推开最为古老的槜李园那扇古色古香的镂空木窗，远看百亩槜李花晶莹如雪，衬以新透的绿叶，素艳不娇，楚楚清新；近看临窗的槜李花，蕊小而密集，花质素洁净凝。透过花海，北面是一排排整齐的红墙黛瓦的农家别墅，小院房前屋后三三两两的槜李花，精致地点缀着农家幸福的生活。

古人说，槜李花“如晴雪”，“花白浑如烟”，“清雅素洁胜梅花”，“入李园如入香雪海中”……甚有观赏价值。今人看槜李花，感觉也是如此，唯一可惜的是花期太短（槜李一般于清明前开花，清明时花盛开，正常花期约一个星期至十余天，遇恶劣天气则短至只两三天）。怪不得那些外地游客要风尘仆仆地赶来看槜李花，原来是想聆听瞬间花开的声音；摄影爱好者们从早至晚蹲守，不辞辛劳地按下快门，原来是记录短暂的花开姿态。所以大家要趁着好天气及时前往桃园村欣赏槜李花，因为不知哪日无情风雨来临，错过花期就可惜了。

跨出最古老的槜李园，穿过标有“李满桃园、悠然人家”竹匾画的竹桥，来到小竹林。被暖阳晒得热乎乎的我们，在绿荫下休整一下也很有必要。树荫下，倚栏看那周家桥下水平如镜的河水。于是，蓝天、白墙、李花、绿柳连同看景的你，都统统倒映在水中，那还不赶紧按下手机快门，留下此刻美景。

沿着小河往前走，修缮一新的农家小院真是精美绝伦。河道里一个个整齐的石板河埠头不规则地散布着，傍水而居的农家妇女三三两两地在河埠头上洗涤衣物，水波轻轻地拍击着石岸，犹如恋人间喃喃细语，好一派恬静的乡村生活风光。我想，这里就是陶渊明所追求的桃源生活吧。

小河两岸的花海中散布着错落有致的农家小院，那看家的小狗就正躺在屋檐下看着花海独自陶醉，就连陌生的游客路过，甚至好奇地打开篱笆矮门了，它都懒得起身叫唤几声。这里特别幽静，就连风吹花落的窸窣声也能入耳。冷不丁从槜李树下钻出一条狗来，你也不用害怕，它也不朝你吠，而是在你脚周围转几圈后又消失在槜李花海中了。

走在悠长的黑乎乎的村间柏油路上，一株株不高的槜李树枝透出篱笆墙，伸出头来打探着有关春的消息。墙外走过一对恋人、一家人、一群人……他们欢笑着，议论着有关爱情、亲情、友情的好消息，听到了、听到了……槜李树的枝条都笑开了花。

细心观察的你还会发现每家每户的槜李树边上总有桃树的存在，似乎形影不离。不消说，槜李花白中带着桃花的粉红，的确是有一种妙不可言的色彩层次感。可见，富裕起来的农村人也特别注重美的视觉享受了。

在桃园村里登高而望，上有蓝天白云，下有红白相间的花海，真是美不胜收。不管是你一个人来独享花海，还是与友人来品论观花，槜李花总是风情万种，叫人过目不忘。

槜李熟了

今年的清明时节，春雨纷纷到出不了门的状态。好不容易有个晴天，我又去参加培训了。就这样错过了槜李花期，真的很可惜。

当错过后，才格外地珍惜。中考结束后的第二天，我就来到桃园村，看那已经成熟了的槜李果。因为是午后，游客稀少，就连果农也在午休。整个桃园都是安静的，只留下知了在蓝天白云下悠远地叫唤。

我也顾不得天热，穿梭在各家各户的槜李园中。拿着手机左右上下地拍摄那一颗颗紫红的又泛着白色果霜的千年贡品——槜李。在镜头下，那枝条上的一个个槜李挨个儿排列着，犹如一队训练有素的模特等待着摄影师的拍摄。我也不顾瓜田李下的忌讳了，一门心思地拍照，更是在弥补错失花期的遗憾。

“甜着呢，摘下来尝尝！”背后有人，我竟浑然不知。

“谢谢！”我一时不知道怎样回答朝我憨笑又客气的大伯。

“我们这里槜李多，走过路过吃几个槜李不算啥！”

看我没有动手摘来吃的意思，老伯竟从树梢上摘下一颗最紫红的槜李，递到了我的面前。“你们城里人最喜欢到乡村来看看，到了这里就尝尝鲜，不买也不要紧的。”老伯的话语打破了我的尴尬。

“揉一揉，咬破皮，吸着吃。”

我接过这个大槜李，按照老伯的指导，行云流水地操作下去。感觉槜李有破皮的手感时，低头凑过去。那李子特有的香味倏地钻入鼻孔，真是好闻。那果香味中满是甜味。轻咬一口，一股甘甜的果汁像决堤的河水冲进嘴巴。汁水从舌面顺流而下，含糖量为13%的鲜甜果汁和着老伯的热情流进了胃里，感觉真是妙不可言，因此真正体会到了西施为什么吃了槜李后，对其味道念念不忘。

此刻我的思绪已经穿越到了历史的空间里：也是个初夏时节，西施一行人正在前往吴国的路上，匆匆赶路。来到桃园地界，也是人困马乏、口干舌燥。恰巧路遇李园果熟，那成熟的李子青里透红，密缀黄点，外披白粉，其味诱人。西施下车进入李园，随手采下一颗，用指甲在李子顶部轻轻一掐，顿时果汁横溢，香气入鼻。放到嘴边一吸，李汁犹如甜酒。西施连吃数颗，竟然醉倒了。从此，人们就给这里的李子取名为“醉李”。因“醉”与“槜”同音，后来人们就把这里的李子称为槜李。在人困马乏的时刻，有这样甜的果子出现，既能满足食欲，又能补充

体能，真是人间珍品。

老伯姓周，就住在周家桥北面，一幢三层新式别墅。老伯一边指了指家的位置，一边手脚麻利地用摘李神器（用竹编成的V字形竹篼）顶着树梢上的熟果。不一会儿一篮篮的槜李果放到了地上，那紫红色中泛黄、黄中又泛白的槜李，看着就诱人。

“孩子们都在城里上班，我们老两口守着槜李树。一年收入也不比他们差。”老伯乐呵呵地与我聊天。是啊，现在做农民真好。

告别周老伯后，我沿着周家桥下的小河漫步，在幽静中去享受这个“世外桃源”的美。这里除了槜李，还有毛茸茸的桃子正青着呢，一个个挂在树梢俏皮地眨眼睛。桃树枝伸向河面，枝头桃子让人可望而不可即。

午后的阳光真亮，将小河两岸的瓜果照得熠熠生辉，也将两岸的农舍照得泛白发光。最妙的是河道中间的水龙头360度地喷射出河水，再均匀地洒向河道，引得小鱼们围着水龙头绕圈圈。那水雾轻洒，在阳光的照射下呈现出一道道彩虹，赤橙黄绿青蓝紫的七色光彩映出了桃园这个乡村的美丽。

在赤日暴晒下的确有点吃不消，我躲进了“醉溪小筑”里。进门就感受到了“清凉世界”，选个靠窗的位置坐下休憩一下。这里是落地全玻璃窗的装饰，视野是绝对的好，整个周家桥下的小河美景一览无余。稍稍西斜的阳光从对岸的河埠头反射在玻璃上，使目光能触及的事物都特别清楚，我似乎坐到了河中央观看景色。

靠在椅背上，将槜李的美图、桃园的美景发了朋友圈，不一会儿的工夫，手机中的信息声接踵而至，点赞加评论纷至沓来，塞满了手机屏幕。

“费老师，来我们桃园了，现在在哪个位置？我来找你。”我以前的学生凌峰看到了我的微信，马上发来了信息。

凌峰大学毕业后就回家乡工作了，现在已经成为桃园村的书记了。最近，桃园村正在整合特色产业，发展红色党建旅游线路。我知道他忙，原本就不想去打扰他了。而他看见了我的微信后，就邀请我去槜李堂坐坐。

槜李堂很气派，堂内不仅陈列着有关槜李的故事传说，还有朱梦仙撰写的槜李种植栽培技术书《槜李谱》，更多的是槜李文旅产品的研发。“围绕槜李这个名果开发新产品，槜李烧酒、槜李啤酒、槜李卡通、槜李笔记本等，增加产品附加值，在提高产品知名度的同时，让村民得实惠。”凌峰书记侃侃而谈，对于桃园村的特色农业发展，他有着更大的蓝图。

夕阳西下时分，登上观光长廊俯瞰槜李园，那全景式的劳动场面让人兴奋不已。下班回来的年轻人纷纷进入自家的李园摘李子，劳动的笑声、歌声让百亩李园热闹非凡，一篮篮、一筐筐的李子往回运……

晚上村民们还要忙上一阵，或是到村口摆夜市，或是在家填单子向全国各地的客户发快递。

晚霞照亮李树上那颗颗成熟的槜李，更照亮了桃园村村民们幸福的笑脸。

城西村：走完高家湾的街道

记起高家湾这个地方，缘起于《李九山踩断豆腐桥》的故事，今天站在钱林桥（即以前的豆腐桥位置）上眺望钱林横港东去的河水，小时候的琐碎记忆渐渐拼接起来。

走下钱林桥，沿着环河健身绿道走在位于南岸朝北的河埠头，长长的台阶一步步向上，共有12级。没错，我点数着记忆中的数据——那是我第一次跟着父亲来卖包菜，在看船时无聊的点数。

那是冬天里的某个星期天，父亲要将家里的包菜卖给供销社。他一个人要将一船的包菜从船里运上岸，又要挑进供销社的露天仓库。怕河埠头船多，一不小心将船挤跑了，所以叫我去看船，就这样我师出有名地到了钱林集镇。

停稳船只，父亲在船里装上一担包菜走上台阶，过大门后又消失，如此反复。而我在计算父亲进出的次数和父亲要踏过的台阶。今天走在这个台阶上的我，望着河水竟然发起了呆，仿佛看见了在船舱里数数的我和父亲那埋头挑担的背影。

“汪、汪、汪……”一阵小奶狗的叫唤声将我从记忆中拉回来。走上台阶，沿着绿道，踩着落叶向前走着。记忆中原本荒芜的水岸，如今已经改造成了整齐的健身步道。步道的南侧是城西村的驻地，这里是由钱林乡政府驻地（1999年钱林乡并入梧桐街道）改造而来。中心的文化礼堂还保留着20世纪七八十年代的建筑风格。高耸的门头、鲜艳的五角星是一个为我们这些“70后”提供了具有时代情结的载体。文化礼堂南面是新改造的高家湾自由市场，琳琅满目的商品应有尽有。文化礼堂的东面是城西村村委会和高家湾菜场，那菜场虽然小，但整洁干净。文化礼堂的西面是文化长廊，展板上描述着高家湾的历史发展。

最引人瞩目的是礼堂北面的晒红烟展示馆（晒红烟是桐乡的著名特产，也是本地传统出口商品之一。它具有颜色红亮、组织细密、质地柔韧、香味浓郁等特点。这种烟除做雪茄包皮烟、雪茄芯叶和土烟丝原料外，还用于混合型卷烟配料）。城西村是个典型的农业村，晒红烟、杭白菊生产是该村的主打产业。这里的展示馆清晰明了地介绍了晒红烟种植、管理、晒烟、制作的全部过程，看着这里的介绍倍感亲切。

我们老家也是种植晒红烟的，那时我整个暑假都要帮父母晒烟片。在黄梅天过后，父母将青烟片从地里采来，放到竹帘上，用长长的竹签固定住。他们每天将竹帘摆成八字形，立于道场上晒，直晒到烟片由重到轻，由青色转为暗红为止。我们不顾天气

炎热，一群小伙伴钻到烟片竹帘下捉迷藏，不知道拱倒了多少邻家的烟片竹帘。到了天气放凉，外公就会趁着雨天来我家，整理已经晒好的烟片，图个好卖相。

我老家在运河塘单桥桥南，当时属于城南乡、钱林乡、炉头镇三地交界处，要出门逛街是一种奢望。唯一有希望的是，每年有那么一两次跟随父母坐船去钱林卖包菜、还粮等机会，去看看钱林集镇那繁荣的景象。

在儿时，钱林集镇已经大得很了，狭窄的街道上人来人往。路边摊上有油条烧饼和小馄饨，还有供销社商店里几本小人书和几个彩色的小皮球。但这些都只是饱饱眼福，因为我的裤兜比脸还干净。

每次来高家湾都没有走到街的尽头，父母就要急着赶回家做农活儿了。乘着父亲摇橹的五吨泊位的水泥船，在钱林港里由南向北疾驶。岸上的景色也是乱糟糟的，唯有耳边风吹过时的呼呼声，像极我此刻的心情。

折回高家湾的老街，从南端一直走到北端，今天我终于走完了这条街道，圆了儿时的梦想。但记忆中的茧站、农具站、兽医站、电影院、农资商店已经不复存在，留下的是宽阔的街道、整齐的店铺。

今日的钱林集镇已经成为城西村的驻地了，再次踏上钱林桥，眺望东西向的横港。呈现在眼前的是河水清清向东流，河边两岸有护栏，栏杆边上有绿树，绿树下面是绿道。河港的两边四季都是花团锦簇、姹紫嫣红，就连河道中间也有水生植物来点缀，给寂静的水面增添了喜庆的气氛。远离了城市的喧嚣，可以安静地听鸟叫，在这个小镇上生活也是很惬意的。

钱林村：钱林庙边的风光

晓得钱林村这个地方是因为我母亲。因为母亲最近经常去钱林庙烧香念佛，也是去“嘎嘎淘”（农村老太太凑热闹，打发时间的一种方式）。我想母亲乐此不疲地去钱林庙烧香念佛，看来钱林是个好地方，老人们都喜欢。

周末从石门回桐乡时，有意避开桐德线，走了钱翔线。汽车在乡间公路上行驶比在大公路上要舒服，路虽不宽阔，但来往车辆少，路人也少。一片片桑树嫩绿嫩绿的，它们随风起伏如同大海在翻滚着波浪，煞是好看。偶有三轮车停靠在路边的沟渠边，那是老大伯在桑园里除草施肥呢！

钱林村村委会紧贴着钱翔线，转了一个弯就到了。路北是村委会，路南就是传说中的钱林庙。钱林庙其实是块空地，晴天在空地念佛，雨天到村戏台里去念。初一、十五让老太太们烧香念佛，保佑大家出入平安；双休日让村里的读书官官来打篮球健身，这样一举两便。空地有铁丝网围着，很安全的。

现在钱林庙已经不在，昔日的大雄宝殿、观音殿、亭台楼阁都已经消失在历史的尘埃之中，只留一块空地和两间平房作为钱林庙的印记，就是村委会前的那块篮球场地。但说起钱林庙这个名称，也是大有来头的。

钱林一带在春秋战国时期是吴越争霸的战场。到秦朝建郡县时钱林属于由拳，到了五代十国后晋天福三年设立崇德县，钱林属于崇德县。宋时，钱林村以钱林庙命名。钱林这个地方，在宋

朝时的桐乡，相当于现在濮院、崇福的地位，人口众多，经济发达，富户也多。南宋的黄勉斋就说石门镇附近百里之地“居民鲜少，又多贫乏之家”，而且钱林“有僧寺颇大。有居民甚众”。黄勉斋所说的“寺”，就是钱林庙。

让钱林村名垂史册、闻名遐迩的是吴越王钱镠。“文武全才佐太平，券书珍重奇千城。风流只在钱王馆，犹听当时弦诵声。”这是清代诗人吴曹麟歌颂吴越王钱镠的一首诗，诗中所说的钱王馆就在钱林村。这个钱王馆也叫证圣院，俗称“钱林庙”。这个寺院最早就是钱镠的房子，《至元嘉禾志》记载：“吴越王钱镠微时，有旧馆于此，后贵，改为祖祠。”就是说钱镠没有发达的时候，曾经住在钱林，后来发达了，就把老房子改造成了祖祠。从文中的“旧”“祖祠”来看，钱镠的祖上可能就住在桐乡。而钱林这个地方，历史上正是钱姓聚居之处。因此得名。现在钱林村姓钱的人家多集中居住在庙后头，都是钱镠的后裔。（摘自钱林

村村史宣传牌）

跨过石坝桥，沿着外浜朝南走，就是钱林村的文化长廊。我一边在河岸散步看风景，一边驻足了解钱林村的村情村史。

外浜河道真是干净得很，村委会门前的那个粉色戏台倒映在水面上竟是如此清晰，就连戏台的飞檐翘角也看得清清楚楚。

河道左边是张家埭新村，农家别墅区取名为“钱林菊苑”。一排排整齐划一地建在田野中心。一到秋天，整个新村就被四周的菊花团团包围，像一只巨大的花篮一样绚丽。每家每户推开窗户就能闻到菊花清香的味道，也能看到一片菊海田野，真是心旷神怡！

走累了可以在河边的凉亭中休憩，凉亭建在河道边的三岔路口，不仅可以吹到凉爽的河风，还可以看到三面河岸上的依依杨柳。凉亭下方还有个河埠头，开春时节，村民们可以在此将蚕匾、蚕台清洗一遍，在河埠头的空地上晒干后备用，这样既方便又省水。

从村委会往东走，就到了钱林庙东面，这里有个小集市。虽说我们到的时候已经是下午四点钟了，但小集市仍然很热闹，有茶馆、面馆、超市、农资商店，进进出出的人也很繁忙。这条街名叫“庙东街”，据说在钱林庙建成之后就有了，一直延续至今，每逢初九、十九、廿九，四乡八邻的老太太汇聚到这里来念佛，同时也带动了庙东街的经济。我母亲来念佛时也经常购买一些衣物，回家总是开心地炫耀，说钱林庙的衣服便宜又适合老年人穿，去大商场是买不到的。我们看着她高兴的样子，也就放心了。

今天不是逢九日，没有看到老太太们念佛的宏大场景，有点可惜，只好下次再来了。

民安村：记住民安村的三种方式

“我的老家就住在这个屯，我是这个屯里土生土长的人。别看屯子不咋大呀，有山有水有树林，邻里乡亲挺和睦，老少爷们更合群……”每当我听到这首歌，就情不自禁地想起民安村。

民安村全村区域面积达5.5平方公里，位于梧桐街道城区西侧，东隔新板桥港与市区相望，南面到桐石公路，与众善村相邻，北面靠京杭大运河，西面与城西村接壤；绕城西路、绕城北路穿境而过，水陆交通十分方便。全村呈南窄北宽的长方形，不用无人机航拍，我就能说出其形状，因为我是民安村的人。

进入民安村最好的方式是骑自行车，从凤鸣路的民合桥西堍杨家弄到二环北路口的罗家浜村有一条4米宽的水泥路，这条路横贯整个民安村，经过杨家弄、北角里、狄家舍、王家埭、冯家门、邢家里、占家圣堂、罗家浜等村坊，由南到北笔直延伸，路两边还种上了挺拔的水杉树。骑在自行车上一路前行，空气清新、心情舒畅。“这来自林间无比温柔的风……”胆大一点，感受风从指间吹过的感觉。此刻仿佛回到了恋爱时，拉着对方的手，一样的温柔。在这里，春天有嫩绿的枝条，夏天有墨绿的树荫，秋天有焦黄的落叶，冬天有雪白的枝条，四季变换着美景。不管你什么时刻到达，都有最美的景色等待你的到来。

民安的一草一木我都铭记在心，民安村在我心中是一丝牵挂，不管我走到哪里都会记起，因为民安村有三个特别的地方。

首先是民安村村名的由来。五代十国后晋天福三年设立崇德县，民安这一带就属于崇德县。民国时期和中华人民共和国成立之初，民星和万安都属于崇德县大众乡；1957年，民星和万安划归钱林乡，分别为崇德县钱林乡戴家高级社和三里高级社；1958年，崇德县和桐乡县合并为桐乡县，民星和万安分别为桐乡县灵安公社民星大队和第9大队；1961年，民星和万安划归梧桐公社，分别为梧桐公社民星大队和七星大队。其中，七星不久后改为五星；1969年，改为合心；1983年，改为万安。1983年，梧桐公社改为梧桐乡，民星大队和万安大队就分别改为梧桐乡民星村和万安村。1984年，成立城南乡，民星村和万安村划入城南乡；1992年，随城南乡并入梧桐镇；1999年，梧桐镇改为梧桐街道；2000年，民星村和万安村合并成今天的民安村（资料来自民安村史）。村名的更替不仅见证了历史的演变，更说明民安村顺应历史潮流，革新发展的方向。位于中山西路延伸段上的民安家园正在建设中，一排排农村别墅、一幢幢新式高楼，能让城里人羡慕不已。如今的民安村紧跟桐乡城区发展的步伐，在大力发展传统农业的同时，注重生态环境建设，真正让村民感受到平安、心安、民安的幸福。

其次是民安村桥名的故事。民安村是三面环水，北面有京杭大运河，东面有新板桥港，西有钱林泾港。整个村也如一个半岛的模样。村里的河港条条汊汊的很多，河多桥就多，在长短不一、宽窄不同的河道上建起了一座座桥，有单桥、戴家桥、新板桥、民合桥、柏家桥、峨眉桥、金星桥，古石桥、水泥桥、简易桥、钢丝桥、现代大桥。一座座风格不一的大桥，见证着民安村的发展。

桥是村民与外界交流联结的纽带，更是村民接受信息的通道。所以在桥头总是会有小店、茶室的存在。村民们在一起聊天“临市面”，桥多、店多、人流多，故事也就多了。最有名的是单桥的故事。

传说，几百年前，单桥这个地方有座木桥，木桥北面有个叫竹筒浜的村子，村子里住着一个农民叫蛮子，他身高八尺，力大无比。因为举目无亲，常年为财主周老四做长工。周老四蛇蝎心肠，只管吃饭不付工钱。一天，蛮子对周老四说："再不给工钱，明年我要走了！"夜里，周老四的老婆给他出了个主意。到了第二天早上，周老四一脸奸笑地对蛮子说："我早想付你工钱，但今年舂糙米，还少两只石臼，明早摇船到桐乡石埠里买两只。你如果能把两只石臼挑进船，我给你工钱。"蛮子爽朗地说："凭我的气力，两只石臼嫌少，外加四个臼杵，从桐乡步行十八里，你看怎样？"周老四嘿嘿一笑说："你果真能做到，工钱照单全付。"去桐乡买石臼那天，周老四坐轿亲自督行。蛮子挑着两只石臼和四个臼杵，脚步轻盈。走了七八里路，蛮子担不换肩、石不沾地，而轿子里的周老四吓得面色惨白。到运河边，周老四见前面的蛮子上桥时方才转了第一肩，长吁一声，口喷鲜血，跌出轿子，掉入运河之中。蛮子还是轻松地走着，走到桥中心，由于担子过重，加上桥年久失修，桥突然断了，蛮子被压入河底。后来，人们为了纪念这位农民好汉，自捐钱财，在断木桥的地方造起了一座大石桥，并取名"担桥"。当时是担子的"担"，传到后来变成了"单桥"，一直叫到现在。这是朱掌声记录下的一个故事，全村人都是耳熟能详的。

站在柏家桥上，长条的石面有着石刻的花纹，纹路不是很清晰，但能依稀看出是祥云图案。这样的设计一是象征脚踏祥云的福气，二是凹凸不平的桥面可以防滑。桥已经略显破旧，但桥堍的油树正茂盛，生长的枝干如一把伞，稳稳地给古桥遮风挡雨。站在桥上遥望，对岸就是桐乡市区，现代化的高楼大厦鳞次栉比，热闹非凡。正因为隔了新板桥港，这里显得很是幽静。钓鱼爱好者齐刷刷地在柏家桥下打窝垂钓，我很羡慕他们钓得心安理得、钓得满心期待。

记住民安的第三种方式是小地名。民安村的地名很有特色，如地心里、三官堂、庄里、北角里、狄家舍、泥水兜、凤湾村、

义家兜、钟马介埭、西马介埭等。最为特别的是这些地名的来历颇有故事。

凤湾村是因为村坊上有一条小河围绕着，并且小河在这个村坊折向东。这条河的形状像凤凰的尾巴，村名由此而来。沿着柏家桥港边的小水泥路笔直往前走，午后的暖阳照在一排排的水杉树上，焦糖色的树叶顿时像是被洒上了金光，散发出七彩的光芒。我想这就是凤凰羽毛的颜色吧！风轻轻地吹，彩色的羽毛飘飘洒洒地落到路上，轻踩树叶，窸窸窣窣的声响传遍了空旷的田野。午后的凤湾村真是美不可言。

三官堂名称的由来是村上有个道观，供着天、地、水三官神，所以村坊就叫三官堂了。现在村上还有道士的后人呢！三官堂是个大村坊，前后分为三排，称为前埭、中埭、后埭，我想这样的安排也是按照三官的排列进行的吧。后埭与马家埭一河之隔，小时候我们总是在小河港里游泳。胆大的我们游去对岸三官堂地界上去偷香瓜解馋。偷多了终究会被发现，村人来追赶，口中还在骂骂咧咧，眼看要被擒住的我们就慌不择路纷纷跳河而逃。

“慢点儿、慢点儿，吾不追了！”我们拼命地往前游，耳边却传来安慰我们的声音。游上对岸，心有余悸的我们看着刚才还凶神恶煞的老伯还是心存感激的。原本我们经常爬的泥滩现在已经做起了浜岸，护水绿道的树木已成林。风一吹，儿时的笑声被带到了空中，弥漫了整个村庄。

我们去桐乡上街，必定要走过新板桥。新板桥是我读初中的地方，半个世纪之前（1968 年）有五个大队集资在这个全是农田的地方创办了“反修农中”，后改名为城南职业中学。我记得当年读初中时，看见大门右侧还有用碎瓷片排列出的“反修农中”四个字。

建了学校后，人气足了。梧桐供销社就到那里开设了农资供应站、商店。到了 1985 年，又有农副产品收购站相继开设出来了，新板桥就形成了一个小集市，有学校，有日用品商店，还有茶室、农贸市场、种子培育场等。每到早市非常热闹，沸反盈天的声音甚至吵到了在宿舍熟睡的我们。早晨，我们也可以到茶馆隔壁的豆腐店打一份热腾腾的豆腐花，点上酱油，真是美味无比。记忆最深的是新板桥西桥堍茶馆廊檐下货郎担上的巧酸梅，那酸酸咸咸的味道真过瘾，一角钱一包可以吃上一天，客气的老同学小坤总是买巧酸梅来请客。我们初中毕业后不久，城南初中就易地搬迁了，到 1990 年之后，新板桥原有的热闹就逐渐消失了，现在已经找不到当初的模样了。但旧事物总会被新生事物替代，现在的新板桥下的学校已经建成了“鸟屋小镇”旅游景区，成了众人寻找儿时快乐的载体。伫立在母校的地基上，回忆着读书时光，那些日子就像新板桥港流淌的水一样，一去不复返了。

现在的我虽然已经到了城里，但一丝牵挂仍在民安。其实，记住民安村的方式，又何止这三种呢？

众善村：众善村的初秋

到众善村完全是一个偶然。老朋友小坤的服装厂搬迁到了众善小区后，工作更忙了。我们也是好久没见面了，那天，我刚好又在教师进修学校培训，离小坤的服装厂近，所以决定中午抽点时间去看看老朋友。

很快我已经到了见面地点，电话联系后，他说在赶回来的路上。在等待的时候，我就趁机在他的服装厂边上走走，看看众善小区的风景。

在服装厂前门处的树林里散步，初秋的中午暖洋洋的。仰起头，满眼的艳色让人惊喜。鲜黄的胡杨叶配上瓦蓝的天空做背景，真是养眼。当我还在摆弄手机，想多拍几张这样难得的美图时，“突突突”的机帆船的声音，时远时近地在我耳边萦绕。循声走向东边，发现树林的尽头是一条水泥公路，公路的东边有一条宽阔的河。

此河是新板桥港，路边的大理石桩上有说明：新板桥港北接运河，南接长山河，是东宗线主道，来来往往的船只繁忙地穿梭着。穿过临河大道，漫步在紧贴河道边的绿道，感受着柳枝飞扬的场面，聆听着水流激烈拍打两岸石块所发出的啪啪撞击声，感觉到从未有过的亲切，仿佛是穿越到了儿时的家乡。老家也是紧靠运河，我每天枕着机帆船“突突突”的机器声入眠。

众善村位于梧桐街道西南，东靠老新板桥港，南与凤鸣街道交界，西临南文桥，北至振兴西路桥。我站在众善村的东边，往

西看，发现这个不断建设的小区，真是不得了。农民新区的公寓房井然有序地排列着，从南到北足足有500多米长。小区里的民房中开设的个体工厂比比皆是，工人进进出出好不热闹。这里不仅解决了众多人员的就业问题，也增加了房东的出租收入。前来打工的人多了，星罗棋布的商店都有人来消费了。

沿着河边绿道继续往北走，穿过桥洞就是小区里的绿地——农民公园。公园是开放式的，脚下的路设计得很有新意，每条路指向一个法律或生活的知识点，让村民们在休闲时学习法律知识或生活窍门，寓教于乐，有趣。

公园中间有一块大石头，刻着“水乡人家”四个大字。确实，我们地处水乡，有着水乡的风情，就连这里的树木也要茂盛得多，就算是秋天，落的叶也要鲜艳得多。枫树的红、胡杨的黄、梧桐的灰都是这样艳丽和滋润。

“丁零零……”小坤的电话声打破了午后农民公园的宁静。我依依不舍地离开公园，前往朋友的服装厂，那匆匆的脚步声中夹杂着窸窸窣窣脚踏枯叶的声，那声音似乎成了挽留我的轻声话语。

老朋友见面，泡茶聊天。小坤还是那样意气风发，看来生意做得不错。我们虽然行业不同，但做事的道理一样，每次与小坤聊天总是有所收获。聊天时，小坤的电话响起了好几次，也正说明生意大了，工作就要忙了。

告别后，我趁时间还早，就沿着新板桥港的临河绿道向南走，又遇到了一座古桥——魏婆桥。这是梧桐街道唯一一座现存的石拱古桥，而古桥在农民新区之中鹤立鸡群般显眼。

更有趣的是魏婆桥上的对联富有深意——“路接东西分两邑，舟通南北近三叉”“桑麻两岸居成市，烟水千家路近城”。桥联不仅说出了桥的地理位置重要，更是说明了众善这个地方物产丰富、交通发达。据沈卫林先生所著《桐乡古桥影记》中的解说，相传此地原本无此桥，只有一个渡口，周围的百姓出行很不方便。大约清初时，在渡口西北角的魏家浜上有个魏婆婆，立志募捐造桥。魏婆婆奔走于石门、桐乡两县之间，动员人们捐款捐物。日久年深，终于凑足了造桥的银子。后人不忘魏婆婆造桥的功德，将新桥取名为魏婆桥。

每个地方的地名总有出处，魏婆桥如此，众善村亦是如此。据说众善村因为有“众善庵”而得名，众善亦是村民的精神追求，也是魏婆婆精神的延续。

“鞭石滔滔远，填乌岁岁新。七星横巨浸，半月映长津。”站立在魏婆桥的石阶上，遥望新板桥港两岸林立整齐的房舍倒映在河水之中，刚平静成一幅水彩画，顷刻又被来往的机帆船打碎重组，如此反复地热闹着。

“老树呈秋色，空池浸月华。”在魏婆桥上，我聆听到了岁月的对话。

同心村：凌霄花开

同心苑就在桐德路路口，这里不仅有整齐划一的农家别墅吸引着我，更有农家小院周边艳丽无比的花草惹了我的眼。一把右转方向，一脚油门，我将车停到了同心村文化大礼堂的车位上。

高大亮堂的文化大礼堂中，正好有农家举办婚礼。圆形充气拱门上的龙凤呈祥图案在鼓风机的作用下，胀鼓鼓地挺立，像极了迎宾的童男童女立于门口迎接亲朋好友的到来。红色的地毯、红色的桌布、红色的喜字……红色的基调点缀出婚礼的喜庆。

大礼堂后面的农民法治公园真是个雅致的地方。鹅卵石铺就的小道曲径通幽，青翠的孝顺竹竹叶将小道遮得严严实实。只有走过去，才能打消“疑无路”的顾虑。穿过竹下的小道，是豁然开朗的草坪，草坪亦有高低起伏，还有三治亭建在中央。“德治润物无声，法治定纷止争。”村民既可以赏景，也可以学法。带孩子的“娘娘们”都喜欢这个地方，因为孩子撒得开。

公园的美与土地的有机结合，造就了与众不同的农家乐。干完农活儿的乡人们，也可以像城里人一样逛逛公园啦，真好！

一架凌霄花在自由地蔓延，从公园一角伸到文化大礼堂的后门口。攀缘的藤蔓长得很茂盛，竟遮住了整个花架。凌霄花的花朵如同紫红色的瀑布，绽放在枝头上。一种美丽而壮观的姿势直扑我的眼眸，将初秋装点出夏日那热烈的氛围来。

凌霄花的枝蔓纠结交错，犹如一条条优美的曲线，使人不禁沉醉其中。

躲进花架之下真是惬意，美的享受随之而来。坐在长椅之上，仰头看见明媚的阳光透过密密的藤叶，如一束束彩光打在绿叶之上，让墨绿的叶子瞬间变得通透，甚至可以看清叶脉的纹理。低头，看见斑驳的影子犹如低飞的蝴蝶在你脚边起舞，引导你迈步前行。从里往外看，那些红色的花朵变成暗紫色，如同星星般闪耀着光芒，散发出浓郁的花香。秋风拂过，花朵轻轻摇曳，仿佛在跳动的音符中翩翩起舞。

“三治融合民幸，德治春风化雨。”阴凉的地方，宽敞的廊道，散布着桌椅、小凳，这是乡人聊天的聚集点，聊家国大事，聊家长里短，聊婚丧嫁娶……蹭得发亮的桌面、凳面就是最好的证明。

凌霄花架的延伸之处是同心苑新区，四里八乡的村民搬迁汇聚到楝树浜，形成了新的村民聚居点，被拆的老地方也就复垦出了新土地。通过宅基地改造，同心村清理出更多的土地来可以流转，盘活了村集体经济。村里建起了文化礼堂、运动场地、公园绿道……大大改善了村居环境。浜边的老楝树，踮起脚尖，会心地看着村中的变化，那村庄变化的速度和幅度都超出了它的想象。一种发自内心的欢悦，催生出会心的笑容随着秋风直上云霄。

伯鸿书房中有科学种田的技术指导书，村外有大面积的稻田实践基地，这种理论与实践相结合是最好的发展道路。村外的稻田略低于路基，远观田野如同一盏巨碗，盛满了秋收的喜庆气氛。那一片片绿油油、黄澄澄、红艳艳的农作物就是碗中盛放的丰收果实。

我情不自禁地走下田埂，走进稻田，俯身抚摸稻穗，一缕儿时的记忆回荡在心间。稻田深处，勤快的老奶奶们在田埂上割草，草篰里的草早已堆积如山了，阳光映红了她们赤紫的脸庞。她们小心翼翼地捡起被风吹折的稻穗，虔诚地举过头顶，口中还念念有词，只是方言有别，我听不懂她们的言语。

相信一定有人会和她们一样，在某一个瞬间，真切地感受到自己的灵魂与这片熟悉的土地的关联。忽然想起，参观马家浜考古博物馆时，我也曾看到先辈们有类似的祭奠仪式。

仪式是来自现实而又超越了现实的情境，精神的追求、心灵的慰藉，都寄寓在某种程式化的姿态、动作、吟唱和舞蹈之中。今天老奶奶们拾稻穗举过头顶，是古人祈盼收获丰盈的梦想的延续，是一种跨越时间和空间的情感。

我想，当丰收降临大地，庆祝便是一种必要的仪式，一种再自然不过的献祭。老奶奶们高高擎起的稻穗，仿佛是一簇金色的火焰，犹如同心村红红火火的生活。国家乡村振兴的有力措施，让我们的生活展现出崭新的面貌，安居乐业的老人们更是亲历者、见证者和受益者。

踏上回去的路，随处可见怒放着的凌霄花，就在农家别墅的房前屋后。它们的美丽不仅仅体现在花朵上，就连它们的叶子也是一道亮丽的风景线。心形的叶子嫩绿欲滴，透过阳光的照射，散发出一种清新的气息。

“凌霄多半绕棕榈，深染栀黄色不如。满对微风吹细叶，一条龙甲入清虚。”同心村的凌霄花，为村人的生活增添了无尽的乐趣和温馨。

百福村："福"有形

就在乌镇大道边上的百福新村，总是这样耀眼的存在：一幢幢红色的房子，崭新、漂亮。

百福村由原长福村和百福村合并而成。乌镇大道未开通前，百福村真算偏僻的，很多人都不知道这个村落在哪里。如今，从乌镇大道启新大桥由南向北开车过来，你就会看到百福村新村点里靓丽的一面，也是百福村人享福了。

"百福村新村真的漂亮。"是的，文化专管员小芳说得很对。当你踏进新村点，看见屋前弯弯的小河、绿茸茸的草坪，还有休闲健身设施……这些配置，让你感觉不出这是农村新村，而如同城市小区一样。最让人感受到变化的是交通条件的改善，这里往北到市区、往南到高铁站，开车均只需要10分钟左右。城乡差距进一步缩小就是在交通和生活品质上来比较的，百福村做到了，真了不起！

除了百福新村点的美丽外，自然村也是美得让人惊讶。百福村原属百桃乡，曾经的百桃乡特产是槜李。百福村农户很是精明，将槜李种植面积逐年扩大。由于百福村这一带的水土好，因此种的槜李味道甜。乌镇大道开通以后，百福村在村口开辟了一个专门的槜李销售市场，更好地实现了槜李"出得去"，客户"进得来"，拓宽了槜李销售渠道。每到六月底七月初的槜李销售旺季，百福村的槜李市场沸反盈天，外地车辆慕名而来，你五斤、我十斤地带回家尝鲜，市场里的喧闹声中有着村民们的高收入。

因为槜李能换大钱，村民们不仅大片种植，还利用房前屋后的空闲地块种上槜李树。三月一到，整个百福村就变成了花的海洋，那红色的农家别墅就成了花海中的一个个小岛。

进入百福村南徐家埭自然村，感觉乡风格外淳朴，那座里仁石桥的故事可以证明。据老人们说，南徐家埭地处田地中央，田地多、物产丰，这里村民的生活也比其他地方的人富裕。村民要到北面的田地里劳作，一定要经过村北一条小河，本来只要有一座简易的便桥通过即可，但南徐家埭村民感觉他们村富裕，就要建石桥造福乡梓。

南徐家埭的村民把这座桥当作一项大工程来做，花了大工夫、大耗费，他们家家出资，请来工匠，买来石料，建造起了一座石拱直立平桥。桥建成后，还请了乡里几位老学究，推敲着取个什么样的桥名，经过一番商议，最后，取了一个很有文化内涵

的雅名——“里仁桥”。

“里仁”一词出于《论语·里仁》，意思是居住在仁者所居之里；与仁人为邻，其实也就是在弘扬“田中央”（里）村民仁慈为怀、古风朴质的精神。这一命名赢得了四里八乡的啧啧称赞，“里仁桥”便成了当地南来北往的交通要道并保留至今。今日踏上这座古老的石桥，感受乡间的鸟语花香，真是体验到了“世外桃源”的生活。

村中的小浜终会汇入大河，如同村中的孩童终将走出村庄，追随南徐家埭的浜底向外，来到东西走向的长山河。后陆门村口不远处就是长山河了，这里的乡间野趣让人流连忘返。几只野鸭在悠闲地凫游，一会儿钻进水中，一会儿露出水面，一会儿又可劲儿地用翅膀拍打着河水，溅起朵朵晶莹剔透的水花。

开春后，河水就会暖起来，水草随着水流摇曳生姿，草下还不时有小鱼游弋其间。岸上的大妈们三三两两地凑到一起，一边洗衣一边私语，河道里荡起一个又一个涟漪，融化在了东来西往的轮船所激起的水波之中。

晚归的鸟雀是个生活家，把暮色捎回了后陆门这个小村庄，挂在了村后的树梢，点缀着将要来临的晚餐。暮霭渐次压低下来，将天地缝合在一起，无际的原野由碧绿、湛蓝变成深紫和暗灰。苇塘之间，夏虫啁啾，间或有两只鸟雀扑棱棱地从头顶掠过，没入河边的水草丛中。河道深处，蛙声此起彼伏，且越发激越起来。随之，两岸的万家灯火次第亮起来，散发出暖暖的光晕。

站在长山桥上看，百福村真美！

凤鸣街道：学得昆丘彩凤鸣

凤鸣街道有一古寺——福严寺，始建于南梁天监二年（503），千年古寺福佑民众，故称福地。现在的凤鸣街道由同福、史桥、灵安三个乡镇合并而成。凤鸣街道位于梧桐街道之南，相传有凤凰栖息在梧桐之树，朝南鸣叫，顷刻之间，百鸟齐聚，围绕唱和，故形成“凤鸣”这样的吉祥地名。

沿着“阡陌桑田朝阳路”美丽乡村精品线北线横穿凤鸣街道红旗村、路家园村、中群村……一路上，粉墙黛瓦的江南人家、禾稻飘香的千亩农田接踵而至，风光旖旎，美不胜收。地处江南平原腹地，凤鸣街道种桑养蚕历史悠久，是名副其实的蚕桑基地。

凤鸣街道栽种杭白菊已有300年的历史，主要品种有小白菊、大白菊、异种大白菊。质量以小白菊中的小洋菊为最佳，朵大、肉厚、味香。传统医学认为菊有疏风、清热、明目、解毒之功效。杭白菊既可食用，又可制药，具有药食同源的特点。凤鸣街道年产杭白菊近千吨，是“中国杭白菊之乡”——桐乡杭白菊的主产区之一。

“开轩面场圃，把酒话桑麻。待到重阳日，还来就菊花。”一派田园风光引人痴迷。

路家园村：戏文浜流动的绿意和惬意

一个地名，带着一个“戏”字，总令人产生无限遐想。凤鸣街道路家园戏文浜，就是一个令人难忘的小乡村。

又是一年四月天，在柳叶泛绿、春风拂面的日子里，我们来到了这个不起眼却又有特色的小村庄。它很普通，普通得连地图上都没有标注，我却定格在小桥的石板上。桥下那泛起涟漪的河水自北向南缓缓流过，我的思绪随着小河流到村外的大河塘里去，猜测着外面的世界是如何美妙。

水，是戏文浜所有美丽最深处的灵魂，因为戏文浜的水永不枯竭。那一条条小河如同一段段青葱色的玉臂，在小村庄中交织成一张张密密的网；河岸上的绿色从水流中蒸发，化作缥缈无形的水汽，亲昵地蹭着田野的面颊轻抚而过。水汽又乘着风儿掠过河岸，给树木带来郁郁葱葱的绿，凝固成一座绿色的小村庄。

有水就有桥，小村庄里的桥其实就是两块竖着的石头和一块横着的石板，但它依然美丽，在粼粼的波光上，勾勒出美妙的一笔。乡村里简易的桥，它们没有雕刻精美的石栏，也不是流光溢彩的玉砌，有的只是被行人脚底板磨平了的光滑石板，还有被车轮碾出的浅浅沟痕。有些石块的接缝处已经开裂，可桥的骨架依旧坚实，纹丝不动。虽然这些桥外表大多并不惊人，却有着极其丰厚的内涵。因为桥已经超越了交通的意义，成为桥下印月思乡的最好寄托。

桥的两头是新建的农家小院。小院虽然没有繁华胜景，但有

盛开的草花。住在小院里的是乡里乡亲的普通老百姓，不奢望满桌的山珍海味，但有鸡鸭鱼肉已成常态；不求良田广厦，但有明亮温暖的小康之家。

小院与小院之间是小巷。小巷里的深院中探出一丛繁密的榆荫。小巷是邻里交流互通信息的场所，开侧边门，一个板凳，一把蒲扇，一聊就是半天，娘娘们（为地方语言，意思是老奶奶们）似乎永远都有扯不完的家常。

每到节假日，打工的年轻人回来了，戏文浜此时更热闹了。人多就有戏，逢年过节，村广场上的戏台里好戏连台，父老乡亲在舞台上一展风采。因为戏文浜人会唱戏是一大特色，农村人的精神世界是丰富多彩的。随着小河将戏曲声传到外面，让外面的世界也感受戏文浜人生活的安恬、惬意。

小桥、小院、小巷，这三个绝美的物象在小河中一点一点地溶解，化成一杯清香的菊花茶。袅袅的茶雾在空中如绸缎一般婆娑起舞，最后幻化为三个让人魂牵梦绕的大字——戏文浜。

水的美是戏文浜的一部分，的确，戏文浜离不开水的装点。

桑园桥村：梧桐树下的生活

我很喜欢梧桐，不仅是因为这两个字的结构方正好看，还是因为那句“梧桐之凤独栖也”，也是因为那手掌形状的叶子每到了秋天都会大片大片地掉下来，给深灰色的地面铺上金黄色的地毯。有意地踩在叶上，只为听那“沙沙”的声音。

桐乡古称梧桐之乡，“栽得梧桐树，引得凤凰来”。在老的南日公路最北端，有个小景点很雅致，取名为“十里梧桐”，在这里可以找到梧桐树之美的密码。

立秋刚过，秋雨即刻来报到，但雨不大，不影响出行。

穿过桐乡喧闹的市区，停在“十里梧桐”景点的东面路上。下车后站在略显冷清的南日公路上，举目南望。路两旁树木枝叶太过茂密，一条林荫大道雾蒙蒙的如同仙境，悠闲地伸向远方。公路两边各有一条水泥人行道，人车两分离，可见村人建这条路上很用心的。新村就规划在公路两旁，崭新的农家别墅一排排地分开。我脑中总是有个想法：别墅造得整齐划一，出了门会不会有找不到家的情况发生？

进入“十里梧桐”，周围突然静谧，所有的喧闹戛然而止，浓荫蔽路的梧桐树似一张巨大的隔音网，将一切的喧闹藏在背后。细雨之中的梧桐叶更是有了灵气，郁郁葱葱。细雨如同珍珠断线一般持续落下，秋风徐徐，秋雨绵绵，漫步在梧桐夹道上，两旁尽是高大的厂房建筑，恍惚有种身处欧洲的错觉。偶有一两对恋人出来约会，他们的背影让人想起昔日的《花样年华》。

“哒哒哒……”站立在十里梧桐别致的景色里，在梧桐树叶下，撑着伞，听着从梧桐树叶落下的雨滴落到伞上发出的声音，好似感觉到了自己心跳的频率。此刻的我，有一种“梧桐叶上三更雨，叶叶声声是别离”的情绪。

过了十里梧桐，继续沿着梧桐树伸展的方向前进，不消3分钟就到了凤鸣街道桑园桥村委会的驻地（此地原以种桑养蚕为业，故称桑园桥），停下车，沿着池塘洋港走了一圈。那小港也是调皮得很，不走直路，就喜欢绕弯，将桑园桥新村绕出了一朵花，映衬在河道里，偷看着村居的变化。我踏在塑胶健身道上，沿着小河画出的路线，追逐着新村的美丽画卷。

雨中撑着伞，我沿健身小道漫步，神情自然优雅起来。路边的梧桐树神情自若地看着匆匆而过的车辆，它们看过太多的风花雪月，所以能这样自信地矗立着。我顿时羡慕起梧桐树来，来来往往、人情世故，看穿却不说穿，是智者。

属于桑园桥的梧桐树路段其实不长，但这里的温馨和安详让人着迷。从北到南，满打满算只有千步距离。最精彩的更是只有几百步路而已，初秋刚至，梧桐树给这条静静的林荫路展示了浓浓的生命力。树叶已经褪去了夏天的毛糙，展现出初秋那成熟的定力。这不仅是人生的经历，也是桑园桥最具魅力的时刻。

雨还在下，空气依旧潮湿，这里静得也很纯粹。梧桐树下的小店门口停着几辆破旧的三轮车，窗前几个老人正热络地谈着什么，不拥挤也不吵闹，这是桑园桥村特有的气质。

新村也在梧桐树下，房屋的每个角落都是满目的梧桐树影，安静的马路上植着高大的梧桐，诱惑着我们的双眸。神秘的梧桐树可以覆盖井然有序，也可以容忍热闹非凡。古老的梧桐林荫映着新区的市井生活，日杂商店、小餐馆、茶馆都交织在了一起。

其实很难想象，一条路的历史可以比我们的年龄还长。像南日公路这样覆盖着厚重历史的乡村公路在桐乡已经不多了。这一点最好的证明，当然就是路边整齐的梧桐树了。那粗壮而又斑驳的树干显示了它们的年龄，繁茂的枝干向路中央伸展出去，两边的梧桐树枝叶覆盖了整条马路，在空中合抱起来形成了一条隧道，来来往往的车辆如同进入童话世界一样或隐或现地在隧道中出没。而这样树影斑驳的小路正是我所最喜欢的，桑园桥的美更多是源于此。

桑园桥村除了景色美、新村美，还有更美的地名传说。

据传，早在五百多年前，桐乡县治刚刚建立。古时的规矩是新立一个县，必须确定一处地方作为县城，然后在县城设置县衙、建城墙、造城隍庙等。

但是县城设在哪里呢？当时有两个地方官员意见不一。出生在史桥的那个官员说，史桥这个地方河港交叉，众桥飞架，风水不凡，应将县城设在史桥以北一带；出生在梧桐的那个官员说，梧桐这个地方梧桐成荫，曾有凤凰来栖，是块宝地，应该将县城设在梧桐。

二人各持己见，无法决定。有人建议说："古人云，凡是宝地，其土必重。你们可从史桥、梧桐两地各量一斗泥土称一称，看哪里的泥土重，县城就设在那里。"两个官员一致赞同。

谁知梧桐那个官员事先做了手脚，他在泥里掺了不少河沙。结果一称，梧桐那斗泥要比史桥那斗泥重半斤多。这样，县城就定在了梧桐。

这消息被史桥一带的老百姓知道了，大家心里不服：难道泥土还有轻重？有人提议：县城不建在这里也罢，我们自己建个土城。于是众人挑泥堆了个土城，还取了"龙潭漾"等一些名称。从此这个地方就被称作土城里。（《中国民间文学集成·浙江省桐乡卷》）

如今的土城里已经变成了新村，一切都已是沧海桑田了。秋风吹，树叶响，风吹过村民广场，一片清凉。

我想，夜晚、人们、乘凉……在梧桐树下约会，吹吹凉风，数数天上的星星，这是何等的惬意。来桑园桥吧，这里有你想要的一切！

史桥村：集镇新颜

认识史桥集镇已经很久了，因为原来史桥学区划到了启新学校，在学校工作的我就免不了去做家访，就这样认识了史桥集镇。

史桥集镇，原是史桥乡人民政府的驻地（1998 年 10 月史桥乡并入灵安镇，2001 年，灵安镇撤销建制，设立凤鸣街道）。小集镇位于桐乡迎宾大道东侧，桐九公路西侧。东西长度不到 400 米，街道沿长山河而建，这里曾经是方圆几里村民赶集的繁荣之地。集镇虽然小，但每天的集市很热闹。记忆中，河北边有五六十间平房店铺，店铺门前有一条东西向的老街，老街北面有茧站、供销社百货商店、信用社、布店、集市，形成商贸一条街，特别是早市十分兴盛。

那时候的工作除了教书，还流行“叫留生”（初中未毕业而辍学），所以我也经常去史桥地带家访。而且家访要起早摸黑，趁家长孩子还在家，上门做思想工作，晚了家长都上班去了，只能吃闭门羹了。现在，家长都重视教育了，“叫留生”已经成为一个不复存在的历史名词了。

当时，每过史桥早市，可以说“一动不动就堵住，三轮车、汽车、摩托车喇叭吵得不停，一片乱糟糟，路面也坑坑洼洼，晴天全是灰尘，雨天全是泥水”，一点也不为过。然而随着时代的变迁，史桥人口中的“大”街在拥挤的车流中逐渐成了一条混乱不堪的小街。

那时最为经典的是，集市上有几家小超市里偷偷摆放几台游戏机，诱惑学生来玩。我们教师在节假日来抓过沉湎游戏的学生，为了学生的学习竟然与超市老板吵起了架，引来了街上很多“吃瓜群众”围观。如果放在现在发生这样的事情，我们可能会成为网红。我甚至连八卦新闻的题目都想好了，叫作“一帮教师大闹游戏厅”，不知题目妥当否。

在走村串户做家访的同时也听到了一些故事传说，如“史桥”这个地名的来历（史桥原名史家桥）。传说亭子桥集镇有一个姓史的人到史桥开店做生意，当时史桥还没有桥，河南、河北的人往来要靠摆渡，非常不方便，史老板就出资建造了一座简易的石桥。这一带的村民为纪念这个好心的史老板，就把这座桥叫史家桥。老史家桥原来在石泾塘上，长山河开挖后就没了踪影。现在的史家桥已经是一座平整的公路桥了。

站在横跨长山河的史家桥上，一眼就能看到长山河两岸灰色

的民居和浑浊的河水。桥南还有个加油站，静默在乡村之中。这些记忆都是 2015 年之前的。

2015 年往后，开发区（高桥街道）桑园桥村、长新村等村约有千户人家陆续拆迁安置到了史桥集镇北侧的史桥新区中。社会在发展，人民的要求在提高。当时破败不堪的史桥大街与新社区的定位格格不入。为此，桐乡经济开发区史桥集镇综合改造项目始于 2018 年 10 月，不久后工程全面完成了马家桥桥梁改造、史桥大街道路改造及两侧建筑立面改造，到 2020 年春节前完工投入使用。

我作别桑园桥村后，来到史桥集镇，正好一睹“旧颜改新貌”的现场。

进入史桥大街，真是耳目一新。经过立面改造后，仿古的砖木结构，使老街呈现民国初期建筑风情，增添了老镇的韵味。一店一牌，统一字体店名嵌于深灰色条纹栅栏上，美观通透。也许是下过雨的缘故，黝黑的柏油路面上显得特别干净光亮，总感觉像是大城市某个步行街。柏油马路上画着醒目的白色交通标线，停放的汽车也是统一一个方向，观之赏心悦目。

菜场还在河边，位置不变。走在长山河边，看着急急东进的河水，不禁感叹起来：曾经的热血青年在柴米油盐之中，渐渐变成了糟老头子。此刻也要像苏轼游赤壁时那样说句有文化的话：“故国神游，多情应笑我，早生华发。人生如梦，一樽还酹江月。”

闻着市场上香味扑鼻的卤味，经过整齐的肉摊、菜摊、鱼摊、熟食摊、豆制品摊……回到大街上。我站在马家桥上观望，新桥下河水清清，蜿蜒深入新村。桥北新居错落有致，岸边健身步道树影遮蔽；桥南的桥头还有一排休憩的座椅长廊，几位老者聚在一起，笑谈着属于他们的快乐。

整洁的街道，洁净的门店，小集镇也有迷人的魅力。

西牛桥村：白云下的空灵

去看西牛桥村纯属偶然。从大麻回桐乡的时候，在临杭大道上等红绿灯，抬头看见路标指示，前方右拐就是西牛桥村，既然这么近就拐进去看看吧。

乡间公路相对临杭大道来说小了点，但黑色的柏油路也是整洁平坦的。

左拐加右拐就到了西牛桥村，在村委会的大院里停好车，喝口茶，轻装上阵去看属于西牛村特色的美丽乡村。以村部的集散中心为起点，沿着黑板桥港由东向西进发。

半下午时光，太阳稍稍西斜，暖暖的光线照射在身上甚是舒服。村里的健身绿道边是竹林，林中有鸡鸭在低头认真地觅食。林后是农家别墅，推开窗就能看见这片竹林，西风吹起，沙沙作响，真是天籁。

冬日里，田野的稻谷已经收割完毕，视野空旷多了，就连远处临杭大道上来来往往的汽车也看得清清楚楚。麻雀们在田里寻找农人遗留下的稻穗，一饱饥肠。有了麻雀们的喧闹，原本寂寥的稻田有了更多的生气。走在绿道之上感觉清爽、空灵，忽又想起宋代缪鉴的诗《咏鹤》："青山修竹矮篱笆，仿佛林泉隐者家。酷爱绿窗风日美，鹤梳轻毳乱杨花。"难道缪鉴也来过西牛桥村，留下这样美妙的诗歌？

江南水乡的美，至少一半要归功于河流。黑板桥港就像一根紫藤，缠绕在一个叫王家兜的小村坊上，农舍就像紫藤上的花

朵，娇艳地开放着。通往外河的机埠闸门紧闭着，黑板桥港的河水静静地平躺着，用水汪汪的大眼睛看着蓝蓝的天。

弯里木桥横跨在“S”形河道的中间，这个位置真好，是村民出村的关隘，只要在这里设个关卡，就能“一夫当关，万夫莫开”了。我想，疫情防控期间进村检测，这里肯定是个监测点。

桥下有个河埠头，我沿台阶走近河道，伸手在河面上划着水。河面上的水彩画随着涟漪灵动了起来，那河道怀中的蓝天、白云、红墙、绿树都像是宫崎骏的动画片一般被赋予了生命的动感，它们也许是因为感受到了冬日的暖阳，也跟我一样欢快地出门溜达了起来。

村子还有几处共育房子（原先集体劳动时，共育蚕宝宝的地方），也是村里的公共活动场所。每到全村分粮、分柴时，共育房的空地上人山人海，男女老少齐出动，期盼着自己能多分点。一棵古香樟，几个石桌石凳，现在已经成为大伙儿民主协商村事的场所。

绕过共育房，走过农家的道场，一个个篱笆墙设计得很有韵味。竹子编织的镂空墙，木质小门紧闭，防止鸡鸭偷吃青菜。鸭子不能跃墙，只能通过镂空的格子发挥特长，伸出长长的脖子偷吃嫩嫩的青菜叶；而鸡有跳跃的能力，一堵矮墙难不倒它，一跃就进入菜园去啄叶子上的虫子，吃个够。

走过村舍，又一个空地被改造成了村里的游乐园。有轮胎做的秋千，在木架上来回摇摆，好不惬意。还有白墙上的水墨画，或是栩栩如生的鸡鸭猪羊，或是花草树木姹紫嫣红，或是河流鱼虾活蹦乱跳……一幅幅农民画，画出了西牛桥村村民的幸福生活。

生活中从来不缺少美，而缺少发现美的眼睛。在西牛桥村里，树桩、残枝、簸箕，这些被村民丢弃的物件都会变成宝。在王家兜村的村北，家家户户的道场上、夹弄里都安上了美学设计元素，一串大蒜、一堆辣椒、一个冬瓜、一把青菜的模型都不经意地安放在房前屋后、窗前树下，让进村的客人处处都能感受到庭院的美学。而这些美的创造就是取材于农村的杂物。

村委边上的民房很有特色，屋旁有一个开放式的小院，在香樟树下，新砌的石凳与圆桌古朴而又清新，在此饮茶定是惬意无比。我想，我们的乡愁就是这种模样吧，因为乡土文化的“根脉”就是这样平凡的场景。“村里整理了我家边上的路，现在绿树石桌，是个休憩的好地方。”老伯笑吟吟地说着自家边上的变化，那神情是愉快的。

时间飞逝，夕阳将要西下，弯里木桥边的那棵枇杷树已经开出了洁白的花朵，一簇簇地挂满了枝头，在宽大的树叶间咧开嘴，偷偷地笑。枇杷树的背后是一条静静的黑板桥港和广阔的田野，这样空灵的场景真让人流连不舍。

新农村：新乐亭里听雨声

“新农村”这个名称真好，一来是永不过时，二来还挺时髦的。新农村就在320国道和洲甸公路交接处东南角上，很好找。

车停在南墙门的十字路口靠西的空地上让人很安心，因为村民们用青砖垒出了一个凹形车位，足可停放三辆汽车，一点也不阻挡来往车辆。最为优雅的是车位边上还有香樟、翠竹半包围着呢！

南墙门去邵家浜的小道上都有废旧轮胎立于路边，喷上彩色的油漆，一个个别致的护栏就这样优雅诞生了。一处矮竹篱笆下的轮胎上放了一个废铁架子，一辆拉风的摩托车就在草丛中停放着，好似小伙子在此等待着心爱的姑娘一起去兜风的架势。

乡间小道的空旷之处都是桑树，风吹之处，嫩绿的桑叶上下起伏，像极了绿色海洋中翻腾的海浪。

邵家浜桥就是一座普通的水泥桥，而特别之处在于架在桥边的水泥渠道用青砖砌成了城墙状，既保护了水泥渠道，又美化了其外形。站在桥上观望，水车、古桥、凉亭，这些古元素和新村居进行了有机的结合，造就出了新农村特有的新面貌。据说村里的古桥还有故事呢。说是清朝一位杨姓兵部尚书曾经在此居住，为村民建桥一座，村民为感念杨尚书，故给此桥取名为杨部桥。

沿河环绕的塑胶健身步道格外引人注目。那桑树林边的彩色步道，在花草的陪伴下向着农家小院弯弯曲曲地延伸。只要有空儿，穿上球鞋，村民们就能享受到与城里人一样的健身福利。真是“绿道沿河绕，花草娇儿俏；出门一抬脚，满眼幸福笑”的乐陶陶生活。

踏过邵家浜桥，新乐家园呈现在眼前。农家别墅一幢幢地排列着，家家户户门前有绿化。小区中心是个偌大的草坪公园，足有两个足球场大。绿油油的小草铺满地，满园的青草味随风飘。

大草坪的西面是新农村文化大礼堂，村民的重大聚会都在这里进行；大草坪的东面是一座与农家别墅齐平的土墩。我踩在软绵绵的草地上，正想享受一下那绿草的温柔，天空中忽然下起了小雨。抬头一看，乌云的面积还是比较大的，看来要躲一下雨了，我加快了步伐朝土墩上赶。

好在行动快，不然就要成为“落汤鸡”了。刚坐下，新乐亭外的秋雨已经密集地下了起来，雨水顺着凉亭顶上的茅草直流而下，刚才泛白的水泥台阶已经变成了灰色。既来之则安之，索性坐下来，在亭中听初秋的雨声也别有滋味。

坐定后，重新打量起此亭来。亭为两层六角亭，有圆柱六根，亭上铺有茅草。亭上有窗格，亭下有靠椅，全亭遍刷紫漆，显得古色古香。抬头看亭的匾额题字为“新乐亭”，柱上有一副对联“眼前风景古道遗风村落，画里水乡小桥流水人家”，意思是说新农村保留着古村落的风格，那秀美如画的景色就在眼前。对联说得真好，其实我们大老远地跑去看风景，还不如在附近看本地的美丽乡村呢。

亭外淅淅沥沥的秋雨还在下，雨滴打在芭蕉叶上发出“嗒嗒嗒”的声响，此刻的心情是多么放松。细观一株芭蕉立于新乐亭外，雨滴与芭蕉正在缠绵。芭蕉叶握住雨珠，想留住点什么，牵扯着，可那些晶莹的雨珠毅然离去。而后来雨珠又化作水汽在空中凝结成水珠落在芭蕉叶上，周而复始地循环。雨打芭蕉，动听又暖心。芭蕉听雨，是一件清雅之事，今日我竟遇上了，真是有幸。

我极目远眺，那新乐家园的农家别墅前的优美庭院尽收眼

底，就连别墅前的小花园里的花儿也看得清清楚楚，花架上的紫藤萝开出的紫花在秋雨的浸润下越发显得鲜艳光亮。

秋雨是没有耐心的，不一会儿，雨渐渐停歇了，我顺着高土墩向南进发。墩上水泥石块有规律地间隔着，我一步一跳向前走。高墩的左侧是一条小河，右侧是一片新村，看来这高墩是保护新村的一道屏障啊。

下高墩处亦有一亭，名曰“融乐亭”。一副充满田园风趣的对联“踏石过花径，聊天据草堂”引得我一步三回头，想想这样的农村生活画面，真是惬意无比。穿过农家别墅区，进入新村南面的空地。此处是个三岔河口，跳鱼浜和邵家浜的河水汇聚在一起，浇灌着新农村的千亩良田。河边少不了临水栈道，倚栏看缓缓流动的河水，感悟岁月静好的生活。

社会发展真快，人总是有些怀旧的。看了新村的发展总感觉不过瘾，那就去看看新农村以前的模样。从邵家浜桥一直往回走，回到停车的地方，继续往西走，南墙门给我们保留下了农耕文明的印记。

一堵竹篱笆墙，墙上挂着竹匾画，水墨风和竹元素搭配，传统又现代，好看。南墙门自然组的农耕文化园给足了怀旧的我们精神的慰藉。篱笆墙下是以前的农具，有叫得出名的，也有叫不出名的，但看见这些已经陈旧的农具，总有一种亲切感。简单的摆设，将新农村人原来挑担、种田的场景都入了画。空闲下来的村民来这里走走看看，一定会觉得乡村的过去也挺有味道的。

高耸而立的水塔、玲珑别致的门头，都是用灰色调来展示农家低调、平静的生活模样。正如门头两边的对联“抛去金钩钓鳌鳖，换来白玉锦墙门”所表达的一样，生活无须声色犬马，柴米油盐才是真，而幸福生活需要自家的努力才能获得。

新农村人的勤奋是出了名的，种桑养蚕插田，无一不拿手。每当春季农忙时，大人在田地里嫁接小桑苗，小孩子也不闲看，帮着大人将接好的桑苗“捂”上细泥，“乡村四月闲人少，才了蚕桑又插田”的劳动场景热火朝天；每到秋季，那千亩田园菊花同时绽放，杭白菊的芬芳着实让人眩晕，“开轩面场圃，把酒话桑麻”的美好让人沉醉。

回望这片充满绿意的土地，感觉这里的美景、这里的生活、这里的农村，真“新”！

中群村："陌上问蚕"有暖意

车开在中群村的蚕业大道上，虽是阴雨天，但视野开阔。田间的小桑苗带上雨点更是绿油油，柏油铺成的宽阔马路亮亮堂堂。

"要想富，先筑路"，中群村的路改善了村民的交通出行环境，为美丽乡村建设提供了助力，也让乡村振兴更有希望。

凤鸣街道中群村是一个传统农业村，全村共有600余户村民，养蚕的家庭超过半数。年轻人都出门在外上班，老年人在家养蚕。养蚕最为要紧的是小蚕饲养，老年人技术掌握不好，年轻人懂技术却没有时间，这样会直接影响到蚕业生产规模。中群村委会直面问题，开出小蚕共育场地，帮助蚕农饲养小蚕，解村民之忧。这样的举措不仅为民服务，更能稳定养蚕质量和数量。（小蚕饲养是国家农业综合开发"一县一特"产业发展试点项目。）

走进中群村小蚕饲养中心，我被整洁大气的饲养环境所震撼。一排十五间门面的高大平房坐落在空旷的田野之中，西面12间是小蚕共育房，东面3间是伯鸿乡村图书馆。南面是一片桑园，北面是一片花园。

踏进这块土地，总感觉有种生命的力量在滋滋地生长。除了共育室的蚕宝宝们，周围的花花草草也都生机勃勃。饲养中心的门紧锁着，"闲人莫进"。我是个闲人来闲逛，当然不能进。但好奇心总是有的，隔着玻璃窗往里窥视，熟悉的小蚕饲养布置呈现在眼前，我的思绪早已经飞到儿时进小队共育室取暖的场景。

那时，春季小蚕饲养都由小队抽调各家的妇女，在妇女小队长的带领下，日夜守护在共育房，看护幼小的蚕宝宝（村人都称小蚕为蚕宝宝，足见村人对蚕的重视与喜爱）。在地灶里烧火加温，采摘嫩叶切碎喂养小蚕，除去小蚕的蚕沙腾出生长空间，定时撒药粉消毒除菌……养小蚕如同养孩子一样需要用心呵护，农妇们起早摸黑地照顾小蚕。看着它们从黝黑的蚕籽发育成白白胖胖的大蚕后，分到各家各户去饲养，直至春蚕上山做茧子。

养蚕是辛苦的，只有农妇最有发言权。“子规啼彻四更时，起视蚕稠怕叶稀。不信楼头杨柳月，玉人歌舞未曾归。”宋代谢枋得的一首《蚕妇吟》道出了蚕妇们的呕心沥血。

我一路探头观望，一路回忆过往。正在忘我之时，一头撞到了一大扇玻璃门上，发出了“咚”的一声。我顾不得头痛，定睛一看，原来里面已经不是饲养室了，而是“伯鸿乡村书房”了。

因为撞门的声音，引出了书房里的图书管理员。一位阿姨赶忙打开了玻璃门，询问起了我的来意，我急忙解释了一番。阿姨

客气地让我进入书房，还打开了全部的射灯，让我参观这里布展的“蚕桑科普馆”。

真是惊讶，这里的“蚕桑文化”整理得很是完整，内容有养蚕种桑技术的改进，有丝绸制品的工艺，还有丝绸贸易的发展，更有老百姓生活中婚嫁时的丝织用品……最引人瞩目的是清明节“轧蚕花”民俗的介绍。科普馆里还有意设立了一个“蚕花弄里轧蚕花”的活动场景。

每年一次“轧蚕花”的日子牵动了多少少男少女的心，牵动了多少蚕农对一年蚕信的无比祈祝的渴望。清明节这一天，整个江南养蚕的小镇都沉浸在万人欢欣的气氛之中。所有弄巷都有来自各地的民间杂耍、魔术社戏等精彩表演。狭窄的街道上、小弄里人山人海，难免有身体上的接触。年轻的男子都会趁机在姑娘身上揩点儿油，也想找个身体健康的媳妇。而在清明节，这种“摸捏”行为是合法化的，姑娘们也不会大惊小怪。姑娘们平时也是难得出门，希望在此时此刻遇到心上人。

“清明天气暖洋洋，桃红柳绿好风光。姑嫂双双上街去，胭脂花粉俏梳妆。觉海寺里真闹猛，男女老少似海洋。邻村阿哥早等待，一见阿妹挤身旁。一把大腿偷偷捏，姑娘脸红薄嗔郎。”一首“轧蚕花”民谣描绘出当时“轧蚕花”的盛景。

“蚕桑科普馆”展厅上方是“伯鸿乡村书房”的阅览室。登楼上去，这里的装修一点儿也不比城里差。“这里的藏书也有上千册，平常的图书基本都有。”阿姨热情地介绍起来。阿姨既是“蚕桑科普馆”的参观引导员，也是图书管理员，精明能干。

看着这个漂亮整洁的书房阅览室，我靠窗坐了下来，享受一下这里的书香气息。窗外是开阔的花园，月季花还未全部开放，但花骨朵已经待放了，就等着雨过天晴后阳光的照耀了。花海里还有一条观光栈道将海花隔成若干方块，方便游客来观光拍照。室内灯光柔和，书香扑鼻。这里是个“耕读传家”的好地方。

告别阿姨后，我在饲养中心南面的百桑园走了一圈儿，在桑林中重新认识了有着手掌大小的桑叶。走近桑林才发现这百桑园里的桑树为什么特别茂盛，原来桑树下方的地上有一层树枝、桑树条打碎的碎屑，均匀地铺在田间地头，做了有机肥料，而且环境更整洁了。看着绿色深沉的桑叶在秋风中上下翻动，或隐或现的农人还在桑林中劳作呢。

最让人喜爱的是饲养中心白场前的那一群湖羊塑像：它们三三两两地分散在草丛中，有的在闷头吃草，有的在抬头观望；大的在走路，小的在打滚儿……羊的模样刻画得惟妙惟肖，白色的羊毛在碧绿的青草中有特别的反差视觉效果。

参观完“陌上问蚕”的景点，沿着那笔直的柏油路向北走，本想抄个近道到临杭大道后回桐乡，不承想小道上在修路，只有原路返回。因为小道不宽敞，只得倒车退回。在退回的时候特别用心看了路，发现道路边上的芦苇丛里隐隐约约有个沿河栈道。反正也没有来往车辆，干脆停下车来去看个究竟。

从香樟树下找到入口，踏在临水栈道上感受临水的美妙。秋风凉凉地吹着，整个人都感觉神清气爽。也许是刚下过雨的缘故，河面上的鱼儿不时露出一张小嘴，吧唧吧唧地吸几口空气后再沉入水中。它们不厌其烦、周而复始地来水面玩耍。我在看它们玩耍，它们也在看我发呆吧？

这个小村庄叫“鲇鱼兜”，这里是村上水渠入河的通道，原本淤泥堆积、垃圾成堆。村里开展了清淤养鱼工程，这里如今已经成为村民饭后健身的好去处了。

如今的农村已经不得了了，每个乡村都是串点成线、串珠成链，变“落后”为风景了，中群村就是一个典型。

合星村:“福气”笼罩的村庄

面对万物复苏的大好春光及美景，人们终归挡不住大自然的诱惑，纷纷出门游乐，就如同杜甫笔下勾勒的一般：“迟日江山丽，春风花草香。泥融飞燕子，沙暖睡鸳鸯。”今天在老朋友沈玉明的陪同下来到了凤鸣街道合星村参观。

（一）祈福小镇

合星村因为有个千年古寺——福严寺而闻名遐迩。据寺中石补钟铭文记载，福严寺始建于南朝梁天监二年（503），由台山日东熹禅师开山，唐乾符三年（876），唐僖宗题额为“千乘禅院”，北宋始改福严禅寺。

今天因为时间比较紧，所以没有进福严古寺参观。我在福严佛教文化苑的停车场下车，沿着寺前的小河向西参观这个建成不久的祈福小镇，感受古村落的宁静与美好。

紧挨着寺庙的小村名叫寺前埭，整个村借着福严寺的美名打造祈福小镇，用一个“福”字串起幸福的农家生活。迈进小村口有一个福茶亭，亭前一副对联韵味深远：“花雨妙香一杯渡尽三千界，青松白水万法缘来四大空”，让人顿悟人生真相。

纳福路下是柏油马路，漆黑的底色上绘出红黄绿三色分隔成来去两道。刚走几步就有一座玲珑的廊桥，桥北的对联“渔唱官河千古事，花间陌上十分春”说明了寺前河有千年历史，时间年复一年过去，但春色依旧艳丽引人。桥的北堍地面之上有一个大大的福字，农人们脚踩福字，粘着福气回家，可以养蚕廿四分。踩着福字抬眼看，就是一堵福墙，有不同的字体展现不同形式的“福”，让人联想到每个人对福的不同理解。来者亦可在墙前祈福，许下美好愿望。

桥南柱子上的对联是“平寿膏雨介尔景福，栗里淳风多有素心”，很接地气，乡村有淳朴之风，乡人享受安宁之福。站在渡缘桥上往西就是古运河了，突突的机器轰鸣声不绝于耳，运河之上船只穿梭而过。过桥来到南岸，穿过竹林桑地，听闻鸡犬之声真是格外亲切。农家小院竹篱围栏，栏下是各色农家作物。洁净的柏油马路蜿蜒伸展，如同古老的树枝有千万分叉，那户户农家宛如朵朵小花绽开。

一个转身又回到古寺门前的石桥，踏在灰色斑驳的石阶之上，总有一种莫名的心境。古香樟下耳听寺中传来的钟声，荡涤

着心中的尘埃；福严寺门前的对联“晨钟暮鼓惊醒世间名利场，经声佛号唤回苦海迷路人”，提醒人们过平淡的生活，不要为了功名利禄而深陷苦海。“放下了欲望，才能轻松前行。”佛语也很有道理。

（二）伍社庙戏台

不是玉明重点推介，我差点错过了一个景点。那是合星村老村委的驻地——庙前埭，这里也是美丽乡村改造的产物，公路边建起了仿古的建筑，在古色古香的房屋里开店营业倒也是别有风味。因为临近傍晚，所以来店里买小菜熟食的特别多，进进出出好生热闹。

走近小街市边的一个小弄堂，才看见这里有名的伍社庙戏台。在古时，看戏是古人重要的文化生活，正所谓“戏台小天地，天地大戏台”。放在当今，妥妥的看电影加电视剧加音乐会的结合体。

细观戏台，坐南朝北，台基高一丈有余，背依前殿明间后檐，平面呈方形，三面空旷。上面四角飞檐，鸡笼顶离台板约有六米之高，台上四根柱，整个戏台有四十多平方米，基本保存完整。戏台内顶穹窿藻井，雕梁画栋，精雕细刻，匠心独运。正梁之上有“大清光绪十三年，岁次丁亥小春月，朱门孙氏敬助，祈求田蚕茂盛五谷丰登六畜兴旺吉立谷且”的字样，由此可见，这个古戏台的存在，应该有130多年的历史了。

我站在古戏台前沉思，忽然想起一副对联：“南腔北调，昆曲苏簧，不外风情政绩；周礼秦章，唐冠宋服，无非鉴古知今。”今天看到这个古戏台，让人有“人生如戏，戏如人生”的感悟。

绕过古戏台来到伍社庙正门，正门却有与众不同的安排。既有庙宇的气派，也有府邸的装饰，看来民间传说也有一定的依据。

江南之地，水网密布。作为庙宇必定建在河边，方便善男信女前往祈福祭拜。伍社庙东面就是庙浜，在浜上建有庙桥一座。现在因为改造，原有的河道已经填满，只留下桥身立于土地之上。传说是徐小楼发家之后在庙浜之上建桥，名叫庙桥。桥身青砖叠砌很有美感，桥面石块横卧增加牢固度，体现了古人高超的造桥枝艺。古人也是摇着船，踏过桥，趁着庙会的机会到伍社庙戏台来看看自己喜欢的戏，品味乡村惬意的生活。

我想，合星村的村民是有福的，有福严寺菩萨的福气保佑，也有古戏台看戏的福气传承。

长新村：长山河畔长新村

小桥、流水、人家的微型塑像就在迎宾大道的东侧，每次经过，总有一种想驻足细看的冲动，但无奈这里是交通要道，无法停留。今天趁着放假，专门来到长新村地界，好好看看这个代表着长新村生活状态的场景。

长新村沿着长山河东西走向，以前有座石桥叫“长生桥”，很有名气。后来长山河开挖拓宽后，河上建造了宽阔的水泥大桥，那桥名就改成了“长新桥”。现在的行政村就叫“长新村”了。

长山河是主流河道，当然长新村里还有很多“神经末梢”类的河浜，为韵美长新点缀着细枝末叶的工笔。绣花浜、踏断浜、魏家浜、范家浜、姚家浜、里浜、东浜……据老人们说，长新村的土地上曾经有72条浜呢。有河浜就有小桥，这是绝配。西章村桥、小里桥、冯家木桥、笏板桥、姚家石桥、沈家石桥、油车桥、太平桥、东木桥，桥是自然村的标志性建筑，大多数村名就以桥为名，固定的桥，好找也好记。这些小河浜连接外面，人们踏着小桥走回老家，浜与桥是游子回乡的线索，久久萦绕心间。

一定要去看看长新村的东木桥。因为这是全村古桥中仅剩的一座老桥。虽说是初春，但绿藤早已遮盖、包裹住了这座老桥，粗看，我们很难见到它的“庐山真面目”。只有走近才能有所发现，细看这座东西走向的三孔平梁石板桥。那桥其实很简陋，但很结实。桥面、桥柱、桥基都还保存得很好，桥面、桥柱都是由两块长条石板组成，就是桥堍原来的台阶已经改成水泥板了。村

里人说，扒开绿藤，就能看到中间桥面石两侧刻着“东木桥”。藤蔓是最懂老桥心思的，用青藤保留了老桥一丝静谧、娴雅的神秘感，以便激起后人了解村史的好奇心。

踩在落叶上，窸窸窣窣的声响与自己心率同步，脚步慢下来才能听到长新村的历史。历史悠久的长新村不仅有名医，也有商贾大户。那个叫西张村的小村坊上就有张氏大家族，喧闹的场景已经成为过往。如今看看整个村落，几乎都是老房子，老人留守着。在那里走走，你仿佛穿越了时间的隧道，来到了遥远的过去。

老人是村中宝，他们讲的故事总是那样有声有色。他们说踏断浜出过一个叫夏莘夫的桐乡名医。夏大夫生于清光绪十二年（1886），幼时熟读五经，但考中秀才后科举即废，遂拜江南名医大麻金子久为师学医。曾随其师赴安庆为皖督倪嗣冲治病，载誉而归。

学成后，夏莘夫在桐乡城内金家浜岸大宅金家花园悬壶接诊，门庭若市，医名远扬嘉、湖一带，不亚其师。夏莘夫先生一生致力于中医事业，潜心研究《内》《难》《金匮》《伤寒》等古典医籍，旁参各家学说，撷取众长，所以在学术上造诣极深，对治疗疑难杂症均有独到之处。但当我问到夏大夫家的具体位置，老人们又说不清楚了，因为长山河的拓宽，原有的村容已经变了样。

“发展真的是太快了，如今的长新村自 2015 年开始，大多数的自然村拆迁，那些浜桥都发生了翻天覆地的变化，新村聚集到了史桥小集镇周围。”村干部王月平兴奋地说。

新的村委会办公大楼刚刚建成，大约几个月后就可以入驻办公了。在新区里，长新村的新村委会大楼显得特别高大整洁。

“从传统的农业村转变成拆迁村，村民的收入怎么样？”

“村民的收入来自打工、房租，老年人还有养老金！”王月平回答的声音响亮干脆，从她的笑容里就能感受到村民的高收入。吃了早中饭就去老年活动室的老人微笑着朝我们点头，那幸福满足的笑脸深深地影响了我们。

长山河北岸的区域是桐乡经济开发区规划的现代化产业园，南岸的村庄也已全部启动产业项目征迁。站在长新大桥之上遥望长新村，一片欣欣向荣的景象在我们的眼前蓬勃展开。

联庄村：红梅花开

凤鸣街道上的各个村都很有特色，如中群是养蚕最多的村，而联庄则是种小桑苗最多的村。

春节假期刚过，年轻人都去城镇上班，老年人都下地接小桑苗去了。穿过“印象联庄”的文化宣传弄，就来到了孙家门。那村口的老柳树散发着春的气息，柳枝舞动着柔软的身体恰似在迎接我的到来。

孙家门的优美农家小院沿河而建，清澈的河水倒映着农家院墙上的农民画，有节气的农俗画，也有节日的活动画，更有孩子们想象的未来儿童画……几只小鸭游过，将倒映的画布点上立体的动感，其实更妙。村中很恬静，几声鸡鸣都有清脆回响，还有春风穿过弄堂发出的欢快笑声。

那春风的笑声过了弄堂，又跑到了村后的田野中。老人们都在地里嫁接小桑苗，一只板凳、一把刀、一个洒水壶、一捆老桑树上剪下来的桑条。一株株的小桑苗就这样斜着被剪到根部，微微用力拿捏出干与皮的空隙，再嫁接上只留一个芽苞的老桑树枝，及时地捂上细细的泥，就完成了一次桑苗嫁接。

开春后，孙家门的农事比其他村要来得早，村后的空地上早就热热闹闹了。大伙一边嫁接桑苗，一边说着桑苗的行情……桑树栽培分两种，一种是多年生的，称为拳头桑；一种是一年出地的小桑苗。小桑苗的种植既能保障养蚕时节桑叶的供应，又能卖桑树产生经济效益，同时使得土地的使用更加灵活。勤快的联庄村民，更是得到了很好的回报。近年底，草庵头集镇上刚刚上演了收购小桑苗的热闹场面，让桑农们尝到了甜头。最贵时，一株桑苗竟能卖到一块五毛，一亩地随随便便就是上万的收入。老孙吃了中饭又匆匆地去地里接桑苗去了，弄堂里只留下他噼噼啪啪的脚步声。

在沿河绿道上走走，在写有“美丽联庄”标语的浜兜转弯处惊奇地发现，这个转弯的弧度大约有120度，浜兜瞬间变成了金元宝的底部，而两个翘角正好是村民的住房，这样的形状真好看。

走过孙家门村的每个角落，总感觉到很干净。这得益于村委会在2021年共计投入100余万元完成河道整治、垃圾分类等保洁设备的更新换代工作，进一步提升了全村物业化保洁管理水平。这一举措使孙家浜干净整洁，此外金家桥港、石桥头浜、三斗村浜等村的河道清淤及两岸垃圾杂物清理都已经完成。河

道干净了，道路干净了，这样不仅优化了村居环境，也持续推进了垃圾分类、五水共治、村庄保洁、河道清淤等工作，真是一举多得。

走近靠河道的农家围墙，探出头的那几株红梅疏疏落落，靠在墙上，开起粉红色的小小花朵来。阳光下，红梅给农家送来一缕春的气息。可以想象，梅花经历了寒冬的磨炼，尝尽了人间苦味。此刻，我感觉到，开在枝头的不是红梅，而是村人们的人生写意——苦寒中有香味。从围墙的小窗中看见的那几株白梅尤为精神，骨朵更为饱满，在开与不开之间，有些卖关子的意味。它们虽不言语，胜似言语，唯有那句“梅花香自苦寒来”在心间绽放。农家院里植红梅，顾名思义，即有喜农之意。联庄村人的勤劳、忍耐是多么像红梅花开，农家小院与红梅的天然组合，本身就是生活的缩影。

回到洲甸公路旁，重新看了“印象联庄”的宣传栏，知道了全村的目标是打造“和睦邻里村”“水乡清廉村”“高效治理村”“生态宜居村”“时尚花果村”。我想这个目标他们一定能实现，因为我看到了联庄村的内涵所在。

建胜村：致富经

“帆樯不停，古渡长亭。”翻看《桐乡地名志》就有建胜村的历史故事。

建胜村是由联胜与联建两村在2000年合并而成的。俯瞰建胜村，就能看见全村的风貌：全村傍着大运河生息繁衍，又南拥六里港，北有长山河，整个村被围成了一个三面环水之地。洲甸公路横贯东西，民茅线贯穿南北，建胜村的水路交通既能形成天然的屏障，又能实现车舟畅连，是理想的生活之地。

在同福小集镇上吃了一碗地道的黄鳝面后，来到建胜村已是中午时刻了。热烈的阳光照在郁郁葱葱的农民公园的草木上，烘托出一股暖暖的春意。长廊、短亭、翠竹、石桥……好一派世外桃源的生活景象。公园门口是一个偌大的快递收发站，附近的村民陆陆续续地来领取新近购买的物品的邮包，个个脸上笑逐颜开。

“运河古韵流千载，胜地新风人万家”，迎着这副对联，进入农民公园的长廊之中。宣传栏间隔插在长廊的空隙中，将建胜村的村史变迁、风俗习惯、新村建设等内容逐一介绍，让每一位进入长廊的人读懂建胜的发展蓝图。出了长廊是一个花丛绿草围绕着的小池，生机盎然。穿梭在幽静的小道之上，阳光透过柳枝将斜斜淡淡的长条纹印在我的身上，我整个人变得时尚起来。

秋千是小朋友们的最爱，上下翻飞的动作连同父母的笑声一起飞上了瓦蓝的天空中。公园之外的农田被安排得有棱有角，泾

渭分明。塑料大棚棚顶的反光竟然能照到胜园亭上，将亭中“桑园曼舞歌同福，菊海吟诗庆共荣”的对联映照得越发铁画银钩。

建胜村在传统的稻米、蚕桑、菊花的基础之上进行了创新：既要抓传统农业产业转型升级，又要抓新兴农业产业引进。沿着洲甸公路或者茅民线来到建胜，映入你眼眸的将是成片的小桑苗示范基地、果桑基地、美之源花木农场、黄金茧基地、美丽牧场春耕蛋鸡园、优质稻米基地、稻田小龙虾基地……众多的农事体验和休闲观光区，我们的眼睛根本看不过来。这场景使得进村的每一位游客都会惊叹，村里安排的美丽乡村精品线布局让人刮目相看。

车停在路边，走在被春光照射的软绵绵的土地之上，蹲下身子细看那刚刚发了芽的桑树枝。那白色桑枝上正错落有致地冒出嫩黄色的桑叶芽，像极了村里的顽童们在捉迷藏，既不想让玩伴找到，又怕没有玩伴来找到他。单株的嫩黄色看起来若有若无，但当你直起身，那连成一片的桑树叶芽就如同着了色的油画一般艳丽明亮。

桑树叶芽已经长出来了，说明养蚕的时刻要到了。传统的白色蚕茧我们见惯了，但金黄色的茧子还真稀奇。2019 年起，建胜村依托省农科院引进黄金蚕种，按照桐乡的蚕桑全产业链扶持政策，联合桐乡市兴民蚕业合作社，打造出了蚕桑特色全产业链基地，逐步形成桐乡“黄金茧”蚕种的育、繁、推一体化格局，让村民们为之振奋，纷纷加入这种新品种的养殖，当年就增加了收入。为了保障“黄金茧”蚕种的有效供给和产量、质量，村里形成了“企业 + 合作社 + 农户”的订单养蚕模式。2021 年，建胜村“黄金茧”养殖近 600 张，为农民增收 150 余万元，实实在在的收入让农户的受益看得见、摸得着，“黄金茧”助推村民走上共同富裕之路。

农民富了，对生活的要求也就高了。郑家埭自然组的阳光健身步道沿河而建，农家的优美庭院更是与众不同。一垛码好的柴火、一个废旧轮胎、一辆老式自行车都是装扮庭院的极好材料……进入农家小院就有一种亲切感。

农家的富裕、美丽，不仅使建胜村“增颜值”“强气质”，也大大提升了村民们的生活幸福感。

红旗村：五星广场

从新修建的320国道转到红西线，自东向西就走上了凤鸣街道全力打造的“阡陌桑田朝阳路”，第一站就是红旗村。

红旗，一个充满时代特征的名字，在诸多行政村之中，没有谁能比她更直接地表达心底的那种精神状态了。如临于凤鸣街道凤翼之上的红旗村，以其刻在骨子里的红色基因，用“党建红”点亮“振兴梦”，走出一条红色文化引领乡村振兴之路，不断增强人民群众的获得感、幸福感、安全感。

站立在红旗村五星广场上，红色的基调、开阔的场地、干净的地面，让人一看这个党建主题就会热血澎湃。宣传栏中的内容不仅向村民介绍了我们党发展的历史，更是红旗村在党的领导下走向富裕的发展历程。

红旗村建有五星广场、红歌坊、先锋长廊、党群服务中心等红色点位，以红色景观为抓手，串珠成链，打造红旗村特有的红色风景线，积极推动党建与农村人居环境整治工作深度融合，积极推进新村集聚地建设工作，坚持修建精品河道、打造优美庭院，进一步改善农村人居环境，提升整体风貌。

春天的阳光更加温暖，将广场上的红五星照耀得熠熠生辉。村中的老人都赶早来“居家养老服务照料中心”，寻找自己的老伙计聊天。八仙桌擦得锃亮发光，浓浓的红茶在开水的冲泡下散发醇香。满屋的老友、爽朗的笑声，每天将照料中心挤得热热闹闹。

照料中心西侧是正在建设中的新村聚集点，那一排排、一幢幢新建的农家别墅的外墙折射出幸福的光亮。爱美的村民在房前屋后植上自己喜欢的花草树木。那一株红梅在墙角已经独自开放，粉红的花色给新房调和出快乐的喜气。

小河就是村民最好的朋友，它不离不弃地绕在村庄周围，像个卫士一般保护着村民的幸福安康。但在半个世纪之前，红旗村的河道中出现了钉螺，它产生出严重影响村民健康的血吸虫病。一只小小的血吸虫让村民受尽折磨。党和政府派部队医护人员来到村里，集中给染病的村民进行治疗，村民们逐渐全部被治愈。后来村里人为表感谢，制作了一块有两米多高的毛主席语录碑，上面有毛泽东的《送瘟神》等诗词两首，采用阳刻手法，字体铿锵有力，字迹工整清秀，这也是全市唯一一块保存完整的毛主席语录碑。这块毛主席语录碑的树立，正说明了村民不忘党和政府的恩情。

身体健康了，才能努力工作。红旗村是个传统的农业村，主导产业是稻桑。但红旗村在稻桑的基础之上，利用地处320国道沿线、长山河流域的区位优势，以嘉兴农科院为依托，建立了大型粮油加工中心，发展农林牧副渔各个产业。这不仅带领村民发家致富，也促进了村级经济快速发展。

走进陆家木桥、庄家门、徐家埭，甚至任何一个自然村，都能让人感觉到进入“天然氧吧”般的舒畅。红旗村的绿化保护了古村落的自然和原始状态。村民们在房前屋后种起了树，有榉树、银杏树、香樟树、皂角树……树树笔直、树树茂盛。富裕起来的村民非常注重寓居环境，听听鸟语、吸吸氧气，在森林里生活，当然会心旷神怡。

村中的小河浜就是这样“不修边幅”地自然舒展，虽然不够漂亮，但很耐看；架在小河道上的小桥有点简易，两块长条石板组成了桥面，没有桥柱，桥基不长，但很坚固。村庄中小河道、小古桥普通到连名字都没有，但这并不影响它们在村中的地位，一代又一代村人都会记得陪伴他们成长的小河、小桥。

当我们站立在古树遮阴的小石桥上，望着缓缓向外流的河水，我们思乡的情结就这样自然地舒展了。

濮院镇：一曲汀蒲濮水流

濮院之名，始于南宋，其时属梧桐乡。建炎二年（1128），著作郎濮云翔（濮凤）随宋高宗南渡，以驸马都尉驾临安（今杭州），后迁居幽湖，幽湖遂为濮氏世居地。濮凤六世孙濮斗南拥立宋理宗有功，升任吏部侍郎，下诏赐其居住宅第为“濮院”，后移作镇名。

濮院是中国濮绸的故里。自宋代濮氏迁居本地后，农桑和丝织业不断发展，所产濮绸白净、细滑、柔韧耐洗，系绸中上品，为历代皇室官宦普遍采用。南宋淳熙（1174—1189）年间，“轻素锦，日工月盛，濮院之名，遂达天下”（《濮川志略》卷一）。自宋以来，濮院丝绸业发展，形成江南大镇，到现在已成为全国毛衫市场供货源头。

濮院农业也是首屈一指的。“稻香秫熟暮秋天，阡陌纵横万亩连。”这里的稻田一改以往的阡陌田埂，有的是纵横交错的水泥路，便于机械化作业；这里的稻田也一改以往单调的绿色，有的是花草交叉，呈现姹紫嫣红的美景。

站在广阔的田野里，水稻在随风飘动，生动的水稻用叶片、色彩托起了家园。站在观光栈道之上极目远眺，满地的稻禾像一片绿焰燃烧了整个田园。

红旗漾村：稻田秀场美如画

“水满田畴稻叶齐，日光穿树晓烟低。”只有亲历了才能真正同感于宋朝诗人徐玑面对一大片稻田时所发出的赞美之情。一个周末的下午，驱车来到濮院红旗漾村，站在千亩优质稻米生产基地的田地上，满眼的绿色，真是养眼的享受。

下车后一阵阵稻香扑面而来，那样浓烈，那样热情。踏在这块占地1200亩的稻田里，感觉自己是个快乐的农夫。因为我是从农村走出来的，看见成片的稻田，有种特别的亲切感。初秋的田野格外空旷，远处的村庄在白云下升起了炊烟，一辆辆小轿车在乡间水泥路上疾驰，车中之人如同白鹭一样期盼回到自己的家中休憩，抚去一日的辛劳。

“稻香秫熟暮秋天，阡陌纵横万亩连。”这里的稻田一改以往的阡陌田埂，有的是纵横交错的水泥路，便于机械化作业；这里的稻田也一改以往单调的绿色，有的是花草交叉，呈现姹紫嫣红的美景。走在观光栈道上，近距离地与稻禾亲近，那刚刚灌浆的稻谷还是青色的，犹如乡村的孩子遇见陌生人，羞涩地低着头。

稻子长在田里的身姿真好看。细细长长、娉婷袅娜，看起来既柔顺又光滑，呈现出一种天真烂漫的气质。它们以站立的姿态完成一生的行走，只有秋风拂来的时候才弓一弓身，然后挺直腰杆。看着齐刷刷的稻禾，情不自禁地伸手轻抚那整齐的稻穗，那毛茸茸的新稻谷与手掌接触，有一点点扎手的感觉。

站在广阔的田野里，水稻在随风飘动，生动的水稻用叶片、色彩托起了家园。站在观光栈道之上极目远眺，满地的稻禾像一片绿焰燃烧了整个田园。脑海中，似乎出现了一群孩子在田埂上疯跑的画面，嘴中呜呜哇哇地叫唤着他们特有的语言。

稻田里的水浅浅地流着，冷不丁出现两条小鲫鱼，看见我们在拨开水稻寻找，它们被惊吓到了，拼命地往前游。由于水浅，用力过猛，小鱼竟然游到了稻禾中被夹住了。看着它们尴尬又拼命挣脱的样子，我们欢笑出了儿时的快乐。伸手抓起小鱼，像小时候那样对着鱼嘴吹了一口气，也是在安慰惊慌失措的鱼儿。找到田沟将小鱼放生了，看着它们远去而留下的波纹，衷心祝愿它们能快乐生活。

田野里的沟渠在红旗漾村除了具有排水功能外，更有生态景观设计美的展现，纵横交错中形成农田景观联结带，将农田向绿化、美化转变，更使昔日的田园变成了今日的公园。真是羡慕农村的人居环境。

虽然是成年人了，但内心的童真还存在。看见在田野里有游乐迷宫，急吼吼地跑去玩，夫人很配合地在后面追赶。我们俩嘻嘻哈哈的笑声传到了风中，飘向了远方。到底是人到中年了，没有跑完整个迷宫就已累得气喘吁吁。坐在一个别致的凉亭里歇歇脚，回望那个迷宫感慨起来。年少时，进入迷宫总是因为好奇，都想去尝试，所以走了不少的冤枉路，好在年少精力旺盛，总能走出迷宫。而到了如今，一看那岔道口就能自然地分辨出哪个是真正的出口，少走弯路，但总是由于体力不支而迟出迷宫。

在镂空网状的圆匾下乘凉，夕阳透过网格斜斜地照在我们的身上，感觉自己到了高光时刻。用竹匾造型作为凉亭的顶部，意在突出乡间蚕事。稻田边缘的桑树林郁郁葱葱，桑树的叶子是心形的，风一阵阵吹来，桑叶一张一合，仿佛是一个个绿色的贝壳半张半合。远远望去，稻田旁边一排排的桑树形成一道道绿色的屏障，为稻田遮风挡雨，更为稻田增添了无限的生机与活力。农人们在田间地头劳作，也在休息时聊聊家常，乡村那“蚕上楼时桑叶少，水鸣车处稻苗多”的画面感特别强。

从秧苗被插到田里的那天算起，四个多月的阳光雨露，一百多个日子的蓝天白云，让稻子成长为成熟有内涵的汉子。待到秋阳俯照时，正是我们收稻尝新日。

“水为乡，篷作舍，鱼羹稻饭常餐也。”五代时的诗人李珣给我们描绘了“绿水就是我的家园，船篷就是我的屋舍，山珍海味也难胜过我每日三餐的糙米鱼虾”的生活场景，这也是我们最希望的田园生活，因为“手中有粮，心中不慌”。

我想我还会来这片千亩优质水稻基地，看深秋之下一片金黄的壮观，收获一种春华秋实的喜悦。

新东村："田园客厅"的致富经

濮院新东村有个运河省级现代农业园区，它将传统农业做成了标杆，成了一个具有特色的美丽乡村。今天我趁着周末来到新东村参观，一睹它的美丽容颜。

沿着新民线向东走农炉线不久就看见了千亩水产基地。乡间柏油路的两边都是鱼塘，一个个鱼塘组合成了一个超大的玻璃窗，纵横的田埂又将偌大的玻璃窗隔成了一块块镜子，倒映着蓝天和白云的丰姿，还有池塘边的垂柳和水草点缀，这鱼塘简直成了一幅带框的西洋油画。

这里的鱼塘很有特色，东西长，南北宽；每个鱼塘为长方形，设计成长宽比约为 4 比 1 的格局。这样的规范格局是有科学道理的，为的是使池面充分接受阳光照射，对水中天然饵料的生长有利，也有利于风力搅动水面，增加水中溶氧。

这里的鱼虾很是调皮。阵阵微风吹来，水面泛起层层涟漪，池塘中的鱼儿不时地到水面上吐个泡泡，在水面上抖动着它们的锦衣。当鱼儿发现有人窥视它的芳容时，又害羞地躲到水里去了，水面上只留下一阵阵的涟漪。而虾儿们躲在水草下享受着阴凉，别看它们在水中很是呆萌，其实它那长长的触须敏感得很。哪怕我们小心翼翼地走在田埂上，轻微的动静也会惊动它。当危险来临，虾的两只黑豆眼瞪得格外分明，青白色半透明的身子在水里飞蹿，无数对小爪唰唰划动，扁平的尾巴一撅，将自己弹出好远。我们还没有看清虾的大小，它已经远远遁去。我们索性在

田埂上飞跑起来，顿时田埂两边齐刷刷地响起了虾儿们集体逃跑而发出的一连串“嗖嗖嗖”的声音。

“水绕陂田竹绕篱，榆钱落尽槿花稀。”从鱼塘走到新东村村委会所在地，再绕着村居和远处的水田走上一圈，真是惬意自在。远处是潺潺流水，环绕着绿油油的稻田；近处是住宅外的小园，青竹绕篱。还有竹篱边木槿绽放着粉红色的花，竹篱里有成群的鸡鸭在嬉戏欢叫，它们以农村特有的热情招呼着我们的到来。此刻的我就有了张舜民所写的《村居》里的感受：绿水映田，翠竹绕村，新东村的一派田园风光真美。

几个年轻人在大柳树下的草坪上聊天，见我们睁大好奇的眼睛看着这里的一草一木，笑着说：“这有什么好看的，新东村到处是这样的景致。”我们被他们轻描淡写的说笑惊到了，现在的美丽乡村真是不得了。

按照年轻人的指点，我们向北穿过嘉桐公路，来到了新东村千亩葡萄生产基地。这里都是以家庭农场的生产模式为主，各家各户承包土地，建立大棚基地种植葡萄。刚进入路口就能看见户户相连、家家建棚的大规模农业生产基地，一个千亩葡萄园在游客眼里已经是如同海洋一般的规模了。

今日有幸进入葡萄生产基地，终于知道了市场上那些亮闪闪、水灵灵的葡萄原来产自这里，心中顿时有种莫名的自豪感。站在纵横交错的柏油路上，那些大棚葡萄园如同乡村的农民新居一样整齐地排列着，我们竟一时不知道到哪家农场去看个究竟了。

好在各家的葡萄园都是开放式的，随便进。我们便从南向北，顺着右手边不经意地进入了芳芳家庭农场。停好车，沿着葡萄架下的水泥路一直往里走，一股股“阳光玫瑰”的葡萄香味扑面而来，偌大的葡萄园竟看不见人影，只留下葡萄架下的葡萄在夕阳下咧着嘴笑。

我也顾不得瓜田李下的忌讳，循着台阶进入大棚去看望那一串串结结实实的葡萄。大棚的上空是一架纵横交错的葡萄藤，那些伴有青紫色叶子的藤条长长地伸展开去，把夕阳剪得支离破碎、斑斑驳驳，在地上拼出不规则的写意画。那串串葡萄垂直地悬吊着，密匝匝的葡萄似座座珍珠塔、如堆堆翡翠珠，每一颗葡萄都像一颗又大又有光泽的“猫儿眼”，使人口生蜜意，甜沁心脾。那一串串葡萄太大了，每串少说也有两斤重，风儿吹分毫动摇不了它。

忽然有汽车经过的声音，我闻声出来询问主人家，哪承想来者不是葡萄园主人，而是来收购水果的批发部老板。老板说是与这家水果基地有好多年的合作了，彼此都是老客户。老板很忙，不一定能见到面，找到农场的员工过秤装货走人就是了。我原本打算买点尝尝鲜，看来农场是搞大批量批发的。我这个小客户还是到市场上去买好了。

走出葡萄地，再往里走，看见了葡萄园深处的几间工作房，那里的工人正忙着整理刚采下来的葡萄。那一串串的葡萄被装到了塑料箱中，一箱箱的葡萄又被装到卡车上运往全国各地。

走出芳芳家庭农场，再次回到路口，看那一块块的标着不同家庭农场名称的牌子，如同魔方一般吸引外地的客户来基地收购农副产品。千亩葡萄基地分属于不同的家庭，所生产葡萄的质量如何控制？伫立在路口的田园客厅给出了答案——这里不仅是游客观光的站点，也是葡萄栽培技术的控制中心。新东村坚持生态优先、绿色发展，以园区为平台，用新科技统一发展并提升了葡萄特色产业的数量与质量，使种植户发家致富。全村形成“田里有绿色银行，田边有现代厂房，田外有流通市场”的产业格局，让村民们真正体会到了“乡村要振兴，产业是关键”的内涵所在。

看着田园外一幢幢、一排排的农家别墅，真为新东村的发展叫好！回望田园客厅，发现它在千亩葡萄园之中正朝着我们笑呢。

新港村：羊毛衫馆里的展望

今天的目的地是新港村，只是被星旗村的古遗址所吸引，在哪里逗留了一段时间。不过半下午的光线更好，新港村村委会广场上的风景更显得光亮了。

“春风又绿江南，鲜花开满田野，新港，你是我生命的源泉……”漫步在村文化长廊之中，抬头可见村歌、村史、村规民约。这些文字与图片的介绍，彰显着新港村的历史与风貌，每年更换的寿星榜、能人榜，则展示着村庄农户的好家风。悠悠的长廊、镂空的木墙、花格的木窗，组成了江南水乡特有的小景。透过别致的小窗，红枫树叶在窗前摇曳；穿过红枫是整齐明亮的村文化大礼堂。在乡村能有这样洋气的大礼堂也是村民们的福气，晒着太阳唠着家常的老人都笑逐颜开。

进入大楼，向村委会的工作人员说明来意，村文化管理员热情地接待了我，引我进入新港村毛衫文化展示馆。

拉开位于二楼展厅的大门，打开灯，一股古风扑面而来。“一个人，一御笔，一家族，成千年濮院，织嘉禾一巨镇。”展馆开篇介绍已经说明了濮院因织成市，因市成镇，因镇而名。翠竹装饰之下的展区，显得更有江南特有的韵味。展区共分四个部分，通过图片、实物、多媒体等形式，展示“毛衫时尚小镇”濮院的发展历程和毛衫产业的发展史，凸显濮院人的勤劳智慧和创业创新精神，真正做到因地制宜挖掘当地地方特色文化，做到“一村一品”，彰显本土毛衫文化。古有丝绸重镇，现有毛衫名镇，我

在展示馆中追寻着濮院发展创新之路。

走出展厅，按照文化管理员的指引，我来到村中的农民公园。幽静的小道夹隔着竹林，竹子是那种“金镶玉竹”的品种。那嫩黄色的竹竿上，于每节生枝叶处都天然生成一道碧绿色的浅沟，位置节节交错。一眼望去，如根根金条上镶嵌着块块碧玉，清雅可爱。走在竹林深处，静听沙沙的风吹竹叶声，真是幽雅之极。竹丛之中还有假山凉亭立于河边。假山是太湖石堆积而成，在公园之中占据最高处。那一处白石造型别致，有“错落复崔巍，苍然玉一堆；峰骈仙掌出，罅拆剑门开”的意境。假山之下就是六角凉亭，朱红色的圆柱，翘角直指空中；亭上一副“共建共治共享，自治法治德治”的对联说出了新港村的管理模式：发挥群众力量，共建美好家园。在凉亭中小憩，倚栏而望，河水清清有水培作物点缀，美观可赏玩。

人养水土，水土养人。河对岸是农家小院，院子里正晒着稻谷。金黄色的稻谷在阳光下泛着耀眼的光亮，就连空中的光线也变成金黄色了。小院的周围是郁郁葱葱的草、姹紫嫣红的花，庭院美得不可方物。

虽说已是秋天了，但田野之中并无寂寥的景象，仍是闹盈盈的。田间地头的蒜苗翠绿，辣椒通红，稻禾金黄，还有田埂上开着粉嘟嘟花朵的红蓼可爱至极。

随着社会的变迁，新港村发展特色农业，形成了以种植业为主导的特色种植带，形成以地定种、需肥定养、种养结合的生态循环链，实现了新农村“一村一品”的产业发展。在农业的基础之上发展毛衫针织业，为濮院毛衫市场提供充足的产品。

远眺新港村，树青水碧，枝叶繁盛，白墙红瓦，美轮美奂。在青木绿水的怀抱中，新港村显现出别样的安宁、和谐、温馨，这是一种宁静之美、一种对自然的崇敬和敬畏之美。

新联村：浅街深院的生活

“碧水蓝天，绿野寻踪；浅街深院，宜居宜商；雅居美庐，悠然自得；江南底蕴，休闲胜地。”这样形容濮院的新联村一点也不为过。

南北圣集镇的西首就是新联村的地界。新联文化公园就在眼前，几株银杏挂起了黄色的窗帘，夕阳将霞光若隐若现地投射出来，将石头下的小草映照得斑斑驳驳，如同孩童们的水彩画一样鲜艳且有创意。

沿着小水潭，跟着弯弯曲曲的鹅卵石铺就的甬道向前走，每一步都有宣传牌，主题是廉洁教育，有清廉故事、法治谜语、法律条文。最吸引人的是紫藤长廊，在夕阳下，阳光透过紫藤的藤蔓，放大了的模样在水泥地上抖动，像极了一只只毛毛虫在地上与阳光赛跑。跨过小石桥进入法治亭，此亭为长方形，立于潭水边，倚栏而坐可见潭中的倒影，有南国风情的棕榈树、历史悠久的香樟树、秋意绵绵的银杏树……不同形状、不同色彩的树影映在静静的潭面，那水平如镜的潭面即刻活色生香了起来，像西方的油画一样色彩斑斓。

投一颗石子到潭中，我有了这个奇怪的想法。说干就干，如同一个孩童一般。一颗小石子在手中，我站好了姿势，像小时候打水漂一样把石子扔了出去。平静的潭面泛起了涟漪，像是动画片一样一帧帧地连动下去，树干扭起了身体，树枝舒展了手臂，树叶如同张开衣袖……一幅静物画一下子变成了动态画，真是奇妙无比。

回到小路之上，沿着鹅卵石的花纹继续往前走，到清风亭下，只见两位老者塑像，塑像呈坐姿，表现的是二人在大柳树下对弈。棋盘纵横分明，棋子黑白明朗，他们下的是围棋，行的是人生哲理。“落子无悔，观棋不语”的棋理如同清风亭中的对联“说话重在信，办事重在实”，两者有异曲同工之妙。清风亭的左边就是中横港，港的对面是新联家园，一排排的农家别墅倒映在港中。随着河水的流动，那幢幢别墅好像前进的列车一般动了起来，红色的车厢、绿色的河水，加上晚霞的金光，使河道满是喧闹。

没有与两位对弈的老者告别，就往东走去。一条文化长廊很夺人眼球，一张张照片、一个个故事都体现了新联村干部群众的干劲是“唯实唯先，善作善成”。绕了一圈又回到了原点，站立在另一面看这个水潭，水中倒映的就是法治亭，亭的翘角如同两把钢刀悬在水中，时刻提醒着每一个人：清廉做事，诚实做人。

“山中无老虎——自首”“夜来城外一尺雪——坦白从宽”“座谈会——免于起诉”“巴黎产品——法制”……在临潭的平台栏杆上写上了一条条法治谜语，真是寓教于乐。新联的文化公园并不大，内涵却让人回味。

紧挨着文化公园南墙的是菜市场，这里的市场不大，但产品不少，生菜熟食、豆制品都是齐全的。已经到了晚市时分，临街的市场开始喧闹了起来。烤鸭店格外吸引人，炉膛里旋转着的鸭子透着焦糖色的光泽，炉口中透出的香气直钻鼻腔。在色香之前，总会有食欲。就这样，下班回家骑三轮车的大叔大妈、开着汽车的年轻人都会带上一只香喷喷的烤鸭回家，他们三三两两地走过摊位买了菜后离去，整洁的街市上只留下一个个匆匆的背影。

就这样，新联村的传统农业村被打造成了城市与乡村结合、社区与田园结合、生活与产业结合、宜居与旅游结合的全新乡村。

看着夕阳西下，我也要回家了。路过新联新村集聚点，开阔的小区门口，色彩变得鲜艳跳跃起来，一幢幢洋房门口都是汽车，外出工作的年轻人都下班回家了。一家人团聚在一起，共享天伦之乐。潺潺的河水从门前流过，像是村人们的笑语欢歌。这里的环境干净、整洁、洋气……跟传统观念中的农村样貌截然相反。

“嘀——嘀——”后面的车辆嫌我开车慢了，催我快快走。我只得依依不舍地离开了这个“住房赛城市、环境赛城市、生活赛城市”的新联村。

星旗村：家庭农场好风景

今天的目的地是新港村，沿嘉湖线一直向东。在红绿灯路口暂停的时候，发现路口有个用石块垒砌出来的墙头，石墙头下面是用铁块建起的路标，名曰“古韵新风寻遗路”。石头与生铁合在一起做成一个广告牌也是很有创意的，好奇心起，等绿灯一亮，我把方向盘打向了左边，想去看看这个遗迹到底是什么。

折过方向，将车停在路口，细细打量这个寻遗路到底说的是什么稀罕物。踏进广告牌前软绵绵的草丛中，靠近广告牌才发现这里是“百亩荡田遗址”，这个遗址属于距今5300至4300年的良渚文化。高低不一的土红色陶罐静卧在草丛中，似乎在不经意地述说着这段尘封已久的历史。

沿着油新线向北不远就到了油车桥村的百亩荡遗址。百亩荡田中的稻谷已经收割完毕，收割机过后留下的稻禾在西风下发出窸窸窣窣的摩擦声，像是在窃窃私语，诉说今年收成的喜讯，又像在说着当年劳动场面是多么壮观。

百亩荡真是一块肥沃的土地，在稻禾下面是黑黑的沃土，我踩在田里的土地上，犹如踏在地毯之上。我一路前行，斜斜弯弯地走着，留下深深浅浅的两行脚印。田埂边的小花开得正艳，黄色的花蕊，黄色的花瓣，像小姑娘辫子上的花朵发卡一样艳丽。“风在吹，花在摇”，我想，先人们也会在劳作休息时摘下一朵黄花插到自己闺女头上，望着孩子稚嫩的笑脸开心地笑起来。

过了这个原始农业的发源地进入油新线，南北走向的主干道

上，高耸的水杉和低矮的红叶石楠错落有致、红绿相间，将乡村道路装扮得如童话一般美丽，星旗村的博客农庄就是路间的现实版童话世界。五颜六色的气球伫立在田园里，九曲长廊连接着田间地头。一个个大棚像白色的毛毯覆盖在肥沃的土地上，那些雀儿在大毛毯上嬉戏打闹，叽叽喳喳地喧闹着。

深入田野的田埂路上铺了一层碎石子，“叽嘎叽嘎”的声音从脚底泛出，打破了宁静的旷野，那些胆小的麻雀呼啦啦一起飞向了瓦蓝瓦蓝的天空。田野深处是几间茅屋，长长的茅檐下是接水的石槽，石槽里长满了绿油油的铜钱草，它们为了看到田野里的美景，挨挨挤挤地一起往上蹿，将一根根茎拉得很长。茅屋的前方是一口鱼塘。这口鱼塘约有五亩大小，状如半月，在弦与弧的交接处各有一方源头水注入，弦上正中则是出水口。吐故纳新的池水似一池翡翠，池水四周以水泥板筑堤。塘边垂柳环绕，翠影婆娑，柳树高可参天，枝叶繁茂，树上有雀鸟筑窝。

有了水塘，村庄就有了灵气。美好的岁月如塘水一样无止无息，蓄满了希望与幸福，塘里的鱼总是那么鲜美肥嫩。柳树下一个个钓鱼台悬空在水面之上，一个个钓鱼爱好者在钓台上垂下鱼钩，期望平静的水面泛起收获的涟漪。

“嗖……”突然有人从小板凳上站了起来，死死地攥着竿子，用力地摇着鱼线。平静的水面划起了一条条不规则的水线，一会儿左，一会儿右，这是鱼儿在做最后的挣扎。无奈鱼儿的力气终究敌不过渔人，纠缠过后是放弃。“哗……”一个大水波出现，一条鲫鱼露出水面。离了水的鱼已无力折腾了，乖乖地垂直悬挂着，直至被渔人放入桶中。“今天真是好运，一连钓了六条了。”钓者开心的笑声在湖面上荡漾。

茅房外表看起来是古朴的，房间内的装饰却相当现代化，有餐厅包间，也有茶室、歌厅……茅屋背后还有一幢幢农家老房，配上栅栏，种上花草，立上门头……稍加改动，往昔的老宅子就变成了风味独特的农家小院。玉米、谷穗、瓜果、红椒，以及各类时令农副产品摆满农家小院。这是满眼的收获，也是满心的欢喜。在这里住上一宿，定是很美妙吧。晨起看朝霞，午听鸡鸭叫，晚看夕阳下，夜听秋语声……

老板是个微胖的中年人，憨厚地笑着询问我的来意。当他得知我纯属是误入之后，还是热情地介绍起他的农庄的服务内容，还在加了我的微信后特意交代：“有需要请吱声”。

退出这个宁静优雅而又现代化的博客农庄，继续往北走，一路之上有“甜柿果园”“荷花农场”“美丽牧场”……星旗村的土地上遍布农庄，将星旗村的特色农业淋漓尽致地展现出来。

“自古逢秋悲寂寥，我言秋日胜春朝。”唐代文学家刘禹锡的《秋词》中所写的意境就是我在星旗村感受到的。秋天来了，万木凋零，难免让人悲叹，在感慨时光流逝的同时，我在星旗村却欣赏到了秋季独有的美。

永越村：站在永越大道上看永越

“时尚不是设计师与顾客的对话，而是生产与消费者的对话！”每一位到过濮院毛衫市场的人，无不被超大的市场、众多的衣服款式所折服。

挑一个阳光明媚、微风和煦的午后，约上爱美的朋友去逛一逛濮院毛衫市场，去体会最地道、最时尚的濮院生活。

“时尚濮院”最繁华的地方地处永越村，每次过永越大道，都被道边两排高楼大厦的魔力所吸引。一排排店面装修得超有个性，橱窗里的各式毛衫极有特色。这些就是吸引我们眼球的导线，引导我们情不自禁地走进濮院国际时装城去淘自己喜欢的服装。

将大把的时光消磨在选购美衣上是一件多么愉快的事情。走累了，可以选个地方休息，点上一杯茶或咖啡……最爱的就是濮院国际时装城的底楼茶吧，茶吧在大厦的中央大厅里摆满了休闲的皮靠椅等着你。茶吧中坐满了顾客，大包、小包满载着家人的当季衣裳，心中是美滋滋的。

“众人熙熙，如享太牢，如登春台”，四周旋转楼梯上挤满人，上上下下。坐在此处喝口茶，自己似乎一下子成了大家注目的焦点。拍照发朋友圈，此地成了顾客打卡的网红地。

说来也奇怪，每个人都有“寻根问底”的好奇心。买了称心如意的毛衫服装后，总想着去看看那生产毛衫服装的地方是怎样的。好在濮院毛衫门店和加工厂离得不远，足以满足我们的好奇心。

走出商贸中心，选择任何一条小街，走进任何一家店铺，都

能找到加工羊毛衫的现场，一边是机器织片，一边是加工整理，绣上装饰的彩线，印上时尚的花纹，一件件成品衣裳就此诞生。

你不必担心毛衫的质量，也不必担心款式会落后。因为这里有最严格的质检中心，这里还有最时尚的毛衫设计。一到毛衫中心，你会发现在这里有一年四季的服饰，有一家老小的衣服款式，套用网络用语说上一句“只有你想不到的，没有毛衫市场做不到的”也不为过。你可以放心购买，舒心地穿上这件既便宜又时尚的毛衫。

走在永越大道上，眼看着它缓缓地向前延伸，总有一种期待的感觉存在。永越大道是贯穿永越村的中轴线。从地图上看，这条中轴线就像一条笔直的脊梁，挺起了永越村的骨架。

“古以濮绸衣被天下，今有毛衫销遍世界。”20 世纪 80 年代，永越村人敢为人先、敢于尝新，建立起了最初的毛衫市场。市场的发展必须有超前规划，就这样形成了永越村最初的中轴线。到如今，永越村的中轴线横跨市场区和工厂区，向北挺进形成时尚街区，向南发展形成现代产业区。乡村振兴必有产业振兴，不断延伸的永越大道正是永越毛衫产业前进的象征，也拓展着永越人的格局和视野。

从永越大道自西向东出发，沿中轴线往东，高楼渐密，城市气派的立面越发闪耀。中轴线两侧都有大大小小的厂房林立。如果说永越大道西面企业汇集的新区是快节奏与国际化的代表，那么东面的生活和休闲区就是悠闲和舒适生活的代表。永越大道是一条不断延伸的中轴线，串起了永越人的拼搏奋进与安逸闲适。

路北是高楼大厦要你仰头观望，路南则视野豁然开朗，良田绿水勾勒出美妙的城市天际线。在越茂公园里，乡村特有的秀丽凸显出大美的形态。在这里，除了应有的草坪、大树、河道、栈道，更有农民所需要的法治和文化内容。漫步在临水栈道上，河水清清，春风暖暖。就连白鹭也不怕生人，悠闲地在河岸边觅食，时不时抻长脖子，转着头，大大方方地看着你。环绕公园的健身步道都是彩色塑胶的，既好看又有弹性。公园的广场是孩子们的乐园，追逐蝴蝶、比赛奔跑、过家家、躲猫猫……他们的欢笑声响彻云霄。

乡村的公园进化了，城市也进化了，毛衫技术创新中心、新品牌实验室、毛衫设计院等前沿领域机构镶嵌在公园周围。

法治茶室是公园里最热闹的地方，工作之余，村民可以汇集在一起，喝茶聊天、打牌娱乐。“推窗见景，出门入园”的格局描绘出未来乡村的新形态。在这里，人们可以诗意地工作、诗意地生活，安逸闲适与拼搏奋进早已融为一体。

站在新牛桥上，只见那清澈的河水缓缓地流动，不急不躁，像极了永越村人的干事风格，稳抓稳进。永越村依托羊毛衫市场发展毛衫产业，每年村集体经济总收入在1200万元以上，村民人均收入达到43 376元。近年来，永越村获得了“浙江省经济强村”“浙江省民主法治村”“嘉兴市文明村”“省级培育示范中心村”等荣誉称号。

而今，永越村还在继续生长，永越大道的这条中轴线也在持续延伸。向东，它融进永越村人的拼搏精神；向西，其延线通向国际的发展方向。在乡村振兴的进程中，这条中轴线还串起了永越的历史和未来。

新河村：田水路林展新颜

在牛桥港新河村这一段上慢走特别舒心，一望无际的麦田随着暮春的暖风起伏，生机勃勃的墨绿色充满眼眸。白花花的水泥路反衬着午后的阳光，在麦田里画上一条条的经纬线，将整块麦田切出了一个个方方正正的格子。一、二、三……无数的方格组成了新河村千亩良田，大气而有内涵。格子里又有众多弯曲的线条，按照线条的走向，最终把它们组合起来就会惊奇地发现，原来线条组成了“美羊羊”和“时尚濮院”的精美图案，突出了濮院的生产特色——时尚羊毛衫。观景后不禁感叹，新河村的农人在种粮食的时候也不忘美的创造。

“田水路林”的布局更彰显了新河村的魅力。新建的生态排渠长达 1.9 公里，田块间支渠更是无数。站在田间地头细看，千亩方永久基本农田示范区内的沟渠有序地排列着，如同大树的根须，沿着良田伸向远方，将村里的土地紧紧地拥抱在怀中。此外村里还建设了新型高效节水灌溉渠 11.6 公里，新筑生态渔巢护岸 16 公里。望着鸟桥港流水清澈的河道蜿蜒前伸，似有千百样的姿态呈现，有的灵动、有的风雅……

沟渠两边都种上了树，那些香樟、榉树、乌桕等珍贵乡土树种有无数棵，向田间延伸出去，像极了高大威武的战士守卫着这片我们赖以生存的土地。农家旧舍已被拆除，但参天古树依然保存，再加上新植或补植在农田林网上的树木，形成了新河村特有的 9.7 公里绿色保护区。集中新建的农家新村就在树林深处，那

就是我们梦寐以求的桃花源。

绿色的麦苗、粉色的晚樱、瓦蓝的天空将新河村的乡村调和出最美的色彩。

牛桥港里泛起水花，流动的河水激起了水草的雅兴，它们摇曳着身姿，跳起了热情的伦巴。这里的水真清，就连河道中畅游的鱼群也能看得清清楚楚。它们成群结队地朝东游去，领头的鱼好似责任在身，聚精会神地一直向前游。而调皮的小鱼总是按捺不住玩心，偷溜着跑到队伍外，打量着这个光亮洁净的河道，还在水草中玩起了躲猫猫。妈妈总是担心孩子跟丢了，时不时地过来提醒一下小鱼归队。

站在河岸的柳荫下，我观看它们由此经过，简直入了迷，就连河岸上的荼蘼花都笑出了浓白的花姿。

“嗖”的一声，贪嘴的小鱼咬上了鱼钩，被垂钓者轻轻拉起。刚才还在活蹦乱跳的小鱼一离开水面马上失去抵抗力，只得直直地悬挂着，等待渔人的收拾。看见有同伴被钓走，鱼群开始骚动，在河道里乱窜。清澈的河水顿时混沌成一团，也许是它们在商量着营救的办法，但已于事无补了。

“啪”的一声，渔人把小鱼扔回了水中，也许是嫌弃它个头小，也许是动了恻隐之心……回到水中的那一刻，鱼群纷纷聚拢，汇成了一个深色的鱼球，是在庆祝小鱼死里逃生吧？不一会儿，它们从圆球状又化作一条线状，迅速远去。我想小鱼对“吃一堑、长一智”这个道理应该理解得很深刻了。看完这一出有惊无险的戏份，真为小鱼捏了一把汗。

从河岸边上来，继续沿着河道往麦田深处走去，迎接我的是樱花。从闸墩桥闸站到罗秋浜闸站，沿河小道弯弯，小道边有两排一人高的晚樱，随着小道蜿蜒着朝西远去。花开正艳，那粉嘟嘟的花瓣似娇羞的少女低下头，与树根边的麦苗来了个四目相对。选个高墩站立，看看远处的风景，一条樱花小道如同一根魔法棒，吸引着我走进田野深处。

樱花小径的终点是罗秋浜闸站，青青芦苇将村里的长浜披上绿装，鲜艳的樱花配上柔软的芦苇也很美。等到秋季，此地芦花成片，飞絮满天，满浜皆白的景象又将是一个唯美的世界。

我想我还会来清河村的田野，看秋收。

永联村：石榴花开正当时

跨过恒兴桥闸站，就踏在永联村的地界上了。说永联是村，但它更像城镇，饭店、商店应有尽有，密集的人口、熙攘的街道，有着不亚于大都市的喧闹。统一高度的新村联建房屋有序地排列着，像极了城市的布局。随着濮院羊毛衫市场的蓬勃发展，永联村家家户户置办机器，开设了加工羊毛衫的作坊，轰隆隆的机器运转声带来了永联村如同城市般的热闹。

永联村村委会的办公地就在联建房中，要不是导航的指引，一时还找不到这个毫不起眼的地方。村委会的办公大楼很小，不是永联村没有钱，而是为了给村民们办羊毛衫作坊腾出地方，也是为吸引来自五湖四海的人们在永联这个地方寻找创业致富的机会而腾出空间。

走在新村里，就如走在棋盘街上。每一条横线、纵线的交叉点上就是一个个毛衫制作加工厂，毛纱、接口、领子、纽扣……每一件羊毛衫生产中的微小元素，在永联这里都能找到供应点、加工点，每一幢房屋底楼空地上都停着等待装卸货物的汽车，全国各地的牌照都有。

忙碌是为了生存，休闲是为了调节，再忙碌的人也需要空间来释放工作上的压力。永宏广场就在新村中，为广大村民提供了一个休闲放松的绿地，面积虽然不大，但在寸土寸金的永联之地上已经算是“奢侈”了。

广场东西走向，东端是一个偌大的信息栏：招工、求货、转让、租房……你所要的信息都有，而且绝对新鲜，因为这里的广告张贴时间只有三天。刚来永联的人在此一站就能获取自己想要的信息，方便极了。信息栏的对面就是超市，在这里有很多少数民族所需要的物品，如背小孩的竹篓、蓝布围裙、麻辣腌鱼……进入超市有种回家家乡的感觉。

广场西端是竹丛，暮春的风摇曳着竹子，发出沙沙的响声，引得孩子们在竹丛里躲猫猫。一帮孩子东躲西藏，玩儿得不亦乐乎，个个热得小脸蛋红扑扑的，像极了广场中间将要开放的石榴花苞，是那样可爱。我就在树荫下的石板凳上静静地看着跑动、尖叫、欢笑的孩子们，满心喜欢的。就连香樟树上的鸟儿也被孩子们欢快的气氛所感染，在重重叠叠的树叶中传出婉转的歌声。

看他们玩累了坐下来休息的空当，我凑过去与这群孩子聊起了天。他们很热情地说着自己的一切。原来他们在毛衫城小学上学，是来自祖国各地的“外地人”。他们边说边比画着属于自己

民族特有的语言。

“我是苗族。”

“我是彝族。”

“我是蒙古族。”

…………

“我们还画过‘民族大家庭’的手抄报呢！”

不知道哪个孩子先自报了所属民族的特点，引发了他们自我民族介绍的高潮。看着他们天真可爱的笑脸，我都忘记了自己的年龄，似乎回到了童年的状态，也想着有更大的玩耍空间。

“你们这里还有更大的地方玩耍吗？”我笑着问起。

“在那边！”“在那边！”“在那边！”孩子们纷纷伸出手指，指向了西边。

“我们经常去的，那里有民族广场，有文化大礼堂！”孩子们七嘴八舌地嚷开了。我向他们致谢后，驱车前往更大的活动场地——民族广场。

不消几分钟，我就到了位于恒居路上永联村的文化活动中心。刚到路口就被“各民族像石榴籽一样紧紧抱在一起”的宣传语所吸引，停好车，穿过绿荫，走过草坪，拍下了一张象征着民族团结的石榴籽塑像的照片。

回到停车场，漫步在林荫道上，感觉无比清凉。午后的阳光透过重重叠叠的树叶洒下星星点点的光束，在广场的柏油路面上画下一个个好看的亮点，一个、两个、三个，无数个……无数个亮点又沿着民族广场围成一个圈，像极了石榴结籽的喜庆模样。

进入民族广场对面的文化活动中心更是惊奇，因为每一堵墙都成了会说话的精灵。那一项项、一条条民族政策、处理民族关系的原则赫然在目；一种种、一个个民族风情、民族故事引人入胜……民族服饰的艳丽、民族特色的有趣，使我的双眼明显不够用了。

这里的地方确实比永联村村委会大，比永宏广场也要大。这里是永联村各族人民联谊活动的场所，有着别具一格的民族文化的融合性和多样性。逢年过节这里最热闹了，各民族的风味小吃汇成一个什锦大拼盘，各种民族娱乐活动汇成欢乐的海洋。各族人民来到永联工作、创业、生活、求学，永联就成了大家的家园。永联村也因此成了濮院镇、桐乡市、浙江省乃至全国有名的民族村。

这样有特色的村庄真让人羡慕，就连大礼堂前的紫藤长廊也是格外地招人喜欢。这架紫藤正在开花最盛的时候，一簇一簇重叠盖在铁锈红的水泥架上，俯垂在架旁的尽是花朵。白中带紫的花瓣，看上去肥嘟嘟的很有质感，更有无数的蝴蝶在花朵上下左右飞舞着。“春山处处客思家，淡日村烟酒旆斜。胡蝶不知人事别，绕廧间弄紫藤花。”坐在紫藤花架下乘凉，细细体会宋朝戴表元的诗句，静静聆听它们的窃窃私语，慢慢观赏它们的翩翩舞姿，我的心都醉了。

紫藤花架的对面就是大礼堂，工作人员正在为将要举行的一场婚礼而忙碌着。说来也巧，结婚的新人是一对外地来濮院打工的苗族青年，所以筹办婚礼的婚庆公司也是特别地留意，在尊重少数民族风俗礼仪的前提下，置办出令新人及家长们满意，又带有濮院味道的梅菜扣肉、酸鱼汤、辣椒骨等大家喜欢的菜肴。一桌婚礼菜肴体现了多民族大家庭的和谐之风，各民族在交往、交流中交融在了一起。

大礼堂的前面，透过窗户，穿过永越大道，那里就是农田，绿油油的麦苗正在拔节抽穗，长得真好。远望麦田在春光的照耀下洋溢着盎然生机，春风吹来，麦浪在田野上涌动，像极了孩子们在大地上奔跑、呼唤的姿态。

大礼堂的后面是工厂集聚区，众多的羊毛衫加工厂、毛衫整烫中心、毛衫设计院、毛衫培训中心一应俱全，形成了濮院毛衫生产的一条龙产业链。众多的建筑物倒影在永兴河上绘成了一幅都市繁华图。

高楼大厦、街道店铺、文化娱乐、产业基地、农田庄稼，组成了永联特有的农村新风貌。

“布局优化、道路硬化、村庄绿化、路灯亮化、卫生洁化、河道净化。”走过永联村的大街小巷，我们感受到的不仅有永联村的美景，也有民族大团结的知识，更有“石榴结籽心相连，共奏民族团结曲”的良好氛围。

新妙智村：村头有运河

新妙智村于2000年11月由原新村、妙智两村合并组建而成，就在运河边上。车开到桐星大桥之上，视线忽然开阔了起来，那桥下如同白练的运河水在阳光的照射下熠熠生辉。下了桥不远就到了妙智新村，一幢幢农家别墅清一色地排列着，红墙在绿树丛中显得更加喜庆。房前屋后一个个栅栏围起来的小院最引人眼球，有藤蔓缠绕的瓜果，有错落有致的花草，更有桃、李挂满枝头，果尖上一点点的红让人垂涎欲滴。

迈进新妙智村的文化礼堂更让人耳目一新。以“十里运河我的家”为主题的运河博物馆不仅说出了新妙智村东西十里地的长度，更彰显了新妙智村运河文化的厚度。进入袖珍运河馆，引领我们去领略千年的运河文化底蕴，在静谧之中发现历史沉淀的美。

往昔有“南船北马”之说，地处江南，船只是主要运输工具。在江河上行舟，遇到逆风逆水或险滩，只能靠纤绳用人力背拉前行，背纤之人俗称“纤夫”。其实新妙智村的历史也可以从塘路拉纤开始算起。

石门镇至秀洲区陡门的塘路纤道在运河北岸，修筑于元代。《浙江府志》记载：“运河塘，一作皂林塘，元时卜濮二姓富饶，官令瓷砌，明时责于塘长。清朝雍正五年（1727），巡抚李敏达卫公动帑五百两有奇，修筑正家览桥至玉溪（今石门镇）一带塘岸，逐成塘路。”运河行舟，顺风扯帆，逆风背纤。这条古道在

20世纪70年代因疏拓运河而消失。

多少的行人脚步印留在十里塘路的纤道上，唯有塘路记录默默；多少的人文故事印刻在十里塘路的纤道上，唯有史书言之凿凿。

明正德《桐乡县志》记载：“桐乡为县，地环百里，民蕃赋重，高原树麻桑，下隰种禾嫁，尺土无旷者。”一段简短的记叙文字说出了此地便捷的水上交通促进了工商业的繁荣，孕育了灿烂的运河文化。

悠悠运河桐乡段，自余杭博陆西流至大麻、崇福镇后北折20里，复由石门镇斜贯往东，经皂林、毛家渡、妙智，东出秀洲区陡门，全长41.77公里，流经14个乡镇。流经新妙智村的方向是自西向东，运河畔的新妙智村沿岸长约十里，有北永新港、盛家桥港、朱家石桥港、妙智港、新桥港于此被接纳流入运河。

运河水日复一日、年复一年地向东奔流，那股坚忍的拼劲，像极了新妙智人在历史长河中的实干创新精神。在参观中发现的新妙智村中所有的人文历史和经济的发展的内容也是运河文化的一个缩影。运河之水给新妙智村带来了得天独厚的机会，运河航行、灌溉的作用孕育了两岸丰富的物产，素有“八熟”（稻、桑、麦、豆、烟、柏、菊、麻）之称。

“轻舟胜境万重瑞，碧水灵踪十里烟”，到了清朝嘉庆年间，妙智人利用天时地利人和的绝佳时机，在妙智运河段形成了让人惊叹的繁华景象，让一个小村成长为一个小集镇。妙智的小集镇地方虽然小，但是地处运河口，东来西往的流动人员多，信息灵通，买卖也是方便。古时有大户人家在此开店收购大宗农副产品，整理加工后利用运河水路便利的交通，将农产品发往杭州、苏州、上海等大城市赚大钱。由于船只多、生意多，集镇就孕育而生。不长的沿河街道上茶店、糕团店、南货店、理发店一应俱全。

有关妙智寺的最早记载是在元代的《嘉禾志》里，它是桐乡县境内最古老的寺庙之一。“路边余古寺，长日掩柴扉。野岸荒断烟，疏钟夜漏稀。树间帆影出，帘外水光微。渡口春流涨，山僧带月归。”清嘉庆年间，诗人张责作五言诗一首，描写的就是妙智寺。看着一幅写意的古画，我在脑海里想象着当年妙智寺宏伟的模样。

妙智寺于1969年被拆除，现在的桐乡市中心粮库就建在妙智寺的地基之上，也算是古寺继续在发挥它的作用。

光绪《桐乡县志》记载：“妙智渡，在妙智寺前，皂林东二十里。”妙智渡口，南北河宽60米。渡口位于妙智村南首，穿渡京杭运河，渡摆东南是通往濮院镇，摆渡经西南浮石桥到县城，故有“一渡三地”之称，是塘北人、濮院人、梧桐人南来北往的重要渡口。加上妙智渡口两岸都是良田，有众多的粮油产品进行交易，两岸人民更是频繁地摆渡进出，所以妙智渡口很是繁华。后来由于社会发展，从以水路交通为主改为了以陆路交通为主，妙智渡已经在2000年11月退出历史舞台，完成了它千年摆渡的历史使命，替代渡口的是一座高大的桐星大桥。

立于突出在运河北岸的废弃水泥墩上，近距离地接触运河水面，河水拍打着水泥墩，似有对话的声响，诉说着河道千古的变迁。运河水还不时涌上水泥墩面，像是勇士诉说着当年的勇猛般激动万分，让我踮起脚尖往后退去。

当年乾隆皇帝下江南，对沿岸的道路、村庄、草市、渡口、寺庙、驿站都做了标记，这也就明确了妙智寺、妙智渡在桐乡的确切位置。今日，站在早已荒芜的妙智渡口，看滚滚东去的运河水，似有一种时空穿梭感。

推陈出新是历史发展的规律，新妙智村亦是如此。聪明的新妙智人因势利导，利用运河的水系，巧妙地利用着运河千百年来航运、灌溉的便利条件。在荒芜的妙智渡口两边建起了很多的现代高效农业和现代化工厂。

斜阳下，桐星大桥、农民新村、中心粮库、家庭农场、石油中等，转都在运河边上错落有致地分布着，暖暖的夏风将妙智这一幅风景画吹出了千姿百态的灵动感。

新星村：杜鹃花开笑盈盈

最让人记忆犹新的是新星村中红艳艳的杜鹃，每当阳春三月，新星村那盛开的杜鹃就如同村人的笑脸一般喜庆。

新星村位于濮院镇西部，由原星锋、乐安、安心、运河四个村于2000年合并而成，桐星大道和桐乡大道交错而过，寓意一颗“新星”冉冉升起之意。随着濮院镇区扩大和土地流转的大好形势，全村39个村民小组趁势而上，全部搬入新村点建房，形成了集生产、生活于一体的小型城市生态圈。如今的新星村民也是属于“泥腿上岸”，过起了城里人的生活。

不管你走在居民区、里弄，还是河边，干净整洁是新星村的一个特点。自启动农村生活垃圾分类工作以来，新星村按照“大分流、小分类”的原则，强化统筹、构建体系，大类分流、闭环处理，立足长效、持续推进。截至目前，新星村已建成“分类投放、分类运输、分类处置”的生活垃圾处理工作体系，覆盖全村各封闭式小区和农民新村点。“省级中心村”“嘉兴市文明村”等荣誉称号实至名归。

“农耕民俗五千载，华夏文明万古传。”新星村村民虽然有了城镇人的生活，但他们没有忘记来时的路，在村里办起了具有新星村特色的“新星村民俗展览馆”，村民们有了一个思旧还乡的精神家园。

民俗馆中收藏的700多件展品中，有汉代镇墓兽、唐代错金捧盒盖、南宋青粉盒、清同治年间的彩色粉盒，有民国时期的器物，也有近代和当代的。藏品包括家具、服饰、陶瓷、砖木石雕等，种类繁多；各式釉彩的碗、盘、盆、罐等，琳琅满目，好像走进了民俗历史文化的时空隧道中。

展馆虽不大，但内容数量很多，馆主的布展设计也是用了心思。如小小的场馆中选择了一个木箱系列，足见其怀旧的情怀。他将新星村本地老百姓生活中所需要的木箱作为载体，从小箱到大箱，从一个箱子到多个箱子，从做法简陋到雕花工艺……分层次推进。不要小看这些木箱，这些箱子装进去的是我们村民生活改善的缩影，有创意！馆主还把不同时期的《浙江日报》悬挂墙上，我们随着报纸日期的变更，才发现了馆主的用意：老百姓的幸福生活来自党的好政策，有新意！

正好有一群学生叽叽喳喳地进入展馆，馆主很热情地介绍着馆中的每一件属于新星、属于濮院的老古董，“哈哈哈……”大

伙的笑声透过窗户飘到了天空中。

窗外的杜鹃花随风点头微笑。走出展馆，领略新星文化礼堂外的风景。道路边有的是杜鹃，还有不同色调：有淡紫色的，有紫色斑点的，也有淡玫瑰色花……香味浓、花形美是这些杜鹃的共性，将新星村村民的生活映出五彩斑斓的绚丽。

村文化礼堂还专辟一间“聚桂文会工作室”。濮院“聚桂文会”历史悠久，成立于元末，迄今已有670多年的历史了。如今的“聚桂文会工作室”自2016年起沿用其名成立，由王立、陈滢两位老师主持，不断地推动全民阅读与文艺创作。文脉传承，今又辉煌。

老人们在村活动中心里畅聊，红茶的香味沿着屋外的河道飘向了运河。我们也进入这个闹盈盈的红茶馆，听听金大伯讲的地名故事。

大船浜，因为村近大运河妙智渡口，在渡口撑船者多为此村人，故得村名渡船浜。濮院口音中，“渡”与“大”同音，故渐写作今天的名称“大船浜”。

旧时大船浜村民出行商贸，去濮院古镇走陆路不方便，而到运河塘对面的妙智坐渡船出行却很便利。村民带上自家生产的烟片、菊花、蚕茧等农副产品，乘着本村人撑的摆渡船，到运河对岸的妙智集镇很方便，来回也省时。

由于渡口繁忙，少不了要等待。为了方便渡船的行人，村民们集资在大船浜的渡口建立了一座亭，取名为妙智亭。村民请了造亭的师傅，用石柱立基，用木框结顶，建造了一座牢固的四角凉亭。还在渡口种上杨柳树，用以护堤美化。新建凉亭在运河边伫立，不仅为过往行人遮风挡雨，供憩息之用，同时也成了大船浜渡口的地标性建筑。

昔日的妙智渡口已经在2000年11月取消了，随之而来的是一座雄伟的桐星大桥横跨运河，连接了妙智渡口两岸的民众，南来北往的汽车飞驰而过，带来了大船浜村民便捷、快速的生活。

“地名里的故事最接地气，因为我们的村人都是时代变迁的亲历者。”金大伯的故事有声有色，我们竟听得忘了喝茶。

屠甸镇：觉来烟雨满平芜

屠甸旧名“石人泾”，系地以水名。元至元《嘉禾志》记载：“寂照（寺）有二石佛，温润如玉，顶冠冕，披缦夜……寺前有河，自西南流来，有名石人泾者，世传石佛在此浮来，故名。”旧时镇上有石泾寺桥、石泾缘官桥等，桥名皆冠以“石泾”两字。而据当地几位老先生说，“屠甸”中的“甸”原意是郊外平坦低洼的田地；当地方言“大”亦叫“屠”。因此，“屠甸”也有一大块田地的意思。屠甸属一马平川之地，地势低洼，容易积水。好在有贯穿镇中部的宽阔的长山河，引水入海，确保了屠甸良田的丰收。

镇东南方有闻名遐迩的“范蠡湖”。午后的阳光明媚，范蠡湖边的一条小路、一段竹节、一截树根、一排瓦片经过暖色光的修饰，犹如一幅光线明亮的油画作品，站在湖边竹林下，你突然就成了画中人。因水成村，因水成景。徜徉在屠甸的范蠡湖边，一边是白墙黛瓦，一边是小桥流水，无名的石桥与两岸的古树相映成景。

一壶老黄酒，几处白墙斑驳，数缕人间烟火……这就是许多人想要的生活。

恒丰村:“晏城”新姿

从“洋气”的汇丰村产业特色街一直往北走，穿过高铁涵洞就到了恒丰村地界。过涵洞时，光线暗了一下，等出洞光线再次恢复之时，我仿佛穿越到了两千多年前。一个古色古香的门头上书“晏城”两字。城门大开着，似乎正唱着空城计，我不敢贸然进城。在路边停好车，去晏城大街上溜达，慢慢认识这座古城。

晏城，地名始于吴越争战，迄今已有两千余年历史。清末民初，晏城是一个相当繁华的农村集镇，沿港两岸商铺林立，连绵五六百米，分东晏城、西晏城，人称晏城两镇。1925 年，晏城通了电；1933 年就已通了电话，在当时桐乡、崇德两县农村集镇中是最早的，也是村人津津乐道的大事，可见晏城在当时的先进时尚。

轰隆隆的高铁列车从头上的高架桥上呼啸而过，其速度快得让眼睛来不及细观，只感觉一束光线在眼前闪过。就如这个两千多年的古城从战火硝烟中一下子到了现代，留下的就是似有似无的故事。好在故事有文字记录，不然历史的真相就会烟消云散。

古镇的历史简介镌刻在镇南角的铁券之上，丹书用深情记录着当年的金戈铁马，镂空的笔画在夕阳下留下斑驳的印记。关于桐乡晏城的来历，《嘉禾志》中有两个说法，一说是吴王夫差为抵御越王勾践所建，一说是晏子所建。晏子是春秋时期的齐国人，这一说显然不可信。当然，不排除吴国也有一个有名的“晏子”。

《嘉禾志》记载，吴王夫差除造了晏城之外，同时还建了三个城：一个是何城，在今芝村；一个是管城，在今海宁境；一个是萱城，在今洲泉境。将这四个城连成一条线，大致可以看出吴王夫差时期的某一个阶段中吴越边疆的位置。

两千多年的历史风雨早已风化了城墙根儿的太湖石。吴王夫差时期的这四个城，现在还在作为地名使用的也只有晏城了！两千多年前的地名一直沿用至今，简直是个奇迹。

“暗淡了刀光剑影，远去了鼓角争鸣……”站在晏城历史介绍的墙壁下，耳边忽又响起了电视剧《三国演义》的片尾曲来。此时的感觉更是深刻了一些：一页风云散，变幻了时空。

沿着晏城街向西走，绕过一个“S”形转弯后，出现两座桥：一座是方便行人车子往来的水泥桥，一座是方便村人健身行走的木板桥。

木桥桥头建有一座凉亭，四四方方，镂空木架，翘角飞檐之

上挂有电灯，可为夜归之人照明。“落花有意，流水无情”，桥下是晏城港水悠悠向东。河港两边是一道城墙景观，自西向东沿阶而下。青砖垒砌的城墙总有一股历史气息，伸手触摸这些新的青砖，不知什么时候它们又将成为历史的遗迹？

城墙之上还有灯带，夜晚五彩灯光映在河面之上，想必会更好看。晏城的古街道应该是沿晏城港而建吧，因为古时交通以水路为主。现在河道两岸很多民舍前的古树就是很好的印证。

“蒹葭苍苍，白露为霜；所谓伊人，在水一方。”沿着城墙河道慢悠悠地向东走去，去追寻历史远去的踪迹。河岸之上的芦苇在风中摇曳，摇出的舞姿成功地吸引了白云，白云围绕在芦苇的上空不肯离去。秋风摇，摇出晏城的风情，芦苇舞，舞出了晏城的灵性。

从村民的别墅弄堂里往南走，“唧唧复唧唧”的机器声在弄堂之中有节奏地传出，似乎在喃喃细语中诉说着晏城的古往今来。在晏城有句很有名的农谚：“不怕少年苦，只怕老来穷。”现在的晏城人在传统农业之外办起了家庭工厂，在“唧唧复唧唧”的机器声中迎来了更大的发展。

别墅建起来了，河水清起来了，庭院美起来了……村边的绿树随风晃动着枝叶，掩映在绿树中的恒丰村显得宁谧而祥和。

迎丰村：在长夏喝咖啡

送女儿上大学后，我们就成了留守老人，原本喧闹的家安静了下来。刚开始很是享受闹腾了十八年后回归到二人世界的安静，但后来渐渐地感到无聊起来。

双休日跟女儿通了个电话后复归安静。我去书房捣鼓我的邮票；妻子在客厅看肥皂剧，手中还不停地编织着小玩意。在家太安静了，偶尔有猫叫声在阳台回荡。

我提议去外面走走，秋日的阳光正好。

说走就走，车在乌镇大道上不快不慢地开着，没有目的地，纯粹是兜风。

“还不如到星巴克，至少还有咖啡喝！”妻子小声地嘀咕起来。

我开车折了个弯，由南转向西行。乡间路虽然小，但景色竟丰富了起来。道路上的水杉将焦糖色印染在蓝天里，田野里的稻禾随着秋风慢慢地摇曳，悠闲又雅致。

“我要拍照！”刚才还昏昏欲睡的妻子高兴起来。于是我就在一个路口停好车，下车后走在乡间的田埂上，踏在将要枯黄的杂草之上，软绵绵的，让人重心不稳，摇摇晃晃地前行。“咔嚓咔嚓”声连连，我们都感觉回到了年轻时的时光。我采了把野花，她笑得灿烂至极。

吸足了乡间的泥土味，终究有些干渴，此刻有杯咖啡该是多么享受。正当我们想象着，奇迹真的出现了。

长夏咖啡小院就出现在水杉林的尽头，很奇幻，像童话一

般。小院的门虚掩着，草地、橘子树、露台……环境很棒，看得出老板非常用心，把老房子改造成了我们心目中的栖息地。楼不高，两层。小院中有厨房、储物间、咖啡吧台……

刚进门时，没有什么客人，只有年轻店员热情的微笑。我们点上一杯拿铁、一杯 dirty，在二楼的包厢里慢慢品味。周围很安静，阳台上几只胆大的麻雀在欢快地跳跃。透过玻璃门，我们欢喜地看着活力四射的麻雀身影印在白墙上，留下雀喜图。

开门，麻雀们早就飞走了。站在阳台上，秋日的夕阳透过水杉的碎叶，将叶影打在妻的背上，给她驼色的风衣印出秀美的图案。我痴痴地望着她的背，就如与她的初见。也是秋天，碎叶影子打在她的风衣上，那样静谧，那样唯美。

走向前，与她并肩站在阳台上远眺，能看见飞驰而过的高铁列车。高铁列车一瞬而过，快到模糊我们的双眼，唯有风在林间旋转。高铁轨道下是个能过车的桥洞，悠长而深远。洞的那头有光，像是历史的源头，带着热度，向我们奔来。

秋日的午后，我们俩围坐在一起喝咖啡，真是难得。我们相视而笑，额头的皱纹堆起。和白云、树木、稻田待上半个下午，回想年轻时光真好！

二楼是原木色调装修，简约却不简单。房顶挂个吊灯，点缀一下空旷的房间。高耸的树木围着农家小院，老房子里有着油盐酱醋茶般平淡的爱情故事。楼下是草地露营椅，遮阳伞下木格桌子的纹理将时空分得清晰可见。透过纹理，小草也盖上了太阳的印章。就连枯黄的小草也亮出了辉煌。

店里的咖啡间就在前楼和后楼的连接处，原本是农家的厨房。因为有了超大的空间，调制咖啡的工具可以摆放得井井有条。调制咖啡的都是年轻人，动作快，奶盖上裱的花纹有创意、够大胆。经典咖啡、特调、秋日限定系列，也有奶茶，像 dirty，咖啡风味很香醇。刚出杯时，上层油脂丰富，第一口浓缩的浓厚的苦味，第二口是浓缩和牛奶的搭配，有一丝丝豆子的果酸香味，第三口是两者融合后的丝滑口感。大口喝 dirty 真的很舒服，因为有层次感，也像极了生活的滋味。

"突突突……"摩托车的声音由远及近，六辆摩托车就停在长夏小院的门口。进来了十几位小青年，有男有女。笑声、叫声一并进了院，楼上、楼下、廊檐下、伞下，整个院子一下子挤满了。还在楼上看风景的我们也似乎回到了年轻时代，那时的我们也是骑着摩托车，不怕冷地到处走，看风花雪月、看稀奇古怪……

我们起身，将楼上的雅座让给正要上楼的年轻人。在楼梯口与他们相遇了，他们年轻的脸上都是笑意，满眼的温情。望着噔噔噔上楼的背影，仿佛见到了昨日的我们。

到屠甸恒丰村南庄兜 9 号的长夏小院里喝咖啡纯属偶然，但因为有了偶然，才有了惊喜的收获，乡间的咖啡会孕育出田园的勃勃生机。"秋风万里动，日暮黄云高。"虽要转身，但"长夏"这个名字已经入了怀！

汇丰村：“洋气”的生活

驱车进入汇丰村，第一感觉就是路好。沿途风景虽无新奇之处，但中规中矩的柏油公路油黑发亮，两旁的香樟树像卫士一般伫立。短短的路程竟显得有些漫长。

其实，做好平凡就是不平凡。穿过屠高线，透过人大林地发现了造型时尚的小别墅，小桥流水、绿树青草……这便是今天的目的地——汇丰村，一个“洋气”的村庄。

“汇丰家园”的农民新村惊艳到了我，这里的房子不仅造型别致，更为漂亮的是小区配套环境设计的完美。小河环绕，如同一段丝绸，轻妙地围住村舍。红色的外墙和瓦片倒映在小河之中，映出红红火火的喜庆气氛。还有那白云映在水上河中的倒影，如同一群顽童在小河里穿梭，正捉着迷藏。

“汇丰家园”的左侧是汇丰产业街。这条街的形成很有特色：村民将房屋出租给村委会，村委会投入资金建成汇丰产业街，现已入驻商家20余家。特色街不仅产品特别，那店面也是奇妙。底层楼是现代化的艳色，楼上是古代木结构的本色，共同构成了街道的彩色。一家家的店堂整洁、敞亮，村民们在村里就能逛街，也能买到大都市才有的一些特色产品，同时也可以将汇丰村本地的名优特产推销出去。

街道的对面是一个亲水栈道，栈道上方还有环形拱门，颗颗红星在拱门上很是喜庆，加上阳光的照耀，红星发出闪闪光芒。亲水栈道的对面就是农家别墅。

农村与大都市接轨，真是想都不敢想，但洋气的产业街又是真实的，亮堂堂地矗立在村西口。这一切的改变，源于村里的旅游开发。村里依据本地的自然资源，整理了全村两千多亩土地，合理规划建起了“康馨文化园”，打出了绿色发展牌。路平坦了，树多起来了，村庄变美了，村民富起来了……

农家别墅里还有一个农民公园，虽然不大，却复古还原了一些明清时期的民居。走在狭窄悠长的里弄，仰头看古色古香的白墙黛瓦、飞檐屋顶，低头品石板路、墙角草、爬山虎。在这里看到了原汁原味的乡村，感受到了幽静的乡村气息。推开虚掩的“凤鸣桐生”的院门，惊奇地发现这里是个闹中取静的文雅之地。碎石铺就的甬道直通“桐生书院”，甬道右侧是一方水池，池中睡莲优雅地浮在水面，真应了“绿塘摇滟接星津，轧轧兰桡入白苹。应为洛神波上袜，至今莲蕊有香尘”的意境，池塘与书院倒也是绝配。门口的古樟将书院庇护在怀中，书院的书香印在了树叶之上。秋风起，樟树的叶子带着书香飞向墙外，引来了莘莘学子读书写字。汇丰村每年为中考、高考的优秀学子发放教育金，以鼓励村里的青年才俊发奋学习，回报家乡。

书院之中还有专门介绍于谦故里的图文资料，真的令人有点惊讶；我们小时候读过的古诗《石灰吟》作者的故里竟然在汇丰村。你还不得不信，因为于谦墓就在这里，这里有众多与于姓有关的村庄，于家角、于家埭、门楼村、砖桥头、平家门等自然村里都有于姓人家。

退出清静优雅的书院，我要实地考察一下于谦的坟墓。于是导航到于谦故里，经过不远的路程就到了砖桥头和平家门交界处。停好车，沿着新筑的水泥路走入树丛之中。此处有一座古墓较为高大，此坟就是于谦墓。墓前建有石亭，石亭上书“忠肃堂”三个大字，亭下立有“民族英魂”字样的石碑，石碑之后是个砖石垒砌的土坟。于谦墓在苍松翠柏之下显得庄严肃穆，但据说这里只是于谦的衣冠冢（也有一说，于家埭这座坟称为“一腿坟”。因于谦在杭州被五马分尸处死后，其亲属冒死将遗体偷出分葬于杭州等处，传说其中一腿带到桐乡安葬，现在晏城一带于姓人据说就是于谦其中一个儿子的后代），真正的于谦坟墓在杭州（于谦是明代名臣、民族英雄，与岳飞、张苍水并称“西湖三雄”，于谦墓位于杭州市西湖区三台山麓）。时值初冬，石亭中还有鲜花端正地摆放着，看来我们的民族英雄是深入人心的，时常有人前往祭奠。

东西向的占桥港在这里折了个弯，向南而去，留下了一个元宝状的弯兜。河水悠悠，古墓深深。远望占桥港两边的民居都是白墙黛瓦，村民们也似乎谨记着于谦的教诲：要留清白在人间。有了这样一位民族英雄在自家的周围，也是村人的福气。福兴家庭农场就是利用了这个人文历史资源，在自家承包地上种出奇花异草，垒砌农家土灶，开设亲子农家乐，发展乡村旅游。每当清明时节，城里人外出踏青，在祭奠民族英雄于谦的同时，也到福兴家庭农场感受农村生活。福兴家庭农场的发展也是托了于谦的福。

“和谐社会飘雅韵，汇丰新村孕新诗。”这是汇丰村的口号，也是汇丰村村民心中村庄未来“洋气”的模样。

海星村：花开红艳艳

海星村是桐乡市屠甸镇最东南角了，一脚就可以走到海宁市经济开发区，最夸张的是海星新村的村民买菜就在海宁地界上。

从屠甸镇出发，进入海星村必然经过皇母桥桃园。那你定要在此驻足一番，因为这里的桃花红艳艳，美得与众不同，绝对不会让你失望。

在扑面而来的春风里，灿烂的阳光穿透了我的行走，我贪婪地想要把皇母桥周遭所有的景致尽收眼底。

路边的大树开始褪去了枯黄，和果园里的桃枝一起绽出新叶。有桃花开的日子，我的心也受到了感染，心情顿时明媚了许多。前往桃园参观的人明显多了起来，渐渐地出现了喧嚣的场景。装备齐全的摄影爱好者俯下身子，双手稳稳地攥住相机，一顿“咔嚓咔嚓”，将桃花最美的色彩定格下来，成为经典。

第一批被春天唤醒的，就是乡间的农人们。春风把田野吹绿，把枝头的新芽吹绽，与田野上每一个守护着土地的人不期而遇，带来花的清香与叶的肥嫩。

果农除了给果树剪枝、开沟、追肥，更为重要的是为果树防病虫；趁着天气好，及时喷洒农药。当安全度过了这一个多月花期，果树坐了果才算安心。如果错过惊蛰前后的每一个日子，对农民来说简直是“犯错”。

桃树下都是整整齐齐的荠菜，勤快的农妇不想错过整个好季节，在地里种上了野菜。那些肥嫩的荠菜、苦菜籽被她们摘下，

收进随身带来的布袋、提篮中。在裹挟着乡土气息的清风里，她们带着满心的喜悦回家，品尝这大自然恩赐的美味。

桃园的东南面就是海星村的新村聚集点，那高大明亮的农家别墅被盛开的百花包裹着。老人们三五成群地出来踏青，看他们都有七十多岁的年纪了，身体干瘦、面孔核桃一般、头发灰白。别看他们年纪大，但是走路很沉着，稳稳的，没有回头，笑脸盈盈地缓慢前行，一直朝前走。

我们穿过热闹的市场和宽阔的新村大道，进入海星村村委会文化广场。广场上的春色更美了，海棠、玉兰、红叶李争先恐后地开花。广场上多数花的花瓣呈现出一种围拢、合抱之势。也许是假日的缘故，广场上前来休闲的人真不少，有的在儿童区玩耍，有的在读书区看书，也有的在打球……他们在村里找到了城市里才会有的文化休闲娱乐项目。

在村委会大楼的底层有个农忆馆，又让人耳目一新。有翻地播种的工具，也有排水筑堤的工具，更有打谷磨面的工具……虽然已经失去了使用功能，但这一件件农具是“泥腿上岸”的海星村民不忘本的最好体现。

农民们富裕了，但他们依旧怀念以前的生产生活。在拆迁时，大家舍不得丢掉以前劳作用过的各种农具，于是将它们汇聚到村里来，放进这个“农忆馆”。这不仅是对往日农作的回忆，更是一个对孩子们进行劳动教育的载体。一群孩子正在观看，大约十三四岁初中生的模样，他们睁着好奇的眼睛看着陌生的农具。带队的老师为他们解说，解开他们心中的疑团。在孩子们微笑的眼神中，我们感觉到海星的农耕文明在学生们的心中播撒下了种子。他们在不知不觉中，对当地早已远去的农耕文化产生认同与自豪。就这样学生们也就成了一颗颗文化的种子，一有机会，就能将这种文化播撒出去，最终完成农耕文化的传承与传播。

我们退出农忆馆，老人们还在春游。春天的风暖洋洋地吹着他们灰白的头发、硬朗的身子。他们走走停停，仰起菊花般的笑脸，挥舞着胜利的手势对着百花们说着他们自己才能听懂的方言。

“春风吹，海星暖”，那从容、温暖的目光就是海星村的老人们幸福生活的底气。

荣星村：绿树村边合

香樟、红枫与垂柳，它们一起站在村庄浜口，自然生成绿树荫荫的景象。那郁郁葱葱的背后，竟然藏着一个粉墙黛瓦的村庄——火炉浜。

在层层叠起的绿意里，我沿着蜿蜒的浜边小道去追寻屠甸乡村的色调与背景——一抹绿色随浜河迤逦。村舍是水墨的黑白色调，隐隐的，一旦进入却别有意境。

树影在浜面上婆娑起舞，摇曳生姿。树的年轮与叶脉里，储存着火炉浜人“树养人丁水养财”的传统意识，所以他们要在村庄的水口栽植大片的树木。屠甸各地的“水口林”是进入每个村庄最好的标识，荣星村、汇丰村、范蠡湖等均是如此。火炉浜在村口种有樟、柳、枫、槐等十多个树种，形成了一条长长的沿浜树廊，以护牢村基。春天玉兰花开、夏天香樟如伞、秋天枫叶飘红、冬天蜡梅迎春，村庄四季飘逸的都是树的体香。浜口栽树的同时，筑堤建廊亭点缀其中，让村人、游客驻足栖息。

绿水环绕，树荫遮蔽，隐隐约约中，那浜底头的参天香樟古树俨如给火炉浜的一种补白。其实，在每一个火炉浜人心中，都有一片绿色念想：要想生活得惬意就得种树，因为“绿水青山就是金山银山”。村里的新房子沿河落成了，房前屋后栽上几棵树，既庆祝了乔迁之喜，又补种了树木。于是，火炉浜的周围都是树的浓荫。

今日随着作协的采风小组进入屠甸，参观桐乡市五水共治的成果，特别有感受。火炉浜是我一眼就能认出的村庄。我记住火炉浜，并不是因为它的经济繁荣，而是因村口那些高耸的大香樟和大杨柳。“下根磅礴达九渊，上树摇荡凌云烟”，神秘、魅惑，它的浓荫下，集结着火炉浜的悠悠过往。那古树、浜水、小道，树水掩映，错落有致，还有路亭与村庄相连，缓缓展开。而村外的油菜花如烈焰般地奔跑，一如古意的画卷高唱着新春。

“古树高低屋，斜阳远近山。林梢烟似带，村外水如环。”我在火炉浜循着这样的诗意去行走，迷醉其中。我走到未曾到过的火炉浜，村口的那些古树一下子拉近了我们的距离，我们虽未谋面，却已熟识。

在美丽乡村屠甸的许多类似的村庄中，我看到一棵棵古树，不禁会想到那遥远的从前村庄先祖们挥锄植树的身影。想必，先祖在栽下每一棵树时，都种下了他们心中村庄的诗意与对村庄的祈愿。

红星村：在圣慈高桥上聆听乡村的声音

中秋这天下午，趁着秋日里的好天气，只身来到这个桐乡最东南与海宁交界处的屠甸镇红星村圣慈高桥。此桥重建于 1911 年。1912 年中华民国成立，清帝退了位。这样一说，此桥成了一个重要历史节点的见证者。

正值秋收，桥西张家埭的庄稼已经收齐，冬种还未开始。光秃秃的泥土在斜阳下泛着白光，这样视线就特别宽广，让人有种心旷神怡的感觉。

车就停在水泥路边。穿过树林，跳过沟渠，走过一段被野草掩盖路面的小道，那圣慈高桥就出现在你的眼前。说是高桥，其实有点夸大其词了。因为在我眼前的是一座极为普通的三孔石平桥，东西走向，连接桐乡与海宁。目测桥宽 1 米，可想见当年桐乡、海宁两地的农民步行、挑担过往，桥宽绰绰有余了。桥下是圣慈港，河道里的水生葫芦长得很茂盛，将整个河道挤得热热闹闹。蓝色的小花点缀在碧绿的水生葫芦丛中，显得更加清丽可爱。

圣慈高桥的桥身很是简单，两根柱子，三段桥面，再加两个桥墩。桥面的条石也没有任何的花纹供人欣赏，只留下细小的石坑在桥面之上，用于防滑；桥柱也无花纹，却笔直站立，坚挺地支起桥身；桥墩更是无趣，交错码齐在两岸的泥土里，固定桥身。

桥的简单像极了乡村生活的简单：有的是一日三餐，有的是日出而作、日落而息。桥始建于何时，已经无从考证。桥东新立的碑刻着“重建于 1911 年”的字样，重建说明此桥的重要性。

因为重要，所以乡人们总会高看一座普通的桥，圣慈高桥也就自然而然地在人们心中永存了。

随着城市化的进程，海宁地界已经建起了林立的厂房和新居民楼，也建起了适应汽车来往的水泥桥。而桥西的屠甸虽然依旧保持着农业生产的状态，但也不再需要通过石桥来与对岸进行连接。为此，圣慈高桥也失去了往日的重要性，只留下一个“神圣”的桥名了。

夕阳下，古石桥周围的整个氛围也显得苍凉了起来，立于此处，如同穿越时空一般。唯有桥墩上的野草枯了、绿了，周而复始地循环着。此刻那种“草木无情，有时飘零”的人生况味油然而生。

就像小时候的自己一样，坐在圣慈高桥的西桥墩上，面向夕阳，聆听起乡村的声音来。

远处，从张家埭乡村传出来一些市井声音。收破烂的，卖豆腐的，推货郎车的……这些声音虽然不登大雅之堂，却与我们老百姓的日常生活息息相关。近处，古桥下缓缓而过的潺潺流水声，像极了一群顽童想要拉住那一个个水葫芦，与它们一起玩儿过家家……

只有静坐下来，才能听见这些久违了的、自然天成的声音。这些声音不加任何修饰，是天籁，仿佛是沉积在我的内心深处。我今天静坐在桥墩上，像个满眼期待的少年独望秋日的斜阳，听到了蟋蟀呼朋唤友的欢叫声，听到了秋风掠过枝头的飕飕声，听到自己内心的渴望声……

今日又是中秋，心中涌起“露从今夜白，月是故乡明”的诗句，让我回忆起故乡初秋时那缱绻的意绪。

乡间田野之上的电线杆伫立在村口的古桥旁，绕着一圈又一圈的电线，还有一只大喇叭。在没有网络的年代，大喇叭将最新资讯带给乡亲。不管在家中还是田间，村民都能从大喇叭里听到《军港之夜》《游子吟》《故乡情》等流行歌曲，还有各种国内国际新闻。后来，电视进了村，大喇叭渐渐淡出了人们的视线。再后来，村里通了网络，人们又开始怀念那只大喇叭。

张家埭村的农户都建起农家别墅，门前种起了赏心悦目的花草。村民们除了开门“柴米油盐酱醋茶”的七件事之外，还有了审美的生活需求。虽是秋日，但农家院墙内外还有姹紫嫣红的花儿绽放。

“故乡的歌是一支清远的笛子，总在有月亮的晚上响起……”这些年，人虽然远离家园了，但是内心还是惦念着宁寂的村庄。每逢佳节，故乡村庄的声音都会在我耳边清晰地响起。

万星村：朱家村的火柿子

“山重水复疑无路，柳暗花明又一村”的感觉在朱家村能深刻地体会到。

穿过沪杭高速公路下的涵洞，在导航提示为无名的道路路上前行确实有点蒙圈。乡间水泥路弯弯曲曲地在田间延伸，再加上道旁茂密的香樟树挡住视线，使得就在百米之外的朱家村我愣是找不着。由于视线不佳，不敢深入。路窄，怕会车时动弹不得，于是就在香樟树的空隙中停下了汽车，徒步前往村里。

走走也好，香樟树外是稻田，青黄相间配上蓝天白云，清爽无比。进村道路悠长而又有树香，慢走好呼吸。更欢喜的是，抬头在斑驳的树叶缝隙中可以看见喜鹊们正欢快地跳跃在树枝之间，还不时地欢叫几声。

终于到了村口，进村道旁的两排高大的香樟树稀稀疏疏的，取而代之的是房前屋后的柿子树。树不高，叶子也稀疏，而柿子却挂满了树，这是农村普通的“火柿子”。青色、泛黄、淡黄、火红……柿子层次分明地挂在树梢、树腰，只要伸手定能采到红黄又光亮的柿子。

走近细看，光亮的柿子表皮外还有一层细微的白色果霜，幽幽的柿子暗香沁人心脾。树上的火柿子好看，但不能直接采下食用。因为没有处理过的柿子坚硬，且口感较涩，硬要咬一口，定能涩到你舌头都会被“糊住”，顷刻间让你变成大舌头。

要使涩味的火柿子好吃，还需要把高度白酒点在果子上

“焐”过后才好。白酒“焐”柿子是个技术活儿，将自家酿制的高度白酒倒入盆里，再将修剪过的柿子倒入，全身浸透“洗个澡”，再整齐地码好，盖上一层布，以免白酒挥发。也可以将白酒轻轻点在修剪好的柿子蒂头处，再码好存放。在这个过程中，柿子会慢慢变软，颜色也会由浅变深，老人们将“焐”好后红红的柿子称为“火硃”。三五天后，就可以吃上又甜又糯的火柿子了。

朱家村一直以种火柿子闻名，先是在房前屋后的边角旮旯里种，也算是村民对土地的充分利用。后来卖柿子尝到了甜头，就扩大再生产，于是有了“柿子村”的美誉。全村共有11户农户，家家户户门前屋后都种着柿子树。满树的柿子，满村的喜悦。

“吱呀”一声，从木门中走出一位老奶奶，见到陌生人开口就问是不是来买柿子。

“今年柿子大年，果子挂满树！”满是皱纹的脸舒展出慈祥的笑容。

“奶奶，我们不是买柿子的，来看看美丽乡村！”

“我知道，上午刚来一拨人，说也是看美丽乡村的。”老奶奶一边说，一边指着屋前的小河。小河真漂亮，我们由衷地赞叹。小河两岸的树荫已经将河道遮住，形成一个树的枝杈围成的洞，河水就在洞里缓缓东流。顺着河埠头走下去，我蹲下身子往里看，那茂密的树叶绿得如墨，阻挡了外面的鸟鸣声。当斜阳透过叶丛，树叶的纹路也透明了起来，就连叶柄、叶脉都清晰可见。从几片叶子空隙中透出的几缕光线投射到河面上，形成了细小的花纹，就如老奶奶身上的细花衬衫一样好看。

“这是我种下的火柿子树！”老奶奶眼中充满了自豪。屋前水泥场靠西，有棵柿子树特别粗壮、高大。那树树枝撑开，形状如伞，树皮灰白又有光泽。目测应该是村中最高的柿子树，也是最能结果的树。“隔岸人家西日外，数株红柿压疏篱”，那挂得挨挨挤挤的柿子就是最好的证明。树上还靠着梯子，看来是为了方便采摘。

“这棵树多少年了？”

“少说也有四十年了，那是我刚嫁过来时种下的！”老奶奶笑得更欢了。

“老奶奶，你好浪漫！”

“浪不浪漫，我不知道。我只知道结婚是件大事，种下一棵树做个纪念！”

“红红火火，儿孙满堂。”我们点赞道。

“孩子们很争气，都在城里上班，留下我们两个老人看家。”透过玻璃窗，只见整屋都是一排一排码放整齐的柿子，像极了幼儿园里一张张红扑扑的小脸蛋儿。

“白天，他们上班，我们就将柿子点上烧酒，‘焐’上两三天就可以吃了，甜着呢！”

“这么多的果子，卖得完吗？”

"晚上，孩子们回家打包发快递，喏，包装盒好多！"

有了电商，满树的柿子都会去旅行了。可以想象，夜幕降临，全村的农家小院里都会亮起灯，全家老少齐动手的场面是多么温馨和喜悦。红扑扑、香喷喷、圆溜溜的柿子放进快递盒，写上地址和姓名就可以出发到达天涯海角。

告别了老奶奶，沿着小河道朝村外走去。一个个铁栅栏里是一个个大网棚，将柿子树罩起来，防着那些偷嘴的鸟雀们。大网棚下都是人们喜欢的甜柿子，一对柿子代表事事如意，四枚柿子代表四世同堂，一筐柿子代表万事胜意……多么美好的愿望，从朱家村向外蔓延开来。

我沿着朱家浜溜达，一直逗留到了近黄昏时分，炊烟在村舍上飘起，喜鹊的鸣叫声又在香樟树上响起。这叫声明亮、高亢而昂扬，它打破了田园的宁静，给朱家村平添了热闹和趣味。

崇福镇：飞来瑞凤散芳春

时间的刻度里，崇福有着六千多年文明史和一千一百多年建镇史。崇福自古“崇文厚德”，古称“语溪”，是桐乡唯一的千年古县城，也是全国重点镇、中国纺织皮草名城、浙江省历史文化名镇。

运河如带，飞梁如虹。行走于运河边的游步道，可以领略“水港小桥多，人家尽枕河”的江南水乡风情。千年古城复兴下的崇福镇，处处散发着宋韵气息。如今的你，哪怕在崇福世纪大道上散步，都能踩到带有宋韵的石砖。“清真自嵇阮，一醉万事了”“一径青松露，三门白水烟”……块块石砖能让人感受到枕水江南的旖旎风光，梦回那文脉兴盛的“宋韵文化”。

文化的载体不仅仅在石砖之上，也在古镇的建筑规模上，更在古镇之外的乡村，因为乡村也是历史文化的基础。

“店肆林立、蚕丝成市、积金如山”，如此繁华的街市是崇福镇周围农户种桑养蚕，将崇福的丝绸贸易高高地撑起；如今“生产发展、生活富裕、生态良好”，如此美丽的乡村是崇福镇周围农民创新创造，将崇福高质量发展浓浓地衬托。

放眼望去，崇福的美丽乡村蓬勃向未来。

店街塘村：夏日的宁静

“美丽乡村——店街塘村”这几个字的宣传牌早就看见了，就在320国道边。从桐乡到崇福的路上必定会看见的，但进入这个村细看它的真容还是第一次。

中考落下帷幕，紧张的工作暂时告一段落。我闲不住，有空儿就来到店街塘村看看。从320国道虎啸段往东，过二四郎桥（光绪《石门县志》写作“二十郎桥”）就进入了店街塘村的地界了。

将车停在村委会的停车位上，穿过乡间小道，就进入了南官楼公园。也许不是双休日的缘故，公园里空荡荡的没有其他游客。这样也好，我“包场”。踏在长满青草的石块铺就的小路上，黄黄的草籽调皮地黏在我的鞋子上不肯离去。暖暖的夏风和着青草的香味扑面而来，我贪婪地深吸几口气，感觉真好。

“农村是一个广阔的天地，在那里是可以大有作为的。为有牺牲多壮志，敢教日月换新天。革命青年志在四方，扎根农村扎根边疆。上山下乡，改天换地，建设社会主义新农村。向贫下中农学习，向贫下中农致敬。”公园中心的平房白墙上书写着那个时代特有的“知青文化”标语，抬头就看见了。读着这些口号，仿佛看到知识青年们在店街塘村改天换地的劳动场面。这里保留了“知识青年上山下乡”的一个青春印记，那一屋子的农具就是最好的证明。

“知青之家”的平房前是个大池塘，荷叶已经长满了池面，

如知青们的豪情壮志一样高涨。那荷叶上方的荷花已经绽放，洁白的花瓣边缘透着粉红色，就像个害羞的姑娘涨红了脸。我想，当年的男女知青在店街塘的劳动中发生的有关友情、爱情的故事，一定也是精彩万分的。

初夏时节天气多变。当我还沉浸在欣赏满池的荷花之中不能自拔时，天空突然飘下一阵“梅雨”。原本蔚蓝的天空变成了灰色，满池的彩色也变成了黑白。我及时地跑进了“知青之家”的廊檐下躲雨，看着雨簌簌地下着，荷叶上顷刻间汇聚的雨滴成了水珠，风一吹，雨珠又落入水池中，如此周而复始。由于气温高，池中的水汽被蒸发，那烟雾轻绕的美景在池中展现，我看得入神。用宋朝诗人李复的诗句“急雨过池荷，飞洒来纵横。光圆走青盘，的皪寒珠明。炫转势不定，积多忽自倾。浩然江湖思，蓬窗听秋声”来表达此刻的美景最为贴切。

雨渐渐小了，池水绿得像一块碧玉，静得像一面镜子。起风了，荷叶在水上漂，又仿佛在池面上跳。这时出现了蜻蜓点水。那蜻蜓长得可真漂亮，金绿色的身子披着透明的纱，在轻盈地点水。

不一会儿，雨停了，天又放晴了。耀眼的阳光、清澈的池水、粉红的荷花，伴着叽叽喳喳的鸟鸣，夏日的南官楼公园景色美不胜收。沿着池塘边的小道漫步，竹林中传来鸡犬之声。闻声寻去，只见密林深处有人家，篱笆墙后有鸡鸭。我这个不速之客的到来引发了一阵欢叫，这鸡鸭的欢叫更是引出了几头山羊憨憨地朝我看。

我也不去打扰它们安静的生活，就沿着池塘边的小道前行。只是脚下的青砖有苔藓，路滑，走的时候必须小心谨慎些。在"知青之家"的对面看"青春向前知青路，一生不悔知青情"的对联不仅有光亮，而且更有时代感。

店街塘村的美丽不仅在南官楼公园里，而且在南苑新村里。"这里的新村不比城市小区差。"在别墅外修剪自家门前花草的杨桂林笑着与我聊起了他们的农家生活。一排排别墅建在新苑桥北面，井然有序的洋房、姹紫嫣红的花草真是羡煞路人。

"我们这个新村原本是个塘田，有100多亩大，南面是南官楼，北面是北官楼，新村就选在中央。"村里保洁站的濮师傅热情地介绍起店街塘南苑新村的来历，"新村前面的河通向西面是金潭漾，两岸有合欢花，好看！"濮师傅伸手指着远处的漾潭，脸上露出笑意。

店街塘村不仅有漂亮的乡村风光，还有生生不息的乡土文化，更有健康向上的生活方式。让人欣喜的是村里有个游泳馆，每年暑假开放，既贴合小朋友们喜欢戏水的天性，又为家长免去孩子到河里游泳而发生意外的担心。

四层高的店街塘村文化大礼堂真是高大气派，就在游泳馆对面，村里的红白喜事、民主选举等活动都在这里完成。更深得老人们喜爱的是居家养老服务中心，那里是喝茶聊天、休闲娱乐的好地方。如果哪家与邻里关系紧张或家庭成员之间有矛盾的都可以到陆大姐调解室进行调解。象征着村里老人富贵长寿的神龟石雕在高大粗壮的香樟树下静静地守候着，用它那温和、吉祥的模样祝福村里老人都能长命百岁。

最为热闹的是文化大礼堂前面那个三百多平方米的戏台和一千多平方米的文化广场，让店街塘村的村民在家门口就可享受到文化福利。每到夏秋傍晚，文化广场上三五成群的村民就开始活跃起来了，有跳舞的、唱歌的、健身的，一派乡村文明新风尚。而每年新春佳节，村里还会采取由企业或私人赞助的方式，邀请专业戏曲班子来到文化礼堂表演，更是给村民带来节日里的精神大餐。

咿咿呀呀的老戏在舞台灯光下演绎，欢欢喜喜的生活在美丽乡村中延续……店街塘村真的好漂亮。

利顺村：咸菜的滋味

从大麻的永丰村回桐乡的路上，偶然看见了一个河浜上方竖了一块“长梗菜古法腌制文化村——利顺村”的广告牌。那几个广告字刻在镂空的铁板之上，铁板上的斑斑铁锈在午后阳光的照耀之下显得更有古韵。我刹了车，驾车拐弯进入这个有咸菜故事的村。

我是一个有咸菜情结的人，严重到一闻咸菜味就能流口水的地步。这源于我小时候生活比较清苦，农村家庭的餐桌之上主打的都是咸菜。久而久之，吃咸菜成了习惯。每天起床，奶奶已经将一大锅粥熬好了，一碗碗地盛好放在灶沿上放凉。我们洗漱后，在灶沿上捧上一碗粥，添上一筷咸菜，从厨房到厢房去，刚要在八仙桌前坐下，咸菜和着半碗粥已下肚了。中午，若有咸菜炖豆瓣，我们已经是喜笑颜开了，一口汤一口饭，一溜烟工夫，满满一碗饭下肚。到了晚上是咸菜滚豆腐，酸中带鲜，很是下饭。现在想想，有咸菜吃是幸福的。

从现在的养生

理念来说，腌制食品中的亚硝酸盐会引起食物中毒。但我们从小吃到大，一点事情也没有，大概也是适应了亚硝酸盐吧。今天竟然在利顺村遇到了几十年前的腌制白菜的场地，让我回味了儿时的生活场景，也算帮我圆了咸菜情结。

我停好车，穿过村里的法治公园，跨过斜拉式的木桥，晃晃悠悠地来到长梗菜古法腌制的场地。一个偌大的场地上摆放着近百口暗黄色的大缸，一股浓烈的在发酵中才会发出的特有咸酸味从一口口大缸中渗出，随着风儿热情地扑面而来。我贪婪地深吸了一口，满足地闭上眼睛，静静地享受专属于我的记忆。

记得小时候，村民家的房前、屋边都放着近一米高的大缸。每到冬天的小雪节气，各家各户在院子的墙脚边、长长的竹竿上都晒着这样的长梗白菜，整个村子弥漫着一股浓郁的咸菜香味。今天利顺村的古法腌制咸菜场还原了我记忆中的生活经历。

利顺村村民腌长梗白菜其实并没有什么独门秘籍可言，只是先把地里的长梗白菜割起，挂在竹竿上晾晒几日，去去水分，再把晒好的菜一层层沿缸内壁码放好，铺一层菜，撒一层盐。然后沿缸壁踩实，最后用竹片条压平，再在竹条上面压上大石头。过了 1 个月左右，长梗白菜通过发酵转味，就成为别有风味的咸菜了。普通的食材，普通的腌制，却成就了特殊的美味！当然腌菜过程中，盐发挥了关键作用，盐的多少决定了咸菜的质量，盐就是点睛之笔。如果一定要说出一个秘诀来，那就是对盐量的掌握程度。

腌制蔬菜时，植物细胞中的生物酶被释放出来，其中一些酶能将硝酸盐还原为亚硝酸盐，同时菜叶上附着的一些环境细菌也有类似的生物酶，所以腌菜里不可避免会有亚硝酸盐。但利顺村村民腌制咸菜要历时一个月以上，随着腌制时间的延长，亚硝酸盐含量又会逐渐降低，最后甚至基本消失。利顺村的长梗白菜腌制历史已有百年之久，腌制技法已经成熟，咸菜吃起来保证安全、健康。

村里的古法腌制园场地选得真好。三面环水属半岛，无树木遮挡阳光足。东面是个晾晒长梗白菜的场地，一排排的长梗白菜倒挂在竹竿之上；中间是腌制的空地，一口口大缸被擦得锃光瓦亮；西面是长梗白菜种植区，一垄垄绿油油的白菜正等着收割。这样就地取材，方便劳作，小雪一过，正是腌制咸菜的好时候。腌制园的东首是古法腌制展览馆，小小的展览馆里展示着各式各样的腌制工具。最为生动的是腌制实景3D图，如实地记录了腌制的时间、技艺。长梗菜古法腌制技艺已经成为利顺村的一张纯金名片。为了更好地传承和发扬这项技艺，村里集思广益，打造了长梗菜腌制文化园和古法腌制展览馆两处文化阵地，将这份承载了一代又一代人乡土情结的传统技艺更好地传承下去。

利顺村是崇福镇长梗白菜的主要种植区域，手工古法腌制长梗白菜已成为村民们的拿手技艺，迄今为止已有百年历史。“像场地上这样的一个缸里面能腌四五百斤菜，基本上能卖一千元。”这是现在菜农在一缸咸菜里所能创造的经济价值，如果一户农家有十口缸就能增加一万元的收入。村民在传统农业中寻找到了一个致富的门路。在村民的不断钻研和改良之下，产自利顺村的长梗白菜声名远播，许多杭州的商户都慕名而来，特地来采购腌白菜，售往全国各地，上了各地人民的餐桌。

“百业农为本，民以食为天。”在夜幕降临之际，一家人围坐在八仙桌前，一碗咸菜滚豆腐、一碗咸菜冬笋、一碗咸菜肉丝都是美味，不管是炒、烧还是蒸，有咸菜在，总是那么鲜。在“急噶急噶”的吃饭声中，我们便听到了嚼咸菜的空灵天籁！

汪曾祺的《老味道》中说“咸菜可以算是一种中国文化”，说得确实有道理。“白米饭，咸菜汤，生活滋味长！”崇福镇利顺村村民的生活就是这样有滋有味，因为他们有属于自己特有的咸菜。

湾里村：村中有三宝

肇昌小镇的声响

站在肇昌桥上，聆听着来自高铁列车、高速公路上的汽车疾驰而过的轰鸣声，还有东南方向的沪昆高速和苏台高速枢纽工程施工发出的打桩声，就知道这个地方地理位置的重要性。不仅今天是交通枢纽，在古代，肇昌小镇亦是繁华之地。

午后的阳光配上蓝天白云，使得肇昌桥闪闪发光，就连那一块块年久的石阶也格外年轻起来了。嘉庆《石门县志》记载："肇昌桥，在语儿泾，东北有港达张泾，乾隆间重建。"由此可见，肇昌桥始建于清乾隆前，到了20世纪50年代末期，因交通需要拓宽老桥。到了20世纪70年代，因拓宽南沙渚塘，老石桥被拆除，改建为新的砼拱桥，也叫肇昌桥。万幸的是肇昌老桥名称被保留了下来，并且老桥竟然也修复重现了。

在南沙渚塘上，古老的石磡立于水面，静静地观望着南沙渚塘塘水的涨与落，唯有桥联见证着肇昌小镇的风雨沧桑。站在北岸看西面桥联为"北阳佘家智义周，星石龙吟近万有"；站在南岸看东面桥联为"肇昌虞店御卫合，下马王过黑板詹"。我虽然不太理解题写桥联的背景和原意，但我能感受到肇昌桥下的卖菜船、货运船、快班船东来西去，给当时的人们带来了希望。集镇两岸由一座肇昌桥连接，集镇也因此得名，肇昌集镇伴桥而生、因水而兴。站在古桥之上，望着缓缓流过的塘水，仿佛听见四里八乡的村民都到这里来赶集的脚步声和摇船桨橹的欸乃声。

贯穿南北的肇昌古街古朴典雅，青砖黛瓦的民居错落有致，别具江南水乡风味。肇昌集镇成市于明末清初，当时被称为“塘东第一镇”。旧时，这里商铺林立，是远近闻名的“商贸中心”。走在新铺的石板路上，路面反射的阳光照射着我们的双眼，眼前仿佛浮现出曾经热闹的集镇，茶馆、肉店、百货店……人来人往，人声鼎沸。

午后的肇昌小镇是慵懒的，像晚起的妇人还未梳妆打扮。肇昌桥是丁字街，一横一竖，两面都是店铺。漫步于石板老街，掠过一间间古旧的店铺，店门虚掩着，店主干脆睡在躺椅之上，等待顾客的召唤。走进窄窄的小弄堂，那青灰色的格调，让人恍如回到了那个久远的年代。

“呜……”一阵高铁列车驶过的声音唤醒了我沉醉的想象。伫立在肇昌小镇西面的高铁大柱子支撑起悠长的铁路，高铁列车倒映在南沙渚塘中，犹如一幅会动的图画。我绕到河南岸去追寻远去的高铁列车。

河南岸人家紧靠河边，屋后种上了枣树和柿子树，初秋刚到，枣子、柿子争先恐后地成熟起来，将自己最好看的红黄色衣裳穿上，如同要赶集的村民喜笑颜开。午后的阳光透过树叶的缝隙照到沿河人家的后门上，斑驳的树影照进羊圈，与小羊玩起了捉迷藏的游戏。那小羊发出咩咩的欢叫声。河岸的石缝里还有几株鸡冠花随意而蓬勃地盛开着，落下的籽又将在明年河埠头石头的缝隙里繁衍开来。

最为惬意的是谢介角浜底上的人家，临水而筑，临窗而息。当晚霞降临，推窗倚栏，吹着晚风，看着小桥上的放牛娃回家，真有“夕阳牛背无人卧，带得寒鸦两两归”的乡野村居的生活情调。

门后的小院里满是葱、韭、蒜，一垄垄、一排排地随着季节的变幻被打理得精光溜滑。巧妇不用担心灶上的农家菜会不会烧烟，慢条斯理地来后院摘点葱韭大蒜，到河埠头洗干净了，再回灶台上调出家人喜爱的味道。小院里还不时地传出几声喔喔的鸡鸣，大公鸡领着母鸡、鸡崽在菜园里捉菜虫，高兴时叫唤几声。

菜园的上空就是高架铁路，每过一列火车，菜园里都是地动山摇的，但鸡鸭们已经司空见惯，低头寻找着它们爱吃的菜虫，不为高铁来回所动。看着它们的神情悠然自得，我不禁羡慕起它们来。

踏过迎新桥，绕到小镇的北岸，隔河遥望南岸，又是另外的景象。南岸的芦苇白了头，调皮地朝我们点头示意。此处又一个碑文谓之“烟雨沙渚，莺歌语溪”，介绍此地为《语溪十二景》之六“沙渚卷雪”，诗云：“塘连沙渚绕东南，吴越疆分旧路谙。两岸芦花秋似雪，谁描雁影绿波涵。”旧时此地荒芜，南沙渚塘两岸遍生芦苇，秋季芦花盛开，随风飘舞，犹如卷雪，给人一种朦胧之美。南沙渚塘口筑有语溪亭，又称“语儿亭”“女阳亭”。该亭即是传说中越王勾践称臣入吴，其夫人产女之地。两岸芦苇和亭子在中华人民共和国成立后，因生产建设和河道拓宽而被拆

除，现已不复存在。此处景色虽平常，却大有来头。

肇昌集镇过去辉煌的时刻已定格在岁月里，经过政府的多次改造，肇昌集镇重新焕发了昔日的光彩。走过修葺过的肇昌小镇，给人留下的是焕然一新的模样。

我静默地立于在街道之上，看着整洁如新的白墙黛瓦，仿佛又聆听到了肇昌小镇如同高铁列车前进一样的声响。

敬胜堂里的家风

“湾里村有三宝：老街、老宅和遗址。”今天的湾里村之行就来寻找这三宝之一的老宅——敬胜堂。

在崇楼线上自东往西行，过了架在高速公路上的桥，穿过高铁铁道下的柱子就到了湾里村地界。“锦绣湾里”的特色招牌红彤彤地竖立在十字路口，“锦绣”两个字在落架马桥村这个自然村里显得更加耀眼。

穿过一池荷花，就来到敬胜堂所在地。敬胜堂老宅的高度在众多新式洋房中并不显眼，但它白墙青瓦特有的气质又在洋房中鹤立鸡群。老宅为三开四进房屋，建筑面积六百多平方米，有房屋两千余间，在乡村已经属于大户人家了。更为可贵的是已有，二百多年历史的老宅竟然未被损害，足见落架马桥这个村村风正、民风纯。户主姓张，也属于张姓大家的一支——河东前张。在门口迎接我们的就是张家老宅后人之一的张天杰，一位精神劲十足的中年人，他是杭州师范大学的教授，主攻哲学，是个大学问家。

进入大门就是檐堂屋，用竹帘装饰墙壁很是素雅，电子屏幕将有关老宅的历史娓娓道来。同时此处正在举办纪念海上画派张伯英诞辰 140 周年的画展，给古色古香的老宅增添了艺术气息。对于绘画，我是个门外汉，但总感觉中国画好看，有色彩、有留白、有布局……给足了我想象的空间。

跨过门槛就是厅堂屋，厅中有讲习所，有关张家的家训、家规等内容错落有致地展陈着，让人从不同角度理解张家家风的内涵。这个张家的“家风家训馆”也是孩子们学习的好地方，“伯鸿乡村书屋”就在其中，左右厢房之中有着众多的书籍，可供学习参考。村里的孩子有福，足不出户就能学到知识。

正厅之上是“敬胜堂”三个大字，一副对联“语溪甲族长发其祥能识河东三箧字，塘左名门克昌厥后家传孝友六月篇”既幽默风趣，又意义深远。这是文化名人郁震宏老师所题。坐于厅堂之上，似有一股书卷之气吹来，不由得拿起身边的书卷，进入书中去寻找诗和远方。

继续前行是进厅楼，此楼为老宅的主要建筑，也是主人家主要的生活区。东面是厨房，西面是仓库，正厅是就餐会客处，楼上是书房和卧房。正厅之上有书法大家汤士根先生所书一匾，有“崇德正气”四字，更有对联“勤俭清廉为先正，高风亮节传后人”一副，通俗易懂的话语说出了张姓家族兴旺发达的核心内涵所在。从这座老宅走出的教授、校长、教师等教育界人士尤其多。他们现在虽然在杭州、上海工作生活了，但张家后人不忘乡梓，回馈乡里，重修敬胜堂，让百年老宅芳华重现，引导乡人注重家风。

登上二楼，倚栏望景，别有风味。远看整幢建筑一览无余，也看出老宅按照中轴线对称分布，门厅大门都在中轴线之上。近看天井四处的房梁向内倾斜，不光是汇聚光线，也使得雨水汇聚。古人认为水为财，所以天井称为“四水归堂”。向上看，廊檐之上竟是木雕之作，人物、花鸟、故事、传说都栩栩如生。往下看，就连门板下方也雕刻着盛满鲜花的花篮，而且花篮为倾斜状，意为花团锦簇、花开富贵。

在楼上可以看出此宅的布局很是精妙，就连墙角都没有浪费的空间，摆上水缸，点上荷花，形成小景；种上芭蕉，遮阴避热，小猫乘凉。最妙的是下点小雨，雨珠落到天井的芭蕉叶上，发出嗒嗒嗒的响声，卧在竹榻之上看书，简直是人生的享受。古人不是推崇“雨打芭蕉落闲庭”的惬意吗？

最后一进是后屋，存放着农业生产所需要的各式各样农具。后屋之外有一小院，院虽小，但布局很精致，花草碎石亦有诗意。我想可以在秋夜来此静听秋语之声，也是乐事一桩。

老宅前前后后共有20多间房屋，体现了张家先人将园林文化、建筑之美、人文风情、历史民俗有机结合，真所谓“古宅之中乾坤大，良好家风万年传”。

走出百年老宅、一幢江南民居，有关张家家风的故事又在耳边响起。

在新地里“寻谷问农”

“湾里村有三宝：老街、老宅和遗址。”今天的湾里村之行就来寻找这三宝之一的遗址——新地里。

一到湾里村的地盘，公路两边的风景就与众不同起来。单说一块田坊，用黄泥垒起了土坯墙。在车窗里观望远处的农作物，有隐约的朦胧感。正是这样的朦胧感使得这里的普通泥土、普通庄稼也有了诗情画意。

在崇楼线和肇湾线相交的十字路口，湾里村的村标格外引人注目。南面路口的村标是白墙黛瓦的农舍，墙壁上的图画显示着水乡韵味；北面路口的村标是一个象征着良渚文化的硕大玉器，记录着湾里村悠久的历史。

靠边停了车，先是进入南面的田野之中，去细看这片微黄的神奇土地。一片欣欣向荣的向日葵在田野之中伫立，深情凝望着东南角上一列列疾驰而过的高铁列车。向日葵林立的田野之中亦有情趣无限的农耕场景：有耕牛的昂首、黄狗的奔跑；有铁犁的深沉、水桶的满溢；有农舍的温馨、炊烟的温暖……“寻谷问农”的项目，在春种、夏耘、秋收、冬藏的四季轮回中深刻地诠释了“百业农为本，民以食为天”的朴素生存哲理。

农民在劳作间隙也需要有场地休息，前来参观的游客也需要有停靠的站台，“寻谷问农”田园综合体解决了这个问题。它不仅为大家提供了休息场所，更是大家学农的天然课堂。踏上这黄色的土地，周边还有表现远古先民生活的场景，顿时有了时光穿梭的感觉。先民们就是这样活生生地存在着，他们有自己的智慧，创造出了水稻种植、蚕桑养殖、造船、捕鱼等一项项走向未来的劳动。

踩在观光长廊上，远处湾里村的桑树郁郁葱葱，如同绿色的浪涛在随风翻滚。当桑叶低头之时，在田间勤劳除草的农人露出身影来。“孟夏桑叶肥，秾阴夹长津”，我想古人说的就是此种场景吧。

向北穿过崇楼线，沿着肇湾线进入一片更大的田野。就在这田野的深处有着一处遗址——新地里遗址，属于良渚文化。

2013年5月，该遗址被国务院核定公布为第七批全国重点文物保护单位。一处默默无闻的乡村田野，因为发掘出了先民生活过的遗迹而一夜成名。虽然那块“全国重点文物保护单位”的牌子隐匿在野草中，但这并不影响新地里所发出的耀眼光芒。

“遗址东靠圣荡漾，南临马新港、落家港，西接西浜，北濒中沙渚塘。总面积10 000多平方米，为一处以墓地为主的综合性高土台类型的良渚文化中晚期遗址。2001年3月21日到2002年1月，发掘面积2500余平方米，清理墓葬140座及祭祀坑、红烧土营建遗迹等，出土陶、石、玉、骨、牙、木等文物约1800件。为揭示良渚文化中晚期社会形态提供了翔实的实物资料。”凭借这些在百度上查询而来的资料，怀揣虔诚的信仰，我们踏上了“寻谷问农”的探索之路。

穿梭在松软的田埂之上，野草没过了双脚。踏在散发着清香的草丛之中，每一步仿佛都带有历史的回响。放眼望去，风过绿油油的稻田，随风摇摆的稻禾犹如先民庆祝丰收的舞姿。

登上那个名叫新地里的高土墩向四周观望，大陆介湾和中沙渚塘两条河流相互贯通，陈家河头小组与湾里村小组被环绕其中，刚好形成了一艘船的形状，而新地里遗址恰巧是“船舱”部分。如果没有箱子田改造项目的实施，就不会有新地里遗址的发现。

发掘出土的文物不计其数，其中最有价值的是神兽纹玉牌饰（崇楼线上进入湾里村村委会处就有这样的雕塑物件）。这件玉器呈小巧的蝴蝶形，图案的上半部分是一个神人的模样，下面刻着兽面，工艺十分精美，非常珍贵。据考证，这种神兽造型的物件很可能是当时插在帽子上以示身份，一般只可能在良渚文化中等级非常高的墓葬中出现。有趣的是，据文字考证，“皇帝”的“皇”字就是从这种神兽图案演变而来的。

田野深处有不少的高土台。它们有高有低的起伏状态充分说明先民适应自然的生存方式。先民们可以在高处建屋，以免除居住于潮湿的居住环境；低处种稻，以适应水稻喜水的习性。每当秋季来临，先民们伫立在高土台上，欣喜地观望丰收的田野，黝黑的脸上定然露出会心的微笑。

“工欲善其事，必先利其器。”先民在农耕方面有着众多的创新。遗址中发现有钺、锛、凿、镞、犁、网坠、砺石、耘田器、带把石刀、多孔石刀、斜把破土器等，足以说明先民的智慧。生产工具的创新带来了农业生产的发展，吃饱肚子才有时间思考发展的方向。比方说穿着打扮，陶纺轮可以纺织出布料，布料既可防寒，更能显示个性与时尚。又比方说玉器磨制，佩戴玉器不仅能显示高贵的气质，更能显示个性化的审美情趣。

此刻，我脑海之中出现一群先民，他们穿着土布衣，扛着耘田器，佩戴小挂件，迎着朝阳向着田野走去，去耕耘希望的未来。我也赶紧跟上先民的步伐，在广袤的土地上俯下身子，播下全部的期冀……

当我还沉浸在猜想的世界里不能自拔之时，一群白鹭从高土台上的密林之中飞出，呼啦啦的动静把我拉回现实。那群自由飞翔的白鹭是大地的精灵，白色的羽毛在午后的阳光之下显得更加洁白光亮。它们扇动着翅膀飞向东南角的村庄之中，一会儿工夫就隐匿在远处。

白鹭的行迹就如新地里遗址发掘一样，一出现就有着高光时刻，因为这里有着我们先民活动过的辉煌轨迹。

五丰村：红蓼缀满地

这些残花枯叶初冬的暖阳下，水杉树下积着半尺深的残花枯叶，风一吹，旋转着飞舞起来，洋洋洒洒，飘落地上。在林间的低洼处，除了焦糖色的水杉落叶，还有一大片红蓼傲然挺立着。饱满的花穗像要迸出来似的，红中带紫的色彩将天地连成一线。

在村委会停车场停了车，沿着村级公路步行，我竟被这路边低洼处的红蓼惊呆了。五丰村的绿化做得真好，就连树林的低洼处也安排上了应季的花草，足见村民的美学层次不低。漫步在林间小道上，头顶有鸟雀们鸣叫盘旋，空中有落叶簌簌而下，脚底有落叶沙沙作响。“岁月静好，万物都为之折腰。”我想这才是最美的乡间。

穿过村里的集贸市场，因为是半下午，没有多少村人来买东西，店主正在补货。三岔路口那块写着“五谷丰登”的石头在阳光照耀下熠熠生辉，这是它一天中最高光的时刻。迎着西斜的阳光，我们走过一所小而美的学校——芝村小学，透过栅栏可以看见塑胶跑道、明亮的教室。这里的学校一点儿也不亚于城镇学校，就算在乡村学校上学也能接受良好的教育。

小学的西隔壁就是五丰村的农民公园，偌大的停车场上规划着一个个的停车位，进入公园要人车分离。入门线过桥，桥堍有一牌楼，名曰“五丰园”。牌楼两侧有副对联：“五风十雨树起千秋和谐，丰前裕后生出百世繁荣。”说的是五丰村的发家致富、社会和谐。

进入园中后豁然开朗。右边是五丰商贸区，农副产品琳琅满目、应有尽有；左边是文化大礼堂张灯结彩、喜气洋洋。这体现了五丰村的治村理念：一手抓经济发展，一手抓精神文明。当然致富也不忘传统农业，五丰园最后一排房子是村里的农耕文化艺术馆，馆中不仅保留了五丰村村民在农业发展中留下的劳动工具，更是保留了五丰村村民敢为人先、创新发展乡镇企业的精神。正是秉承这种敢为人先的创业精神，五丰村创办了不少村办企业，成为桐乡农村集体经济发展的龙头老大。记得我小时候，五丰电缆厂已经很有名气，他们为了回馈社会，花钱为桐乡全县人民点播当时最为热门的电视剧，成就万人空巷的盛况。为此，桐乡全市人民都知道五丰村的丰功伟绩。今天能近距离参观五丰村真是幸运。如今的五丰村居功不自傲，在原有的基础之上奋发向上，取得了一项又一项的荣誉。

五丰村的形成距今已有两千多年的历史。据考证，早在西周时期，此地已形成村落。境内曾有个规模很大的庵，称五丰庵，“五丰”因此庵而得名。可惜这个五丰庵不复存在了。这些历史典故在村史有许多介绍，但已经成为过去，谋求发展才是五丰村前进的方向。

五丰园的后面还有一个正在建设的花园。环河绿道，翠竹引路。在平整的土地上堆积出一座土丘，种上姹紫嫣红的花草，指引游客登高望远。当我们登上高处，全村的景观尽收眼底。正前方五丰园的房屋对称分布，左边的农家别墅错落有致，右边的乡间道路在绿树掩映下笔直延伸，背后清澈的小河潺潺东流。如此美景，令人情不自禁地感慨万分：现在的乡村真是美！

“五谷丰登”是村民最美好的期待，现在的五丰村已经实现了村民们最初的理想。

中夫村：宁静的乡村

东门外有一个村叫中夫村，得名于中夫庙。

相传在北宋末年，钟家埭有个姓钟的秀才的娘子在机缘巧合之下，用未成熟的糯稻治愈了康王赵构驾车南逃时御马的瘟疫。后来，赵构在临安（今杭州）登基做了南宋皇帝，想起了糯稻治御马瘟救驾的事，即传旨将救驾有功的秀才娘子封为夫人，并在她的家乡建造了一座庙宇，取名“钟夫人庙”。村人嫌四个字叫起来不顺，便叫成了“钟夫庙”，后来又演变成“中夫庙”，而自然村钟家埭也改称“中夫村”。

这个有关崇福镇中夫村的传说吸引着我来到了中夫村参观。车在320国道上行驶，过了新农村不久就转弯进入泗金路，沿着水杉路一路向西就到了中夫村地界。说实在的，中夫村村委会周围也看不出有什么美丽乡村的景点，就是一个传统的自然农业乡村。

“一个村子有一个村子的风景，一个村子有一个村子的味道。”既然来了，那就走走吧。漫步在乡间小道之上，初冬的天气真是刚刚好，微风不燥。被庄稼地、小河流、杉树林围绕的村庄就在眼前，我沿着河流走进一户又一户与稼穑为伍的农家院落。午后的阳光慵懒地照进院落，在墙上留下斑驳的树影，就如中夫村的传说一样迷人。

中夫村是典型的农业村，年轻人都已进城务工，留守的老人仍然难以改掉传统的耕作习惯，种庄稼产粮食是他们的主业。田

野中的农作物还保持着原生态的布局，唯一有变的是那一幢幢新建的别墅。

村庄都是沿河而建，既方便生活取水，也方便洗涤晾晒。在河流边、树林里以及那些农家的房前屋后，到处开着一片又一片野花。野花很杂，也没有正式的名字。它们的花朵并不大，只有手指头大小；花色也单调，只有白色和粉红色两种。但花朵繁密细碎，一开就是一串，一开就是一片，直把一条冷寂的河道点缀得花团锦簇，一片春色。

我一直走，漫无目的地走。穿过田园，走过河道，跨过桥梁，在不知不觉中，到了一个叫鹞子墩的地方。一块石碑上书写着这个自然村的历史，它既是一个良渚文化遗址，也是一处春秋战国时期吴越古战场的遗址。

石碑后面就是一池湖水，湖被农家小院包围着。天上白云的倒影静静地躺在湖里，正安静地睡午觉。湖右边的农家白墙之上有一段介绍鹞子墩历史的文字，书写者是原虎啸中心小学校长姜海江。原来这地方是个大土墩，传说是吴军放飞鹞子以辨风向的地方。光绪年间《石门县志》明白无误地记载：“鹞子墩，在东九都，为吴越战地。”但如今鹞子墩已是一马平川，人们在这里依水而居，一派祥和。

趁着午后的暖阳，我继续在村里溜达，陈旧的老宅与我不期而遇。那一砖一瓦上满是青苔，那木门的表面沟壑纵横，如同古稀老人的脸一样布满了皱纹。虽然老宅历经风霜雨雪、岁月沧桑，却依然静默在乡村的某个角落，深沉不语。而那墙上滋长出来的藤萝随风而舞，仿佛是在向每一个有缘相遇之人诉说老宅的寂寞，当然还有那曾经拥有的辉煌……

村中那一幢具有明显红色印记的老房子最为吸引人，这原来是生产队的共育室。房屋的外墙上镶嵌着一颗五角星，颜色虽已剥落，但在太阳光照耀下，依稀能看出原来的红色。

店街塘河流经中夫村，小河上横跨着一座名叫西万桥的古石桥。远远望去，小石桥清秀窈窕、亭亭玉立，走在上面有一丝丝摇晃，我是不敢前行了，只得退了回来。村里的老人说，原来西万桥还有两个姐妹，一个叫东万桥，另一个叫中万桥，就在它的不远处。但岁月弄人，作为古石桥，只有它有幸保存了下来，坚守着属于它们那个时代的荣耀。

鹞子墩村南就是320国道，村子只有一条不宽阔的水泥路向着国道延伸，呼啸而过的汽车与宁静的乡村形成了鲜明的对比。我留恋这里的宁静，因为这里的每一寸土地、每一条巷道、每一处景观都能勾起我童年的回忆。

上市村：木西浜的五月

朋友们相约到上市木西浜沈老师老家欢聚一次，但由于疫情，选定的日子也是一推再推，终于成行那是五月劳动节之后的一个周末的下午。

从桐乡出发按照导航指引到达目的地——紧靠老国道南面的上市村木西浜。沈老师已经早早地等候在他家的“道场”上了。我们一群人、四辆车浩浩荡荡地来了。好在沈老师家的道场够大，停下四辆车还有空间。我们人多，沸反盈天地在乡间人家门口谈笑，引来了周围村民看热闹。

沈老师家的房子真的气派，四层楼房，用全玻璃窗结构装饰外墙，在农村民房中显得鹤立鸡群。我们都被这“高楼大厦”惊呆了，齐刷刷地称沈老师为“木西浜首富”，沈老师笑得成了眯眯眼。

进入大厅，三间挑空的厢房显得空旷大气，地板光洁如新，一尘不染。夫人们都谈笑着进内屋参观“豪宅”去了，男人们就在红木茶桌边围成一圈，海阔天空地侃大山。茶水、瓜子、水果，话题、分享、欢笑……在宽敞干净的空间里活动总有一种让人舒坦、舒心的感觉。

夫人们参观回来后，说要到农村的田埂上走走，感受一下五月的麦田。男人们只得放下忧国忧民的大话题，陪同着走出了大厅。在沈老师夫妇的带领下，一行十二位中年人，浩浩荡荡地走过木西浜的村坊。沈老师的邻居们都出来跟他打招呼，好奇且不

失礼貌地看着这一帮城里人。

过了村坊就是农田了，此刻的农田刚好处于麦收时节。远处的麦田已经在收割了，橘黄色的收割机在金色的麦田里来来回回，乐此不疲，还时不时地冒下黑烟，如同老农在田头抽了一口旱烟一样惬意。近处的麦子还没有收割，饱满的麦穗涨鼓鼓地顶在麦秆之上，犹如表演顶碗的杂技演员稳稳地顶住了十几个沉甸甸的大瓷碗那样有成就感。

夫人们当然少不了要拍照留念。越峰大哥是个媒体人，有很高超的摄影技术，也超有耐心，留下来为夫人们服务。麦穗们很是配合她们的需求，随风起伏，将麦浪最美的一面留给了爱美的女人们。另外几个男人没有耐心去拍照，而是沿着田埂一直往前走。“嗖”的一声，建刚一个飞跃跳过沟渠，随手捡起一根桑条棒，在长满野草的沟渠边煞有介事地压低高高的杂草，寻找黄鳝洞。他在我们一群人中算是年轻人，一套行云流水的动作，再配上儿时共用的话语，勾起了大家儿时的回忆。蓝天下、田埂上，一群男生在疯跑……

夫人们拍好照，朝我们走来，手中还拿着在田间采下的野花。她们迈着少女的步伐追上来，脸上满是笑意。

木西浜是个大村坊，隔了一条田埂，又有几十户人家一字排开，每家每户紧挨着，一个长而宽的水泥白场正好既当晒场又当停车场。水泥白场外面是一条水泥路，白场与水泥路之间有一个个花坛。花坛属于各家各户，所以坛中的花草也是各式各样的，各式各样的花草尽显每家每户不同的审美观。这样也好，从村头朝村尾看，一年四季都有姹紫嫣红的花草，让人看着兴奋。有花、有车、有房，现在的农村真的赛过了城市。

场上是刚收割的新鲜麦穗，老大伯在稻桶里摔麦，砰砰的撞击声有节奏地在空中飘荡；老大妈将摔掉了麦粒的麦秆抱到大晒场上整整齐齐地码好，那轻拿轻放的姿态表达了农人对麦子的虔诚。

农家房前屋后都是桃树、枇杷树。青桃子尖上的一点红格外鲜艳，墙角的风总是调皮地跳来跳去，带动枝头上的青桃频频点头，好似村童们在嬉戏玩耍般开心快乐。枇杷树上泛了黄的枇杷也不甘示弱，爬到树枝最高处，像哨兵一般注视着村里的动静，风一吹，消息就传遍了整个村庄。

前村与后村之间有一座石桥。桥没有名字，就如村人也不用正式的名字，“阿猫”“阿狗”的称呼也都能找到。穿过前村人家的后院，初夏的风像小狗一样追随着我们，到了竹园里还要发出“沙沙沙”的嬉笑声。

“这是什么花？”

“番茄花。”

“茄子花。”

“土豆花。”

…………

建刚的一个玩笑似的提问激起百种回答。

一群中年人竟忘乎所以地在人家的菜园里学起了农业知识，回忆起早已消逝的童年生活。说话声、笑声惊起了水田里觅食的白鹭。呼啦啦，一群白鹭向上飞，“一行白鹭上青天”的意境就在不经意间展现了。看着白鹭们慌乱起飞的样子，我们的笑声更大了。

小村离不开小河，小河就是村庄的灵魂。站在木西浜桥上朝西望去，两岸的油树、香樟树、柏树……墨绿的树叶密密麻麻地遮在了河道上，就像一位母亲，紧紧地怀抱着自己的孩子。

水如人，人如水。农村的生活是慢节奏的，就连河道里的水也是不紧不慢，自西向东流着。我们放慢了步伐，在夕阳下，斜阳将我们一群人的影子拉得很长很长。

我一直向往着陶渊明那样的田园生活，在紧张的忙碌奔波中寻求一丝宁静。感谢沈老师夫妇安排了这次参观，也感谢木西浜给了我们想要的生活状态。

华光村：幸福小站

崇福镇的华光村就在崇楼线的西段。将车停在新区的停车位上，沿着开满鲜花的人行通道，就来到位于华光村村委会西北角的农民公园。

公园不大，但有着与众不同的风光。公园两边沿河地带，从地形上看属于半岛，从坡度上看还有高低起伏。低平之处种花养草，绿油油、红艳艳，让人大饱眼福；高地之处有一排排水杉，既保护了留良一号桥下新开河的水土，也美化了河两岸的风景。

最妙的是在水杉树下有一段铁轨，轨道旁有个小站——华光站。轨道从留良一号桥自南向北，一直延伸到树林之中看不到尽头。午后的阳光透过水杉叶子，将星星点点的光束投射到轨道上，这种暖色调让人情不自禁地想起了那款甜点——焦糖布丁，入口即化、甜糯不腻，让人难以忘怀。

踩在有斑驳铁锈红的铁轨之上，总感觉有一种神秘的力量指引我们往前走。双脚一个劲地往前走，轨道的尽头也许有我们想要的理想。抬头是微黄的水杉叶，随风簌簌而下，落在轨道上，落到新开河里，落在我们的肩膀上。这个画面有点像日本漫画家宫崎骏漫画的格调，空灵而又有生机。伸出双手，想要接住这些纷纷扬扬的落叶，可落叶却在指间滑落，多么像中年的我们，想留住青春，青春却在指间悄无声息地远去。

远处的几只麻雀在铁轨上跳跃，与我们保持一定的距离，不远也不近。它们的行动像是觅食，亦像是散步。它们轻盈跳动的动作与水杉落叶组成了一幅动态的三维立体图。随着麻雀有律动的跳跃，我感觉自己走进了一个童话世界。踩在铁轨之上，我像麻雀一样学跳了几脚，笨拙的动作引发了响声，终于吓跑了那几只麻雀。原本幽静的树林更加寂静了，只留下我们几个人和一段铁轨。华光小站就在水杉树之下，静谧而又幽雅。白色站牌上的“华光站”三个字显得更为醒目。我们都没有说话，谁也不忍心打破这难得的宁静，只是静静地享受着由安宁带来的心灵放空的机会。

“去小站留个影吧，也算是到此一游了。”这个提议很好，一群中年人就开始凹造型。刚站上站台，身体不自觉地微微向前倾，那华光号火车正缓缓驶来……前倾的姿态、眺望的双眸，冥冥之中饱含了内心的一种期待：期待火车早点到来，或许是要等一个值得等待的人，或许是要去看那个值得看的人。华光站这个站名真好，站在这里我们能看到希望之光。这也许就是华光村要

在村里设计铁轨的初衷。这不仅是在美丽乡村建设中独树一帜，更是华光村对未来的美好期冀。

“嘘……”当我们还在为摆什么姿势而争论时，同伴发出了这个提醒的声音。我们顿时安静了下来，环顾四周，发现站台北面的凉亭之中有个看书的小男生。透过凉亭的圆柱，只见他正在心无旁骛地专心看书，格子衬衫配上一副眼镜，让我们回忆起了年少的自己。曾几何时，我们也是如此清爽轻快。如今人到中年，难免因生活的不如意而变得油腻不堪。我们不忍心打扰到爱学习的少年，蹑手蹑脚地走过了凉亭这段铁轨，一直来到了轨道的北段。

北段的轨道更有诗意，河边的芦苇将铁轨隐去，留给我们无限的想象。芦苇之上是蓝天白云，我们想象着华光线直通天际的模样。蓝天之下就是华光新村的农家别墅，橘红色的墙、青灰色的瓦、紫红色的门，一切都是那么协调自然。美好的景色倒映在河水之中，一幅画变成了两幅画。按下快门，任取一幅都可以是当作桌面的美图。

一大片一大片的桑树林在村外延展，如同手掌般大小的桑叶在秋风中摇曳，像极了大海里波浪起伏的。老农们用肩挑担扛，将桑叶装回家，家里还有快“上山”的晚秋蚕需要饲养。华光村是个传统养蚕村，从这里销售出去的丝绵不计其数，也正是这些蚕宝宝让新农村变得富裕起来。

看过了美景，折返回来，路过春华亭，那个爱看书的男生还在专心致志地阅读着，没有发现我们从一旁经过。

当我们刚要上车之时，村广播里响起了《情系华光》的歌声。“树影摇，云入梦，人勤劳，村致富……”充满诗意的村歌歌声在新开河上飘荡。华光村的村民乘上了华光号列车，驶向幸福的生活。

洲泉镇：饮菊泉兮谷之洲

洲泉之“洲”，其本意是水中的一块陆地；洲泉之“泉”，原为金钱之“钱”。何以得名“洲钱”？旧志记载，“四周皆水，其中一地如钱”。《嘉兴府图记》谓曰：“洲钱市，在积善乡，地形如钱，周遭皆水。”

在吴方言中，“泉”“钱”同音。“泉”，古代又是钱币的名称。《周礼·地官·泉府》中贾公彦疏云：“泉与钱，今古异名。”至少在明末清初，“洲钱”又有了“洲泉”之名。

百亩荷塘，片片荷叶上都有水珠，在阳光照耀下犹如珍珠一般发出闪闪的亮光。最可爱的是池中的小青蛙，蹲在荷叶上，伏在水珠旁，晒着太阳。在阳光和水珠的相互映衬下，原本灰褐色皮肤的田野青蛙立刻变成了光芒四射的时尚青蛙。别看青蛙神态悠闲，其实它机灵着呢，只要有一丁点儿的响动就转身一个猛子跃入池中，消失得无影无踪了……

洲泉大力发展生态农业，将蚕桑文化、湿地文化、古桥文化、历史人文、水乡渔业、智慧牧业等文化底蕴和特色产业融入未来乡村建设理念，真正实现美丽乡村向美丽经济的转化。

马鸣村：午后的马鸣老街

年关过后的一个午后，是连续阴雨之后难得的晴天。阳光有些慵懒地照拂在马鸣老街狭窄的石板路上，老街仿佛鬓钗横斜、不胜宿醉的深闺少妇。

修整一新的沿河栈道裹着簇新的枣红衣裳，洁净而宽阔，与身边浅吟低唱的文化河并肩牵手，恬然躺卧在宁静乡村的深处。靠着河岸一边的人行道上，耸立着三五棵枝叶浓密的香樟树。没有了暮春里馥郁的花香，却依然漫溢枝叶的芬芳，令我一时迷离在这“不是春光，胜似春光”的马鸣老街上。

马鸣老街位于桐乡洲泉镇最西端的马鸣村。当地民间有“先有马鸣街，后有洲泉镇”之说。史料显示，马鸣老街始建于唐宋，繁华于明清。马鸣距离洲泉、新市、崇福等中心城镇都比较远，以往，当地人大都依赖人力摇船出行，而行船既速度慢，载货量也颇受限制。所以，当地便逐渐形成了集市，后逐渐成街，这里的货物基本能满足当地村民的日常生活需求。

往日喧闹的老街场景已经远去，现在的老街只有一条长 50 多米的石板路从南到北，一眼就能望到。老街北端跨过一座小桥，一棵上百年的老香樟树向河对岸的民居蜿蜒而去，一条东西向的道路沿河而成。

老街周围的马鸣村弥散着暮冬的气息，静谧而安详，如秋叶般静美。沿河的乡村民居高矮不一、错落有致，甚或颇有些陈旧，残存着马鸣往昔的辉煌。不过，东西、南北两条寂然而卧的老街巷都很整洁，照例有如盖的香樟、高大的风杨树横柯上蔽，仅漏下些许斑驳的疏影。香樟掩映的街巷深处，一座黄色的马鸣老庙淡然而立，这便是古时马鸣村中心所在了。

穿过河边栈道，来到河东岸，一种书籍的幽香扑鼻而来，“党员流动图书馆”的门楣赫然在目。这是文化进村的惠民举措，乡下人也能在家门口休闲阅读。此刻，大门敞开着，却寂静无声。孩子和老人都在全神贯注地阅读，我不忍心打搅他们，就没有进去。

转身走在河边，北风却不冷，甚至有点儿轻柔。于香樟树下小憩一会儿，对面的水上戏台引人注目。听村人说，以前马鸣有唱对台戏的传统，这个习惯一直延续到抗日战争时期候才停了。每逢演出，演出时间是晨开月闭，就是日出开演，月上闭幕，一连演三天对台戏。这三天里，戏台前河道封港，不准其他船只来往，专供人们看戏所乘船只停泊。这里河道密如蛛网，那时候家

家户户都有船，周围十里的农民乘船赶来看戏，船只挨得密密的，船与船之间都铺了长木板，在上面可以自由来去。我想，鲁迅笔下的《社戏》中描写的也是如此情景吧？现在每逢过节，马鸣村里也会出面请地方上的戏班子来唱戏。村民们围坐在香樟树下隔岸听戏，咿咿呀呀的唱腔随着水波荡漾到村外，要羡煞那村外的人了。

我忽然想起了《礼记》里的一段话："大道之行也，天下为公，选贤与能，讲信修睦。故人不独亲其亲，不独子其子，使老有所终，壮有所用，幼有所长，矜、寡、孤、独、废疾者皆有所养……是谓大同。""社会大同"这一渺远的梦想，在这樟香漫溢的马鸣村似乎可以说终于接近了。

时光无声流逝，绚烂的午后阳光铺满了天空，一段激越的旋律在马鸣老街的喇叭里骤然响起。我聆听着文化河畔欢快的曲目，悠然漫步在马鸣老街枝叶扶疏的行道树下；我立在河边栈道、庭院前的广场上，过年的红灯笼已高高挂起，彩色小旗迎风飘扬，在春风与优美的旋律中共同欢舞起来。

午后阳光照出了马鸣老街火红的新年……

小元头村：莲花紫竹中的幸福生活

一路上只想着去浙江双箭股份有限公司采访他们有关慈善的事项，根本不在意临杭大道边的美丽风景。还好，今天上午的采访很是顺利，比预计的时间提前完成了，告别接待我采访的公司领导，驱车回程。

来时都是绿灯，一路畅通，也是符合办事时的急切心情。回去时都是红灯，一路停停走走，也符合事后身心放松的慢悠悠的心态。就在等红灯的空闲时间，侧目看向右侧，发现一个稍大的路口，名曰东田路。在临杭大道与东田路交叉口有个富有江南水乡风韵的广告标识，白墙黛瓦中有一镂空的阁窗，上书“小元头”三个字。

看看时间尚早，我于是右转车头开上了东田路。不出 50 米就有一处象征农家丰收的圆形米仓立于老香樟树下，茅草搭的顶，圆柱白墙上贴着丰收的大红纸显得格外喜庆夺目。停好车步入这个口袋公园，树下的石块路在绿草丛中间隔着刚好跨步的距离，几垛具有象征意义的照壁隔出几个农家的院落，每转进一个空间都会出现几样农家的生活或生产用具。蓑衣、斗笠、风车、稻桶、缸瓮、渔具……小小的口袋公园浓缩了陶渊明笔下的桃源生活。

穿过东田路，对面就是小元头村健康步道的起点，两个运动员模型有着的倾斜度，恰似在运动，也似乎在呼唤着村民们茶余饭后去运动健身。我是从起点这里开始游览小元头村的美丽景色

的。

我在绿荫下做些简单的准备动作，在抬头的瞬间看到了有关小元头村的对外介绍文字：小元头村位于洲泉镇东北角，东与石门镇部墩村相邻，南与东田村相邻，西紧靠岑山村，北与河山镇石栏桥村相邻，长山河穿村而过，水陆交通十分方便。该村以种植水稻、养殖蚕桑为主。个体私营企业较发达，以皮鞋生产为主，化纤、塑料等其他行业同步发展。

带着对小元头村的基本了解，沿着东田路自北向南在树荫下走着，初夏的风并不燥热，暖暖的。刚走一段，过了一个村口，眼前一亮，一个偌大的荷花池呈现在眼前。满眼的绿意之上，还有星星点点的荷花开放着。那些蜻蜓已经按捺不住对荷花的向往，纷纷飞翔在空中盘旋，打算着停在哪朵漂亮的荷花上休憩呢。

因为早晨下过雨，片片荷叶上都有水珠，在中午阳光的照耀下犹如珍珠一般发出闪闪的亮光。最可爱的是池中的小青蛙，蹲在荷叶上，伏在水珠旁，晒着太阳。在阳光和水珠的相互映衬下，原本灰褐色皮肤的田野青蛙立刻变成了光芒四射的时尚青蛙了。虽然它惬意地伏在荷叶上晒太阳，似乎两耳不闻窗外事，其实机灵着呢，只要有一丁点的响动就转身一个扎猛子跃入池中，消失得无影无踪了。

我踏在连接到池塘对岸的九曲木桥上，脚下的方木在力的作用下发出“咚咚咚”的铿锵有力的声音。一路走过，青蛙们像是听到了司令员的枪声，齐刷刷地跃入池塘，个个把自己游泳健将的优美泳姿展示出来。不消多时，它们已经消失在池塘深处了，快到你来不及按下手机照相快门，只留下水中一串串涟漪和一个发呆的你。

满池的荷叶碧绿碧绿，为数不多的荷花尽情地绽放，池塘周围那白墙黛瓦的新居错落有致地分布着。时近中午，村居上袅袅炊烟升起，跟随夏风在空中飘荡，更是增添了小元头村的灵气。坐在清风亭中看美景真是惬意无比，我想陶渊明笔下的世外桃源也不过如此吧。

清风亭上的对联也是很有深意的，“莲花九品香，紫竹千年翠”，说的不仅是荷花那种“出淤泥而不染，濯清涟而不妖，中通外直，不蔓不枝，香远益清，亭亭净植，可远观而不可亵玩”的高尚品质，还有着竹子那“谦虚谨慎、虚怀若谷”的胸怀。

紫竹林就在荷花池的南面，与荷花池遥相呼应。跨出连桥，就来到了紫竹林，相传这里是明朝一位杨姓京官在此建造的紫竹园，亦名小花园。“园”和“元”同音，后来村民称此地为“小元头”。小元头现在包括了漾汇头、蒲墩脚下、黄鹤村三个自然村落。其中黄鹤村的地名大有来头，是因“古时，钟氏营葬，建地下石室，揭之，引七鹤飞天”而得名。

夏风吹拂下的紫竹发出沙沙的响声，似乎在述说着小元头村的古往今来。进入紫竹林，刚才荷花池中耀眼的光亮顿时变为了柔和的竹影，放眼望去更是竹道幽深有韵。路的两边竖立着六块展板，上面都是民间流传甚广的“清廉为官，一心为民”的洲泉名人介绍。有“严绝贿赂的钟郎”“悬鱼拒贿的姚文”“一指忠魂的吴尔埙”“立碑整风的胡枚”“慷慨好施的吴之振”“精忠清正的赵汝愚”……

竹道尽头是青砖叠砌的高墙，上方书写着“浩然正气”四个大字，左右是一副对联“黄鹤琴书尚孝廉，紫苑钟鼎崇仁义”，门洞内墙上书有《清廉赋》一篇。转过照墙，别有一番风味，一个圆匾形的图案中，用不同书法写成的“廉”字既美观又醒目，告诫着小元头村的每一位村民要坚守本分，“尚德守义，修身律己”。照壁东南面还有一块村务公示栏，村里大大小小的事情都在栏中公开，体现着“大家的事情商量着办”的民主作风。一座有如八卦阵布局的小院，将小元头村村民从古至今信仰“廉洁守法”的淳朴民风的遗传基因表现得淋漓尽致。不管是以前还是现在，或是未来，小元头村的廉洁之风已经深入每个村民的骨髓之中。村民们将把这廉洁之风坚守下去，犹如小公园前方的绿道一样延展到远方……

站在这个建在黄鹤村遗址（黄鹤村遗址年代为崧泽、良渚、马桥，类别为古遗址。2003 年 12 月 15 日，黄鹤村遗址被公布为桐乡市文物保护单位）上的小花园之中，脚踏着先人筑就的基石，聆听着先人的哲学，心中感慨万千：我辈定将先人的廉洁奉公精神延续下去并发扬光大。

坝桥村：新与旧

走过洲泉镇坝桥村村委会，就能看见一个牌坊式的门头，门头上有一块匾，上书“九曲揽胜”四个字。这个门头就是农民公园的入口，这个公园是沿着九曲港依港而建，故有“九曲揽胜”之名。

古色古香的木质桥廊横跨在九曲港上，南北向，采光亮堂堂，在桥廊之上欣赏河港风景让人耳目一新。河道之中没有杂草丛生，有的是清澈的河水和一簇簇的水培植物。河道中央的喷水龙头正在撒欢似的喷着均匀的水雾。午后的阳光稍稍偏西，斜照在水雾之上，映射出七彩霞光。

桥廊背后是一个楼梯台阶，约有十几步。翻过台阶，眼前是一片开阔的公园绿地。登高望远，极目远眺，公园绿地外还有一处树木青翠，树木下有小道，通往北九曲自然村，那农家别墅在树梢处隐隐可见。

从高到低，顺势而下，踏过绿草花海，一个箭步就到了杉树林。一座九曲木桥通往林中，沿着九曲木桥蜿蜒的纹路，看不到树林的尽头。好奇是驱使我前进的动力。我迈着欢快的步子，进入水杉林中。

斜阳透过稀疏的枝叶，斑驳的树影映照在木廊之上，随意地画出富有创意的图案：像湖羊那软绵绵的毛，像白鹅的翅膀，更像小狗的尾巴……仰起头，那焦糖色的水杉树叶随风洋洋洒洒地往下落，落在长廊之上积起了厚厚的一层暖色调的地毯。双脚踩在树叶上，脚底发出窸窸窣窣的响声。我就像个孩童一般，顺着长廊寻找着树林的尽头。只要迈步，终有尽头出现，这不，“南九曲”村就在眼前。

村口还竖立了一个标志，青砖黛瓦白墙的水乡民居门头。透过门可以看见一个荷花池，可惜已到冬令时节，满池的荷花只留下残荷在风中飘零。我沿着荷池边的绿道行走，或许是道上的枯叶被我踩出了声响，正在觅食的鸟雀受到了惊吓，扑棱着翅膀钻入了周围的芦花丛中。眼前凸现一个“白鸟一双临水立，见人惊起入芦花”的场景，真是美妙至极！

沿着乡间的柏油路走向村庄深处的浜底头。这里并不寂寥，浜底有依大树而建的小景点；还有宽大的河埠头，可供村人洗涤、晾晒。更有垂钓爱好者在此放钩垂钓，享受钓鱼之乐。

走过一段路，再跨过一座九曲桥，便来到了“北九曲”村，此村沿河而建，家家临水而居。紧贴河边是健身绿道，绿道又紧

贴农家。每日早起晨练，沿河而走，能在水中照见自己的模样，想想都开心。河岸边总有香樟树做伴，郁郁葱葱的树叶点缀着河道的温柔。绿树之中还有柿子树，虽然树叶已经落光，但留下红灿灿的柿子悬挂树枝之上着实诱人。果子已经成熟，树也不高。为什么树的主人不将诱人的柿子采摘下来尝尝鲜？我正在纳闷，忽见一只小鸟落在树梢，低下头啄起红红的柿子来。我情不自禁地拿出手机记录下这个初冬温暖的时刻，也忽然明白了树主人不采红柿子的缘由。

走出这个自然幽静又漂亮的“九曲村”，沿着脚下的小路来到了村部，站在坝桥之上，向西看着那个保卫全村农业生产的机埠闸门，想象着闸门外面的河流又要流向何方。

跨过坝桥，站在三岔路口，一旧一新的两栋建筑映入眼帘。旧的是坝桥村的文化礼堂，新的是江南蚕俗文化博物馆，两栋建筑都承载着历史与文化的记忆，在新旧事物面前更能让人了解过去，读懂当下。

文化大礼堂上还留有“农业学大寨、工业学大庆”几个大红醒目地刷在白墙上的字，一些关于20世纪五六十年代的资料也都张贴在礼堂的墙壁上，展现出了那个年代的面貌。站立在文化大礼堂的墙角边，聆听树叶落下的声音，仿佛走进了20世纪70年代那个红旗招展、喊声震天的时空。

紧挨着文化礼堂的蚕俗文化博物馆分为三层，上边两层展示了蚕桑历史和蚕桑丝织技艺，蚕茧、织布机、土布等一些年轻人没有见过的物件，以及一些年轻人从未见过的蚕桑养殖场景。一圈走下来，通过图文和实物的认识，我们便能对蚕的起源、蚕的饲养过程、蚕丝的加工、当地蚕俗文化等了然于胸。

不论是文化礼堂，还是蚕俗文化博物馆，都各自记录着一段历史，承载着一种文化，而文化的发展总有渊源。

胡钁就是坝桥的一个骄傲。胡钁（1840—1910），字孟安、匊邻、菊舲，号老匊、废匊、不枯，又号晚翠亭长、竹外外史，别署不波生，洲钱屠家坝（今洲泉镇坝桥村）人，晚清著名书画篆刻家。胡钁出身于官宦世家。胡家珍藏的《国朝石门黉案》小序称："胡氏世居邑之西乡，自有明迄今。"胡钁诸般技艺皆擅长，而篆刻最为精湛。他积数十年之功，使刻刀如笔，力追秦汉，世人把他与吴昌硕相提并论。坝桥村人记得胡钁的才艺，立他为乡贤，故建钁园以资纪念。

钁园深藏在坝桥文化大礼堂南面的停车场隔壁园中，一般人不容易发现，稍不留神就会错过这一景点。停车场的围墙上有个圆形门洞，通过门洞，里面就是钁园了。钁园是一块长方形空地，园中荒草已经没过小道，相对比较幽静。我踩着石板路，踏着草丛，探头进入园中，在一簇竹林中发现一尊雕塑，此人就是钁园主人——胡钁。一位精神矍铄的老者，用深邃的目光注视着坝桥这片广阔的田园。我想，胡钁一定会欣慰的，因为坝桥人用自己的聪明才智建设起幸福的家园。不用说其他成绩了，单凭村里的居家养老中心门厅上那贴满上百位老人照片的笑脸墙，就足以告慰这位乡贤了。

今天偶遇胡钁，也算是到坝桥"到此一游"的意外收获。

东田村：丞相府邸与东湖胜景

东田村是“足佳皮鞋”的发祥地，是现代桐乡制鞋业的源头，是闻名遐迩的鞋业特色村。所以我是先知道闻名遐迩的足佳皮鞋，而后才知道有个东田村。不大的东田村荣誉却众多，如“浙江省文明村”“省级全面小康建设示范村”“浙江省农村文化示范村”等。

从桐乡到洲泉东田村，大约需要40分钟的车程。按照导航，开车经过开阔平坦的临杭大道，转进东田路，丞相府就呈现在我们面前了。

在历史中淹没了许久的丞相府在发展美丽乡村、挖掘人文历史的背景下重现在我们眼前。丞相府邸的建筑的确气度非凡，朱红的“丞相”牌楼高高耸立，显示着官邸的威严。这里的丞相府主人相传是赵汝愚，他是宋汉王元祖七世孙，江西余干人；他的祖父赵不求、父亲赵善应随宋王室南下寓居洲泉。

赵汝愚生性聪慧，勤勉好学。他曾经考中状元，但

由于当时宋朝有个避讳，凡是皇室血统的人是不能中状元的，而他是宋太宗的后代，所以最后只得了个探花。赵汝愚后来在朝为官，为官声誉很好，官至丞相，死后葬在湖南。他有九个儿子，其中有几个定居洲泉，并分布于洲泉各地。赵汝愚之后到南宋灭亡期间，崇德县赵姓出的进士就有十位，这些进士中，多有赵汝愚的后代。

丞相府的大广场西侧有一座三层高的文昌阁，飞檐翘角十分壮观。登上此楼可俯瞰整个丞相府的内部布局。阁楼沿湖而建，开西窗观碧波东湖，亦可把酒临风、追古抚今……

丞相府邸的大门前有个大广场，想必前来拜访的人都是骑高头大马来的，就连拴马柱都是粗大的木料，遥想当年丞相府前马嘶人沸定是热闹非凡。丞相府邸的东侧是一条大道，牌楼从北至南是解元（乡试第一名的称号）、会元（会试第一名的称号）、状元（殿试第一名的称号）三道门，每个门牌都高耸入云，似乎在告诉后人要努力读书，争取金榜题名。

丞相府大门两侧书有对联一副——“精忠贯日月浩气存千秋，纯孝感天地贤德存桑梓”，以表示后人对赵丞相的敬仰之情。俗话说“侯门深似海”，普通人想进入丞相府邸真不容易。首先是高门槛，我们跨不过；再次我们是平头百姓，不会开正门迎接的，所以只得从侧门进入。入得内庭，回廊贯通三进式的四合院，只不过高官府邸建得都比普通四合院要高耸些。最为吸引眼球的是房屋接连处都设计了小景，几块镂空的太湖石、几株紫竹，随意搭配，尽显美学韵味。这样的布局不仅使单调的墙角有了趣味，更是将会客的大厅与日常生活于其中的后院艺术性地分隔开去。

或是别致的窗花，从空隙中望去，若隐若现的后花园里满是姹紫嫣红的春色；或是飞檐翘壁，白墙、黛瓦与蓝天组成一幅色彩清丽的江南民居画卷。倚靠在熹微亭的木质栏杆上，屋后的河水自西往东缓缓流过。天空飘过白云，俯瞰宅院里的风花雪月。

后花园里的竹子在微风中发出沙沙的声响，像是小姐的喃喃私语，亦像公子在低声背书。

丞相府邸的西北角有一座瓘渔阁，也是府邸中的最高点。近观阁下有小鱼池一潭，池中金鱼憨态可掬，时不时浮出水面争食。登高亦可以望远，从阁楼上向西望见一湖，此湖名为东湖。那湖中小岛有凉亭长廊、垂柳环湖、假山小池，玲珑别致，甚有西湖的雅致，只不过小了一些而已。

出了丞相府邸，下得台阶，跨上石桥，好一派湖光山色。那绿莹莹的开着小黄花的水鳖草已经长到了沿湖的路基上来，与岸上的小草交织在了一起，让人分不清是陆路还是水路。就这样，小心翼翼地沿着与堤坝一样平的湖堤漫步，绕小岛一周，时不时跳跃着走路，感觉自己像武林高手在水上漂。

湖心岛中央的大凉亭是观东湖美景的最佳之处。那粼粼波光将东南角上的文昌阁倒影变幻成动感十足的视频，不时地切换着蒙太奇的镜头，我想海市蜃楼的景观也不过如此吧。亭西南角是一座玉带桥，雪白的桥身早已融入湖水之中，远远望去水天一色，让人感受到了天空与我们只不过是一水之隔，触手可及。亭北有个湖中小池，池中的荷叶虽败、荷花已谢，但莲蓬立于叶中，比荷花盛开时更为壮观。

立于亭外看柱上对联："丽影无边逐月长轩外，澄湖有意邀星碧水中"，此联写得甚是贴切，湖心岛那逐月邀星态度甚是热烈。留得宽湖，筑得小轩，只为星月相伴，好意境。静坐湖边的石凳上，"听清风过耳，看湖光山色"。这湖景，美得让我挪不开脚步了。此处若能布桌一张，把酒邀明月，与友话星空，实在更妙。

湖外是农家新房，高低错落有致；墙面装修，色彩明亮。村边的绿树倒映在湖中，显得更加翠绿；还有一群麻鸭在湖中嬉戏，满湖的碧水泛起的涟漪轻轻地荡漾开去，一直荡到了东田村外。

众安村：印象野林滩

进入冬天，宽阔的河面更加光亮了，传说中的野林滩能看得更真切了。趁着寒假有闲，带着一群学生来到位于桐乡市洲泉镇众安村的野林滩（野林滩在嘉兴、杭州、湖州三市，桐乡、余杭、德清三县，大麻、洲泉、运河三镇之间，地理位置很特别）。停好车，叮嘱好安全事项，我们一行进入景区。

进入景区，先要过门口的长桥，别出心裁的进入方式让学生们惊奇不已。一座人工长桥由竹木搭成，桥的两边都是开阔的湖面，桥的对面是一个竹楼牌匾，上书“金岛”二字。

跨过长桥，才算真正进入了野林滩。因为已经是冬日，树木只留下光秃秃的树杈，所以哪里是水、哪里是岛、哪里是路，一览无余地呈现在我们面前。

跨过一个已经废弃的婚庆场地后向西行，有一条不足两米宽的铺着老旧五孔水泥板的小道，通向湖深处的另一个岛。堤两侧的柳树干巴巴地垂下，大部分柳树扑向水面，倒影随着枝条的舞动荡漾开来。不远处有个小岛上，一堆枯黄的芦苇在风中摇曳，按下快门，一个光亮的、线条构图的、飘絮般的黑白完美呈现。

学生们一路欢歌笑语，不顾脚下的泥土和挡路的树枝儿，只顾透过枝丫看那远处的白鹭飞上飞下。我不时地提醒，甚至大喊，走过这段不长却狭窄的堤很是费力。

第一个岛是光秃秃的，而第二个岛却是绿植茂密的，因为是香樟林。学生们踩在那被秋风扫落的香樟树叶上，发出窸窸窣窣

的声音。不知道哪位学生先奔跑起来，整个小队的学生都在树林中跑了起来，窸窸窣窣的声音惊动了白鹭，它们集体起飞。地上的沙沙声、空中的盘旋声打破了野林滩的宁静。

越过香樟树林，月牙形湖面在蓝天白云下显得更加野味十足。站在渡口远眺这个兼具全村人生产生活“蓄水库”“大水缸”“沐浴场”“湿地”等综合功能的大湖面，感觉心旷神怡。

那由水泥船连结的船桥一直延伸到湖中心。船桥的尽头是两三位钓鱼爱好者，他们坐在船艄上，随着湖水轻微起伏，专心致志地盯着湖面上的浮标，等待着鱼儿上钩。我们一行人在船桥上轻晃，发出响亮的笑声。而钓鱼者却头都不抬一下，似乎我们并不存在。

我们站在船上拍照。正值午后，湖面一尘不染，远处的水面与天边连成一片，真是“落霞与孤鹜齐飞，秋水共长天一色”。微风吹过，荡皱一池碧波，学生们年轻的笑声在一湖碧波上婆娑着水墨倒影，美不胜收。

离开了摇摇晃晃的船桥，回望湖面上那些横七竖八的船只，就想起了“独怜幽草涧边生，上有黄鹂深树鸣。春潮带雨晚来急，野渡无人舟自横”的诗句，真怀疑韦应物是因为野林滩的美景有感而发的。

“终于踏实了。”胆小的王若琪拍着心口喃喃自语，惹得同学们大笑。上岸后沿着水泥小道往回走。郑思溢一个人突然蹿到了枯草堆里去拍那些枯了的芦苇，姿势左摆右摆，努力地寻找最佳的位置，还一边拍照一边唱起了《诗经》里的“蒹葭苍苍、白露为霜”，此刻的芦苇的确很是应景。

走到小路尽头，我们被一幢古色古香的别墅阻挡了去路。正当我们为难之时，陈瑜与潘书纬前往探路。不一会儿工夫，前面传来大笑声。我们知道是“山重水复疑无路，柳暗花明又一村”了。

我们循声而去，原来在墙角处有一个转角，只是视觉差造成了无路可走的错觉。只要大胆地开发，路总是有的。转过墙角豁然开朗，这幢别墅是金岛书画院，是周围的文人墨客聚会访友。

过了别墅就回到刚才那道又窄又长的河堤上了，一圈儿游历已经基本结束。总面积 1065 亩、水域面积 710 亩的野林滩在我们的脚下丈量完毕，岛上的美景已经装入了眼眸，怀着愉快的心情，我们踏上回家的路。

清河村：古寺韵味

驶过一段不长但又有点弯曲的青和路，路的尽头就是清河村最美的地方——清河公园。公园大门向北开，黛瓦白墙的门头上书“清河园”，一看字体就让人想到“清明上河图”中的场景。

公园没有真正的门，这样的感觉真好，视野开阔到一眼能看到园里的风景。绿草之中有悠长的小道，小道尽头有一凉亭伫立，凉亭之外是良田千顷。园中还有池塘，不大，却有九曲石桥；桥下有鱼隐隐约约躲在水草之中，似在窃窃私语。

这样幽静之处必有大儒，因为“苔痕上阶绿，草色入帘青。谈笑有鸿儒，往来无白丁”。踏着有青苔的石阶来到村乡贤馆“侨之家”，此处为清河乡贤汇聚之地。在外拼搏的乡人不管走得多远，总有回报桑梓的情怀，这“侨之家”就是游子归乡最好的落脚点。

走过公园来到河边，水乡本色一览无余。三条河港交汇于此，名为金三漾。一个“金”字，总会让人联想开去：这河里可有黄灿灿的金子呢？这是个好地方，河面开阔，可以进行大型水上活动，比如水上蚕花盛会。河对岸是一座庙，古时庙会就在水上举办。据往年的新闻报道：清明节头芒日（清明节第一天），这里可是沸反盈天，河的两岸站满了四乡八邻的人轧闹猛、看热闹。那廊桥上更是人头攒动，各色花衣点缀在长桥之上，犹如《清明上河图》中的场景。只不过现在的清明节活动只是闹一天，不再像古时候那样闹个三天五天的。今年要多关注一下清河村文化方面的消息，抽空来感受一下新闻里所说的清明节气氛。

从金三漾潭上往北远望清河桥，有些灰蒙蒙的色彩配上远处农田里的青色，一幅江南水墨画应运而生。迷人的景色里肯定有迷人的故事，不信你去看清河桥上有韵味的对联。

清河桥，始建于明成祖永乐十年（1412），后因为社会发展需要而拆除，现又重建。清河桥为江南不多见的廊桥，造型古典。桥身主体为三孔半圆卧于河上，湖面水位合适时可与河面倒映的半圆完美地组成圆形。圆圆的三环在水面上荡漾，如有小船驶过，晃动的水波给静止的画面增添一股活力。此时的圆圈会产生一股魔力，将象征着圆满的祝福通过水波送给千家万户。桥造得很新，是运用现代工艺并用上大理石建造而成，使得清河桥更是熠熠生辉。

因为有三孔，所以桥的两侧都有四个石柱，因而有了南北两副对联。朝南面的两副对联是“王道荡平太和有象，神功利济洪福无涯”“一带清溪开晓镜，千秋达路驾晴虹”；朝北面的对联是“碧浪北洄绵延千里，沧滨东注革固万年”“春江南下流如剑，古镇西通洲似钱”。对联是文化的浓缩，不仅衬托出清河村地理位置的重要性，更是在诉说着有关金三漾发生的历史故事，比方说河西岸的庙。

走上这个桐乡地界上少有的廊桥，感觉很不一样：长廊上都是古色古香的雕梁画栋，桥面却是现代化的柏油路。凭栏向南望，是南金三漾；向北望，还有个北金三漾。如果航拍此段河流的模样，清河桥这一河段像极了柳枝散发，东一枝、西一枝地有序延伸到外面，所以村人称此河为“杨柳港”。走下清河桥，路北是一座较为陈旧的双庙渚，黝黑的大门紧闭，好奇的眼睛也打量不了院内的陈设，唯有参天古树的枝叶在庙宇的翘角之上婆娑。

路上除了疾驰而过的汽车，没有行人走过，也无法寻问双庙渚的前世今生。那就问“度娘”，“度娘”说双庙渚因河边有双庙而得名，一庙在河东、一庙在河西，庙中有观音殿、马鸣王殿……文字的确无法展现实际场景，只得自己脑补一下这个清河村人前往祈祷的圣地的模样。

路南也是一座庙，在河过岸看见过的，现在走近看得更为仔细。山门朝北，有青苔印记的牌坊上方书写着“双庆禅寺”四个金字。四根石柱之上有两副对联：“释儒本同源道并行而不悖，内外原一体理交显而弥彰”“听来暮鼓晨钟声声觉悟，对此禅灯宝像面面圆光”，细细品味很有哲理：拜佛需要悟性，悟到真理就会明白释儒同源、内外一体的修行真谛。

双庆寺，据说是南宋时就有的古刹演庆寺、顺庆寺的合称。尤其是演庆寺，曾与演教寺齐名，并称为崇德县佛寺中的“二演”，很有来头。

牌坊下的木栅栏门虚掩着，我大着胆子推开门走了进去。也许是因为要到年关了，也许是因为疫情，寺庙中几乎没有人走动，很清静。一进去就感觉到双庆寺真的与众不同。

一是十八罗汉站门外。别的寺庙十八罗汉在大雄宝殿里享受朝拜，而这里的十八罗汉则站立在朝东的庙门两边。不过这样的

摆设更贴近常理：罗汉们严守工作岗位保护菩萨。在庙前拍了一张照片，与憨态可掬的罗汉们留个影，也算到此一游有了凭证。天王殿只开了一扇边门，没有点灯，有点黑漆漆的，我就不进去打扰菩萨们了，绕道从僧人生活通道进入了寺庙内。

二是大雄宝殿无处寻。一般天王殿后是一个大的广场，广场后是寺庙中最大的建筑大雄宝殿，而这里只有一座大成就殿立于中央。为人处事就要见真章，大成就殿使人一目了然地明白修行的目的。观音塑像就在两个大殿中间的广场上，慈眉善目地看着众生如何与人为善。

看着乡间的古寺庙，想想也是接地气的。乡人们不比城里人有钱、阔气，那就做些比较实用的，只要心够虔诚就成了。

从甬道一径走到底，终于在放生池前的竹林中遇到了三位正在搬运东西的年轻师父。看着他们忙碌的样子，我也不忍心打扰，就退出寺门，来到了双庆禅寺东面的河埠头上。去河埠头必须绕过寺前的香炉，庙虽然不大，但香炉很大，足见这里香火旺盛。

码头向河中突出，两面是台阶，台阶上方有系缆的桩头。站在码头之上眺望开阔的水面，仿佛看见乡人们的船只从四面八方涌来，挨挨挤挤，仿佛听见庙会上喧闹的声音划过天际。遥想当年，那些参加庙会、出门读书、荣归故里的乡人在河埠头上来来往往。最为引人瞩目的是漂亮的村姑在清河桥上甩手绢的场景：一块花手帕，甩出心头万千思念。

这样有灵气的清河村必定有贤达人士。“顾朱，字自公，崇祯年进士，选授行人司。在明末做了官，但明朝灭亡以后，他不愿为清朝效力，回到家乡东陈村。他在乡间静心读书著作，写了《石璘集》《春秋本义》等书。”清河村的村干部张桢涛告诉我，他们村的名人顾朱，亦为大儒。本想去东陈村看看，但时间不早了，只得留作下次再来的借口。

回望清河园门头两侧“逛雅园陶醉江南文化，观美景痴迷庙渚风光”的对联，感觉写得真的很贴切。

义马村：小馄饨与古桥

到义马去看看，老早就有这想法，是因为那座横跨在含山塘港上的聚宝桥，当然还有传说中有名的小吃——义马馄饨。

暑假开始的第一天就起早要去义马，按照导航的指示，从桐乡行进 40 分钟就到了义马村村委会所在地。这里的村委会驻地比其他地方的要大些，因为这里原来是义马乡政府的所在地，而这里还是个小集镇——东升街。1991 年义马乡并入洲泉镇，此地就变为了义马村村委会的驻地了。

空着肚子来义马，第一件事情是闻香找馄饨。就在俞众公路的北侧，义马馄饨店朝南开着，与众多的店铺并无两样。一间门面，店门口是工作坊，有炉灶、包馄饨的台案，穿过狭窄的过道，有三张八仙桌一字排开。

时间已经不早了，但店里食客还不少，陆陆续续，进进出出。进屋后，我选了一个空位与他人拼桌。店里没有空调，只有两把吊扇努力地旋转着，给食客送来不太凉的风。

“来一碗馄饨。”我向老板喊了一句，开始整理八仙桌边的座位。桌上放着筷桶、辣酱瓶、醋瓶，还有餐巾纸。由于顾客多，店家还来不及清理桌面，桌面有点儿小乱。但来的食客也不介意，都是自己清理一下，将就吃了。我刚坐下，老板娘就送来热腾腾的一碗馄饨。这一碗馄饨量真大，估计有二十个馄饨，而且虽说是小馄饨，但肉馅很多，小馄饨鼓鼓的。

面对盛在汤碗里的满满一碗馄饨，我有点儿吃惊。在桐乡是

从来没有这样的“海量”。

倒上醋，舀上一勺辣酱，从碗底抄起，一勺一个馄饨，烫、辣、酸、鲜的小馄饨在嘴里上下翻滚之后，顺着喉咙一溜烟儿地滑了下去。

“吼！”又烫又鲜又过瘾，“义马馄饨真是名不虚传。”

“名不名的不知道，我们这里人就是喜欢吃小馄饨。”老板娘听到我的表扬，笑着说。这个馄饨店是老夫妻二人开的，女的负责下面、下馄饨，男的负责打杂，配合得挺默契。

我可能是早市上的最后一批客人了，当我吃完馄饨，店堂里的人渐渐走空了。这时老板可以坐下来歇一歇，在电扇下乘乘凉，我们就这样聊起了家常。

从老板口中得知，义马馄饨也是有些来历的。原先是一个江苏丹阳人在德清新市学了小馄饨的手艺后，到义马来开店，后再将手艺传给汤明凤（男性，小名汤丫头）。因为汤老板选用新鲜夹心肉配合家传秘方调制的馅很鲜，且手工制作出的馄饨皮薄而有嚼劲，所以他做的馄饨成为远近闻名的传统小吃——汤丫头馄饨。

走出店堂，回望店铺，发现上方有一面三角形黄色锦旗，上绣“义马馄饨”四个红字，在阳光下更为醒目。老板娘的小馄饨和话语真实在——“大家喜欢就是最好的招牌”！

吃饱了，就往义马村村委会走去，扫码登记后，踩着台阶进入二楼的义马村村委会办公区。办公区里只有一位工作人员，是个小伙子（后来知道姓朱），我对他说明了来意。小伙子很热情地邀请我坐下，打了电话后，说文化专管员有事外出。还拿出了一本有关义马村村史的稿子让我先了解一下情况。他处理好手中的工作，很热心地带我去看看他们村里的古桥。

“义马”这个名称，一说来自南宋康王“泥马南渡”的故事。康王赵构南渡之后在此地建有“泥马庙”，“泥”与“义”音相近而成“义马”。还有一说义马庙的前面有座石桥，桥上有“二墓”二字。“二（腻）墓”与“义马”音相近。不管因哪种传说而得名，都并不影响义马客观的存在。

外面的天气真是热，好在长宁桥下有参天古树，遮住了骄阳的直射。小朱是村里负责土地、建设、治安的工作人员，对村里的古桥古村落熟悉得很，今天找到他是找对人了。“义马是典型的水乡，水多桥自然就多。”小朱的话语通俗易懂，有导游的天赋。

“这片旧房已经在改建，这片水域要清淤。”站在长宁桥上，小朱一边指点着他工作的内容，一边描绘着明年将会出现的新貌。阳光透过树叶，几束光照在他黝黑的脸上，折射出他坚定的笑容。

长宁桥横跨在庙前港上，建于咸丰七年（1857），是一座单孔石拱桥，南北走向，原本是乡里人来义马赶集的必经之处，也是义马的文化标志。桥的南北两侧各有台阶十余级，南桥堍有一株茂盛的香樟树，将整个桥包裹在一片翠绿之中。我在桥头不停地拍照，小朱不时地提醒我注意安全。

参观完长宁桥后，我们还走了走义马的老街。眼前更多的是20世纪七八十年代留下的供销社房子，有商店、茧站、粮站等旧建筑。另外有一大半已经被拆除，以后将改造为老街、老庙、老巷的样子……一切回到原汁原味的古村落。

退出长宁桥，我们又来到了今天重点参观的聚宝桥。聚宝桥今天是让我看了个透彻。因为在翻修，桥的两侧河道被截断，我站在坝上可以看见桥身上的每一块石头，就连那隐藏在水中的桥墩都一览无余。

聚宝桥是一座三孔石拱桥，跨长虹溪（含山塘），长约61米，宽约2.7米，东西走向。旧志上记载聚宝桥建于明代，它是由一个叫沈起云的人建造的。清康熙年间重建三个桥洞，称虎啸桥。清雍正十一年（1733）再建，光绪时名永镇聚宝桥……这是古桥的过往，已经在桥石斑驳的水印中深深地隐去；加固、修破、理旧，呈现在我眼前的将是耳目一新的古石桥。

在河面上看聚宝桥，它显得更加高大。桥中央的两个桥墩上各有两只白石雕成的大元宝，故又称元宝桥。这是桐乡民间唯一一座三孔石拱桥，所以乡间都称它为“三洞环桥”。这么一座石桥，做工考究，唯一的遗憾是桥的石柱上竟没有桥联。也许是造桥之人有意为之，他们造桥的功劳任由后人评说，也给后人留下无限的遐想。

桥东还有一个小庵——甚经庵，有香炉、殿堂、厢房，就是个袖珍的存在。“聚宝古桥名扬四海，甚经圣庵千秋万代。”庵的规模是很小，但庵门前的对联可一点也不小，想必是善男信女们在念经感谢这些方便民众的造桥之人吧。

桥东还有一个偌大的桥文化主题公园。这里将义马村范围内的古桥以缩小版的形式汇聚在一起，让游客感受义马水乡独特的桥文化。“长宁桥”“长寿桥”“义东桥”“龙吟桥”“虎啸桥”“德清桥”……当我穿梭在姹紫嫣红的花道中，当我走在各式各样的古桥上，更能体会到“水从碧玉环中出，人在苍龙背上行”的意境。

我挥手告别了热情的小朱，依依惜别了小巷古桥，希望下次还来义马，看水波荡漾下聚宝桥的桥影，走访新建后的墓下庙……

道村村：稻香人家有清欢

“稻香人家”这个名字取得好，稻花飘香里尽是丰收的希望。汽车行驶在崇新公路上，远远就可见那高大别致的城楼，楼檐高耸，檐角高翘，如同好客的主人在招手示意。

下了崇新线，过一个拐角就进入了森林一般的地带。刚刚喧嚣的汽笛车喇叭声顿时消失得无影无踪，仿佛进入了一个世外桃源。进了稻香人家的大门口，选个树荫处停车，推开车门就能感受到此地的清静。耳边轻抚而过的清风与众不同，因为这风里带有丝丝的稻香味，沁入心间，有种特别的亲切感。

“七尺青竿一丈丝，菰蒲叶里逐风吹。几回举手抛芳饵，惊起沙滩水鸭儿。”这样的钓鱼环境只有此地才有。池塘边的芦苇像极了稚子们嬉闹时的状态，撒开双腿在田间奔跑，只留下风中的欢笑。湖中的小鲫鱼是贪嘴的，不一会儿，垂钓之人就有十几条小鲫鱼的收获了。待会儿还可以到厨房加个工，吃自己钓上来的鱼是满心欢喜的。

临水的民宿最得景，轻轻一推窗子，满眼的湖景占据了眼眸。绿油油的水草随意地点缀着湖面，当然还有前来做客的白云与鸟雀，在水草周围或窃窃私语，或笑声朗朗，或嬉笑打闹……

临街的门一开，那叮叮当当的风铃声清脆悦耳，犹如叫卖针线绣花的丫头一般怯生生的。街道上的臭豆腐、炸年糕、糖葫芦、爆米花等小吃的味儿串到了一起，那香甜味极为浓烈，吸引着游人走街串巷地寻找儿时的零食。

短街尽头折个弯，一个偌大的盆景园跳入你的眼帘，那一排排、一列列的盆景很有气势，那造型各异的盆景有模有样地站在你的跟前。“一棵小树有多种姿态，一根树枝有多种表情。”单个盆景虽小，个性却很是突出。在园中细细观赏树枝，像祥云、像飞禽、像走兽……那花朵千姿百态，或娇羞，或嬉笑，或私语……人在盆景中，都已经目不暇接了。园内植有名贵稀有的古木盆景，500 年以上历史的紫薇和桂花树是极具观赏价值的。由于设计者水平高，整个盆景园于景区之中就有了景中套景的雅趣，产生“虽由人作，宛若天开”之妙。

走累了，看晕了，也正好到饭点了，就在盆景园的临窗处选个位置，点上几个家常小菜开吃。鲜榨菜是时令菜，既然赶上了就来尝尝。酱炒鲜榨菜，开始是近似于无味的清淡，然后是微苦，再然后是酱香的醇厚，而且绵长。鲜榨菜是没有被污染的绿色食材，不仅清热解毒，也明目益心养魂，可以多吃点。

在水乡就餐，鱼是必点的。鱼一定是小鲫鱼，放酒糟的那种。酒糟不仅能去鱼腥味，更能提升小鲫鱼肉的鲜味。夹一筷入嘴，舌尖上即刻泛起了鲜、嫩、糯的滋味与感觉，真是百品不厌。当然，小鲫鱼鱼刺多，只能细细地品味道、细细地辨鱼刺。在“慢工出细活”的同时，再喝上点儿米酒那就完美了，因为美景还需要和美酒一起来品。

酒足饭饱出了盆景园，接着可以看荷花池。满池的荷叶一一高举着，小青蛙舒展了身躯，在绿荫之下悠闲地浮在水面之上。童心未泯的我们在岸上跺了几脚，原本想看到小青蛙受惊吓落荒而逃的窘迫之态，可是很可惜，小青蛙不理睬我们的恶作剧，依然浮在水面上，享受着夏日里的惬意。见小青蛙无动于衷，无趣的我们只得离开这片属于青蛙的领地，转而进入稻香阁。

稻香阁虽不大，但视野开阔，是个观赏田野风光的好地方。稻香阁下是一个个独立的灶头，游客们拖家带口，在空旷的廊棚之下开始了野炊。寻柴的孩童、烧火的长者、掌勺的壮年人，一家人围在灶头边准备着一日三餐，组成了最抚凡人心的农家生活场景。看着袅袅炊烟在瓦檐上升起，耳边似有母亲呼唤孩子归家的声音从远处传来。因为身处田野之中，更能体会唐代许浑《晚自朝津至隐居郊园》一诗中的“村径绕山松叶暗，柴门临水稻花香”之意了。

稻香人家的布局应该是参考了《红楼梦》中稻香村的格局。整个景区以典型的江南园林建筑风格为主，粉墙黛瓦，古色古香。当然出现最多的是木质门窗，门上有好看的木格窗，还会看到落着喜鹊的门帘，让人内心漾起暖意，仿佛那就是家的感觉。抬头仰望，蔚蓝的天空上，燕子像密密麻麻点亮的星星在人间飞舞，那轻盈的舞姿在人内心激起一种火焰，升到空中化作思乡的清风飘向远方。乡间三三两两的农人在桑树之间劳作，就如儿时记忆之中父母的模样。此刻的乡愁情思在延续、扩展，一直与天际连在了一起。

“有几百株杏花，如喷火蒸霞一般。里面数楹茅屋。外面却是桑、榆、槿、柘、各色树稚新条，随其曲折，编就两溜青篱……下面分畦列亩，佳蔬菜花，漫然无际。”在城里住久了，真的需要一个如同《红楼梦》中描写的稻香村这样雅致素净的地方。人们不仅来放松身体，更是寻找精神的寄托。

来到稻香人家，漫步在田野之间，闭上双眼，伸开双手，感受来自田间那无比温柔的风。这就是清欢，人间最好的真味。

大麻镇：弯弯溪港似难寻

320国道相切而过，京杭大运河横贯全境，沪杭甬高速公路紧依其旁，境内一马平川，气候宜人，环境优美。家家传出机杼声的家纺产业，唱响着经济发展的“春之声”，大麻有了“中国家纺名镇、湿地旅游重镇、临杭特色小镇”的美誉。

“清清麻溪水，悠悠水乡情。”大麻之名源于一条名叫“麻溪”的河流，当地流传着麻姑仙子在麻姑墩炼丹的美丽传说。大麻人凭借临杭的地理优势，创造了众多的第一：桐乡市第一个“亿元镇”、嘉兴市第一个丝绸专业市场等。这些历史激励着大麻人敢闯敢干，在新时代不断书写新辉煌。

漫步在大麻乡间，到处是流水古桥，呈现出一派别致的田园景象，令人心情舒畅。白荡漾最引人之处是它独特的地貌，漾内20多个大小不一、形状各异的土墩，大的达数十亩，小的仅几分土地。大墩上遍植桑树，而小墩上多为野生芦苇。有的大墩上还有鱼塘、水田，最奇特的是鱼塘中又有小墩子，可谓漾中有墩，墩中有塘，塘中又有墩。

有了生态文化理念的引领，才有了“大美麻溪”的呈现。

海华村：茗溪小镇的香樟树

原本打算国庆节去看看大麻镇的美丽乡村，感受桐乡最西面别样的湿地风景，今天，我随着学校夏令营的步伐来到了位于大麻海华村的桐乡市素质教育基地学校，算是提前完成了心愿。

刚下大巴车，感觉这里的暑气并不是太烈，空气中还有股泥土的清新味。看着兴奋不已的学生迫不及待地奔向早已分配好的寝室，我的身体也被他们年轻的气息吸引着，情不自禁地跟随他们奋进的脚步，走进了一个崭新的生活区。一个个欢呼雀跃的身影与我擦肩而过，我似乎在人流中看到了拿着行李在寻找寝室的自己。

同学们一个个在寝室里整理内务、打扫卫生、摆放物品、分配地盘……我静静地走开了，免得打扰他们的专心致志。下了楼梯，忽见几个落队的同学由于着急而跑得满头大汗，我连忙安慰，拿出寝室分配图指点他们。看着他们远去的背影，总有一种想法：年轻真好，什么都是新鲜的，哪怕走错了也可以

重新再来。一会儿工夫，喧闹的走廊安静下来了。洁净的玻璃窗上映着蓝天白云，围墙外知了的叫声更是高亢起来，像是欢迎前来参加夏令营的同学们。

桐乡素质教育基地学校的规模真的很大，就连室内体育馆一次性就可以容纳 1000 多人开展活动。基地教官们接手了对学生们的集训，作为班主任的我突然感觉自己有点多余了。也好，偷得半日闲，去看看基地之外的美丽乡村——海华村。

早就听说大麻的海华村很有看头，今天有幸看到了这位深藏乡村的佳丽。

沿着素质教育基地学校西面的绿荫村道往北走，就是苕溪小镇所在地了。村道虽小，但水杉树很高，昂起头才能看见树梢。因为是下午时分，路上行人极少。我突发奇想，在绿道上向上大喊了一声。喊声刚落，我又后悔了，环顾四周，就如做贼一样心虚。还好没人出来看看，只有树梢上的回声在飘荡。

苕溪是个美丽的名字。宋朝人乐史《太平寰宇记》说：“以其两岸多生芦苇，故名苕溪。”今天的苕溪小镇，也就是指海华村内湿地多，贯穿湿地的河流多，那河岸的芦苇也就多了，故得“苕溪”的美名。小镇的下午是清闲的，茶馆里没有几个人，他们慵懒地坐在长条凳上，索性将腿脚也架在了凳板上。伸手抓过黑漆漆的紫砂茶壶咪一口，就连水过喉咙的咕噜声都能听得见。墙壁上的电视播放着戏曲节目，老者眯着眼，似听非听地闭目养神……

大麻镇海华村地处桐乡市西南，与余杭、海宁、德清交界，由原新华村与海卸村合并而成，村驻地胡家埭在唐宋时期已形成水乡集市，村里水网纵横，有多处古桥遗存。南社永宁桥就是其中的一座古桥，桥南的桥堍上立了一块石碑，诉说着石桥的古老。桥面装修一新，方便村人行走。桥面下依旧是斑驳的老石墩、老石柱，默守着苕溪的东流水。

沿着东西向的苕溪南岸往西走，村道都在一棵棵古香樟的绿荫里。脚下那粗犷的条石规则地排列着，每走十几步就有一个河埠头，每个埠头上左右有两棵香樟树，有一抱那么粗大，少说也有百把年了！埠头的上方就是一户户临水人家，家家户户的房屋紧挨着，那河埠头也紧挨着，那香樟树更是密密地紧挨着。树枝交织得已经分不清是哪棵树的枝条了，如同起一块超长大幕布，遮蔽着临水的农家。

香樟树上的枝条分杈都有半人高，一个个分枝犹如一只只粗壮的臂膀热情地伸开，我竟然有了想爬树的冲动，就如小时候爬树上去捉知了那般心痒难耐。香樟树上还悬挂着一串串的小红灯笼，在绿色中更显得通红。河对岸的人家红墙黛瓦，上空是蓝天白云，当然还有香樟树叶的墨绿色通通倒映在水中，一幅村居彩色图跃入眼帘。我睁大眼睛不敢眨一下，生怕这个美景突然消失。

那此起彼伏的知了声在告诉我，阳光照到的地方是多么炎热，在古香樟树下却是清凉的。“蝉噪林逾静，鸟鸣山更幽”，我在河埠头坐了下来，远远地望见西面有一个水上四岔漾口。河面开阔了许多，水流也湍急了起来。遥想当年，男人将自家的农副产品用船摇出去换钱，船顺水而下。女人和孩子们在河埠头翘首等待，盼望着花衣裳和糖葫芦。

那几片落在河中的香樟树叶，一袋烟的工夫就漂得无影无踪了。好奇心驱使我起身向前走去，去追寻那远去的香樟树叶。其实树叶是去旅行了，我也无力追回来，目送着它远去，但心中总是有点惦念，不知道流向远方的它还好吗。

四岔漾的四面都是人家，村户都是傍水而居。生活方便，洗衣淘米；出门方便，南来北往。这里因有大运河与苕溪两股不同水系交汇而显得特别。由于水系不同，在两股水融合中水面形成一个类似太极图的图案，当地人把这四岔漾称为“花家漾口”。花家漾口水质好、比重大，是办缫丝厂的理想之所，所以湖州达昌绸厂老板钮少连于1927年来到这里选地造厂，苕溪丝厂就在四岔漾东南的桑树林里办起来了。

村里有了大烟囱的苕溪丝厂，四岔漾就变得气象万千了。孩子们围在大烟囱下玩儿捉迷藏，男人们烧炉热水，女人们剥茧抽丝……大烟囱是新生事物，纯朴的村民很是喜欢，因为大烟囱的烟雾给他们带来了希望。养蚕缫丝、半工半农后，四岔漾周围的农家饭桌上的菜多了，女人的衣服靓了，孩子有了糖果……

可是好景不长，抗日战争爆发后，侵略者一踏上中国土地，就烧杀抢掠，疯狂破坏我国现代工业。为了在中国争夺丝绸市场，日本侵略者有计划、有目的地破坏我国的蚕丝产业，沦陷区铁路沿线所有丝厂都被日寇占有或捣毁。日军甚至见桑树就砍，见到养蚕器具也要毁坏。苕溪丝厂虽然地处偏僻，但也没能逃过一劫，于 1941 年 12 月让日本人给炸毁了，全村的希望就这样破灭了。

日本人真可恨，丝厂原址上留下的残垣断壁和几根生锈的钢筋仿佛述说着这可怕的一切。幸运而留下的大烟囱孤独地矗立在漾口，默视着远去的河水，仿佛思念着远去的亲人。为了让人们记住这段不堪回首的历史，海华村在苕溪丝厂的旧址上建起苕溪公园，原本荒芜的土地上长满了红花绿草。公园不仅让村民们有个休闲娱乐的地方，当然也是为了纪念这段不可忘却的历史。

苕溪丝厂虽然没有了，但大麻的织机却转起来了，就在花家漾的四周。咔嚓咔嚓的织机声给村民们带来了美好生活，给大烟囱带来了快乐。

烟囱下的古香樟树茂密的树叶迎着风发出沙沙沙的响声，那就是苕溪小镇上人们的欢笑声，这笑声随着苕溪水传到了村外。

黎明村：白荡漾里的一叶小舟

白荡漾地处桐乡最西边的大麻镇，是浙北湿地群的组成部分之一。去大麻看白荡漾是蓄谋已久的事情了，因为大麻的白荡漾是桐乡第一大漾，也是桐乡最后一方湿地。一个“最后”的定义，强烈地吸引着我去一睹她的芳容。（浙北湿地群是指包括德清县下渚湖、余杭区塘栖乃至杭州西溪湿地在内的苕溪流域和大运河两侧的几十处湿地。）

今年因为疫情开学延时，为了及时给孩子们提供新书，方便他们学习，我给崇福的学生们送书就去了三趟。最近一次是 3 月 15 日，这天正逢好天气，送完新书后，我就沿着崇福镇的青阳路一直向西，直奔大麻白荡漾。

乡间公路虽较狭窄，但柏油路基是平整与崭新的。路边的水杉枝头已经挂满了嫩绿的新芽，给灰色的树枝增添了活力和色彩。

打开车窗，暖和的春风送来的一阵浓似一阵花香，简直让人陶醉。小路的转弯处总会给你惊喜，一幢幢农家别墅的白墙下或是粉红的桃花，或是雪白的梨花，或是黄色的油菜花，或是紫色的豌豆花。一个彩色的春天在农家小院里被渲染得特别随性与张扬。

一大片的油菜花吸引了我的眼球，靠边停车，我迫不及待地奔向那油菜田。田埂上有些坑洼，导致我步履蹒跚起来，就像孩子奔向母亲一样手舞足蹈。

这里的油菜花不仅怒放，还有一些特别之处，那就是花色与

我记忆中的完全不一样，除了浓烈的黄之外还有白色、黄绿二色、土黄二色、橘黄二色、橙黄二色、紫色、粉色。从深黄到浅黄很有层次感，配合在农家小院的黛瓦白墙下更有油画般的视觉冲击。百度就是好，一查，说这是大麻永丰村的七彩油菜花，是浙江大学农学院作物所与大麻镇永丰村校地合作的产物。现在的乡村不仅是生产农产品，更是懂得美的享受，农村人也从物质富有转变到了精神享受。

告别路上的油菜花，乡间公路两边的水杉一排排地后退，我驾车继续向西进入黎明村地界。导航说是到了目的地附近，但我们还是找不到那令人魂牵梦萦的白荡漾。下车，进入春色环绕的农家小院问路，刚进门，那看家的小狗就紧张地叫唤起来，引出了在家的大婶。说明来意后，大婶很是热情地引导我们到路口，交代了要点后目送我们离开。

按照大婶的指点，我们进入黎明村村委会后面，穿过白荡漾大桥，沿着白墙上的大麻白荡漾的宣传导语进入一片没有名称的厂区。当我们走到山穷水尽之时，又一次下车询问。一位大伯笑着指了指身后的一个密林，我蹲下身子，透过树林一看，传说中的白荡漾那开阔的水面就在眼前。看来白荡漾真是养在深闺人未识，今天我好不容易找到你，我得好好地来一睹你的芳容。

停好车，我迈着愉快的步伐，穿过一条密林中的小道来到河边。此时正值下午两点整，也是这天中最暖的时刻。阳光照耀下的清澈湖面波光粼粼，甚至有点刺眼。

站在河埠头，身后机器工作的嘈杂声瞬间被静谧安详的环境所替代。坐在河埠头的台阶上，面对这片洼地、这泓清水，感觉这里特别可爱！就连白荡漾里那无数的小鱼儿也显得特别自由自在，这么开阔的水域就是鱼儿们的乐园。水深则鱼肥，诗人韩应潮曾作诗《醉鱼》，诗中这样写道："腊重青鱼家酿熟，丁湖风味擅江乡。漫呼宋嫂调羹供，却称陶潜和酒尝。入瓮作鳞教骨醉，开埕去乙沁沁香。何当千里思鲈脍，鞠蘖沉酣趣兴长。"足见此地的水质优良，养育了好多鱼。

抬头远望，水域之中还有小岛，岛与岛之间还有水道，与孙犁笔下的《白洋淀》如出一辙，我想这里的"白"都是水域开阔广大、波光粼粼泛白光的意思吧。"白荡漾最引人之处是它独特的地貌，漾内 20 多个大小不一、形状各异的土墩，我们叫独墩，大的达数十亩，小的仅几分土地；大墩上遍植桑树，而小墩上多为野生芦苇；有的大墩上还有鱼塘、水田，最奇特的是鱼塘中又有小墩子，可谓漾中有墩，墩中有塘，塘中又有墩。漾内还有各种鱼类。"刚才笑语指路的大伯热情地介绍起白荡漾的好来，同时他还张开了手臂比画着，那憨厚的笑容很醉人。

老伯家就在对岸的小村里，以前从事渔业生产，现在已经上岸进厂了，但还是改不了习惯，时不时地下河弄点鱼虾，丰富一下餐桌。说着，他就下到一艘小船上。那小船真的很小，小得只能容下他一个人。但他身轻如燕，小舟在水中竟没在水面造成什么涟漪。随着小桨的划动，小舟沿着河岸前行，我在岸边跟着小舟前行看稀奇。

大伯张罗着岸边水草下的小虾网，轻轻地拉起小网，小网刚露出水面，网底就有些小鱼小虾在活蹦乱跳了。老伯不紧不慢地收网、倒虾、放网……一连串的动作都是轻轻的，轻得影响不到其他鱼虾安静的生活。收了一个小网后又放下一个，每个小网上面都有一簇水草。这水草不仅是收网的标识，更吸引着小鱼小虾来聚集。看，渔民的智慧就是这样自然与和谐。

暖阳渐渐向西，阳光折射在河岸的柳树上，那嫩绿的柳叶更加光亮了。老伯的小舟渐渐远去，消失在白荡漾对岸的美丽乡村里。我能想象得出，今晚大伯一家在美味的河鲜美味中其乐融融。

我折返身走到更北面的漾河边，由于是荒地，棘刺枯枝比较多，路也难走。“噗噗噗……”一阵响声，我定睛一看，是一群白鹭腾空而起，它们肯定是被我脚底发出的咔嚓声惊到了。

好美啊，蓝天之上白鹭翔空，犹如白云飘浮。可惜白鹭们飞得太快，我都来不及拿手机拍下它们矫健的倩影，只留下一个身处芦苇丛中的我。

我去过德清下渚湖，也去过杭州西溪湿地。它们如同大家闺秀一样装扮得端庄秀丽，但我们的白荡漾就像小家碧玉一般，保持着原生态的水乡风光和田园风情。

大麻白荡漾值得你一来，因为这里可以满足你对世外桃源生活的种种遐想。“驾驭一叶小舟，驶向美好未来。”

百富村：水杉夹道

沿着科洲线往西，跨过苕溪就到了大麻百富村的地界了。今天参加完由桐乡市组织的嘉兴市全民学习周启动开幕仪式后，匆匆地吃过由主办方提供的快餐后，我就驱车来到百富村。百富村属于大麻镇，地处桐乡市西南，与余杭、德清交界，东邻京杭大运河。全村水网纵横，不管你向哪个方向前进，不消两里路就会遇到河道或漾潭，真不负“江南水乡”的美名。

由于水系发达，给农作物生长提供了充足的水源。不仅水稻长得好，就连乡间小道边的水杉也显得格外精神。百富村的道路边都有水杉，就先说村委会通往农民公园的那条路吧，虽说已经到了初冬，但这里水杉树的焦糖色叶子还是迟迟不肯离开枝条。满枝的树叶不离去，显足了水杉树树形的笔直伟岸。远观其形，既古朴典雅，又肃穆端庄。水杉是一种喜光、喜湿润、生长极为迅速的树种。优良的品种再配上百富村独特的温暖湿润的气候条件，水杉树每年可长高 1 米以上，从这条路上水杉树的树高来看，这些树少说也在 30 年以上。

树的左边就是百富漾，焦糖色的树影映在漾中，一潭漾水像是加了糖的饮料一般吸引人。漾中的水鸭一个劲地潜水，想必是要吃个过瘾。南面的垂柳最为柔软，只要微风一吹，柳枝就随风摇摆起来。“栽培万杉树，延纳五峰云。莲社松门接，陶居柳径分。”这样的古诗，只有到了初冬的百富村，意境才会被淋漓尽致地呈现出来。

冬天的水杉树树叶最终还是敌不过西北风的催促，似不情愿，但又无奈地离开树枝。我就在水杉树下不急不躁地走着。林间的风掠过，落叶如雨。树叶如天女散花般，飘落在人头上、身上，我也不伸手去掸除，就这样一路披叶前行。树下的水泥路诗意般地铺上了一层厚厚的焦糖色地毯，这是暖色调，有暖心的功效。仰头，一半叶子挂在树梢，吸引着鸟雀归巢；低头，一半叶子落下铺地，吸引我这样的闲人踏足听声。

冬日的暖阳将光亮照射在水杉树那高大挺直的身躯上。那片水杉树如仪仗队一样挺立着，一排排地延伸，引你走进一幅唯美的初冬乡间图。与水杉树最搭配的是田野里的稻禾，它们不但色彩相近，品性更是接近，都挺立着腰守卫着田野。

百富村真是一个“金屋藏娇”的地方，刚才看到的百富漾只是一个小把戏，而真正的大把戏是拥有420亩水域面积的白荡漾。这里深藏不露着一股原汁原味的水乡风韵。面对这么大的水

域，找块石头坐下，呆呆地注视着微微泛起涟漪的潭面，随着圈圈的水纹，自己的思绪荡漾开去，让自己安然地享受午后的惬意。欸乃一声，不经意间，捕鱼人划着小舟轻盈地在你的视野里一闪而过。

原来桐乡每个乡镇都有一个渔业村存在，但随着经济的发展，很多渔民上了岸，纷纷转了行。一个叫北岸村的自然村里，还有几位继续以外塘养鱼为业的农民，他们虽然已经把家安到了岸上，但依旧天天过着与水打交道的日子。

进入这片水域，偶遇驾着一片小舟下网捕鱼的渔民。我不解地问道："大麻个私经济那么发达，买两台织机，搞布艺加工，不是比养鱼赚得更多？"而他却笑笑说："在水上生活了大半辈子，习惯了每天这样悠悠然的生活，受不了机器的嘈杂。"

他的声音不大，却传遍了整个大荡漾的水面。最令人羡慕的是，连这里的狗也这样悠然自得，甚至慵懒到遇到我这样的陌生人到访也不叫唤几声，哪怕是象征性地意思一下。它只是眯着眼睛，打量了我一番，见我并非恶人，伸了伸腿，眯上眼继续躺在草垛里睡午觉。

百富村离大麻镇区有一段路程，因此北岸村渐渐有了一点点小集市的味道。十几米的乡间街道、一两间的杂货铺，顺带着有一个茶馆。一张八仙桌，四五个老人，在烟雾缭绕中说着只有他们感兴趣的话题，脸上堆积起开心的皱纹。

乡间的民居错落有致，农家别墅外墙的瓷砖贴得色彩斑斓，加上姿态各异的树木在初冬时节呈现的灰黄本色，统统地倒映在白荡漾了。瞬间感觉是那条慵懒的狗调皮地伸腿打翻了画家的颜料盒，让清澈的潭水变得如此多姿多彩。

那景，美得把白鹭迷住了，它们在潭面上一圈一圈地转悠，不肯停将下来。

吉字浜村：吉祥的喜庆

站在群英桥上往南望，桥是横，河是竖，浜底是个口。两座桥架在浜上，想象一下，一个“吉”字赫然成形，吉字浜就这样诞生了。

到了吉字浜村，就沿着吉字浜走一走。因为到了冬日，浜两边的青草已经退出今年的舞台了。这样也好，浜边灰黑色的泥土混着瓦砾原本的模样露了出来。因为这些泥土紧靠着河浜，水汽足，加之阳光折射的水光映照在泥土上，所以这里的泥土比其他地方的泥土要厚重和光亮。它们在积蓄肥力，以待来年长成更为茂盛的水草。

踏着河西边的黑色柏油路往南走，河边的白墙与柏油路形成了鲜明的对比，墙更白，路更黑。这里的农舍很有农村特色，各家各户的建筑绝不相同，有高墙隔窗、有洋派别墅、有青砖平房……各具特色的农家建筑统统倒映在河浜上，加上蓝天白云的背景，绝对是个绘画写生的好地方。

午后的乡村是宁静的，就连乡村三霸（鹅、公鸡、土狗）之一的白鹅也懒得“呃呃”地叫唤了，只顾隔着栅栏伸出自己长长的脖子，啄食那青翠可口的大白菜。不一会儿工夫，一棵大白菜已经被啄掉了一半，倒也不是白鹅独自吃下去的，它身边的鸭子、鸡们也共享了这份美食。

看过农家后院的家禽，继续前行。机埠上有个排灌站，站边有一丛竹子，就是黄金竹的那一种。竹叶青翠，而竹竿却是金黄

色的，寓意着吉祥。排灌站里还有一台老式的碾米机在工作着，声音在空旷的老房子里显得有点儿低沉。一位老人在将箩筐里的谷子倒入斗状的入料口里。机器张开大口，将满满的一筐稻谷吃了下去。另一位老人张着塑料袋，接着机器的另一张嘴从腰间吐出的糙米。糙米是粗加工，只是稻谷的外壳被去除。第二遍是去掉糙米身上的“衣”。经过两遍碾磨，刚才还是浅黄的丑陋样子，变成了泛着黄的大米。如果再加工一遍就如同超市里卖的米一样白花花了，但这样碾三遍损耗比较大。一般农民在加工厂将谷子碾磨两遍就拿回去煮来吃了，虽然烧出的饭没有白花花的样子，但原汁原味的饭更香。

新谷晒干后拿去碾米，就是农人所说的尝新。在新米中掺进红豆、绿豆一起煮的话，饭就更香了。“谷子收了，碾成新米，送到城里，让孩子们尝尝新。”老人笑吟吟地说着。

退出轰响的排灌站，在浜东继续往北走。大概这块地的主人太忙了，还未来得及将桑树上的枝条修剪掉，那桑树枝根根岔开，有的张牙舞爪的，甚至伸到路上，将原本只能通一辆三轮车的路占了一半。我是走路，也不急，左躲右闪地绕过了这一小段桑树地。

冬天的浜岸少了青草，显得有点儿寂寥。好在农家小院的墙角种着菊花，是黄色的那种观赏菊，花形大，质感好。“秋丛绕舍似陶家，遍绕篱边日渐斜。不是花中偏爱菊，此花开尽更无花。”一簇簇菊花给初冬的吉字浜增添了热闹。

又来到了群英桥，往北一看，也是两座桥横跨在浜上，又是一个“吉”字。同时也发现桥北的景色与桥南的景色真是有天壤之别。北面的河岸都是老香樟树，目测树干的粗壮程度，树龄定在百年以上。两岸的香樟扑向河面，将整个河面遮得严严实实。走在柏油路上会发出噼噼啪啪的声音，是踩在了香樟的果子上的缘故。这种噼噼啪啪的声音引出了农家的小奶狗，它们可爱得像一个个绒球，在我脚边晃来晃去，也不怕生。我蹲下身，伸手抚摸着它们。刚想拿出手机给它们拍个照，一抬头，发现母狗已经站在不远处了，看来母狗的警惕性很高。我想还是不给它们拍照了，免得引起母狗的误会而向我发动攻击。我此刻是手无寸铁，敌不过母狗。我静静地走开了，母狗也收回了警惕的目光，看来危机解除了。

临河的人家就是方便，一个河埠头可以洗衣淘米，也可挑水浇园。夏天还可以在房前的水泥场上乘凉吃夜饭，河边的香樟树早早地遮住了烈日，加上河风吹来，凉爽得很。

转回到群英桥上，朝南看是“吉”字，朝北看也是“吉”字，吉字浜真是个好地方。

永丰村：油和米的故事

百业农为本，民以食为天。大麻镇永丰村坚守着传统农业，照样走出了一条乡村振兴之路。

春天里的油菜花

大麻永丰村的百亩油菜田开花了，不是传统意义上的一片黄花，而是十五亩的七彩油菜花。朋友圈里的照片已经发了一拨又一拨，真的很诱人。那就去看看吧！

春暖花开的季节最能醉人，就连蜜蜂、蝴蝶也是如此地陶醉其中。“一沐春风万顷黄，油菜花开满地金。”来到永丰村的田间，观赏油菜花的游客真不少，你若想拍个大背景的油菜花花海是万万不能的。干脆随大流，拍个局部照好了。其实这样好看的背景已经足够在朋友圈里炫耀上一阵子了。

这里的“七彩油菜花”并不是泛指，而是确实包含七种颜色：白色、黄绿、土黄、橘黄、橙黄、紫色和粉色。十五亩七彩油菜花田里，七色的油菜花一丛丛、一簇簇竞相绽放。微风拂过，清香阵阵，穿梭其间，心情愉悦，给人一种回归自然的感觉。撒开腿，在田埂上跑个来回，就像儿时一样天真。

七彩油菜花是前所未有的创新，其背后是浙江大学农学院作物科学研究所的技术支持：由浙大农学院提供种子，在永丰村试种了十五亩七彩油菜。经过几个月的精心培育，今年油菜花田

里的彩色油菜花如期开放，一经开放就惊艳到了大家。看归看，千万不要凑近花朵细闻，因为浓烈的花香会让你眩晕的。

十五亩彩色油菜后是上百亩传统的金黄色油菜花正在热烈开放，油菜花谢了之后就是油菜籽荚，油菜籽荚成熟收割后就能磨出香喷喷的菜籽油。

“菜籽油，菜籽油，有它日子不发愁。”没错，有了一坛坛酱紫色、香喷喷的菜籽油，农家日子就能过得有滋有味。我在油菜花丛中盘算着永丰村上半年的收成，算着算着，我笑出了声。

秋天里的稻米香

深秋里一个周末的午后，我又来到了大麻镇永丰村，看到连片稻田早已收割完毕，黄褐色的土壤夹杂着残存的稻茬，仿佛在向来客诉说着丰收喜悦后的平静。远处是不断变换色彩的栾树、银杏，近处是郁郁葱葱的香樟，在阳光的照耀下，整个村庄宛如一幅美丽的油画。

比油画还要美的就是饭碗里的大米，永丰村的美更实在。这个村生产的“嘉丰优 2 号”和“秀水香 1 号”两个品种的大米，平均亩产量接近 700 千克，今年的产量比往年又有大幅提高。从过去的卖稻谷到现在的卖大米，村民的收入蒸蒸日上。

稻谷生长喜热、喜水。永丰村种稻谷的水引自白荡漾，这也是他们的地理优势，更是生态优势。永丰村属于典型的农业村，发展农业要因地制宜。他们引进新品种，种植高产稻，全力打造美丽乡村应有的样子：到处都是清新的泥土和稻谷飘香。

将车停在村委会停车场，走进永丰村，近距离参观这个盛产稻米的农业村。道路整洁平坦，路边的花坛里种满了花草，随风摇曳。沿着道路往前走，不经意间便可看到静静流淌着的章安桥港，水面如碧，泛出点点波光。天气好，蓝天白云，那桥畔的树木显得更绿，绿得像是水洗过一般，阳光从树叶缝隙里散下来，投下湿润的影子。

江南水乡的农村都会种植水稻，但怎样种水稻才能与众不同地胜出一筹？用永丰村党总支书记蔡武强的话说就是：“开展人居环境治理，让大家伙都明白要生产绿色无公害农产品。打造永丰村的‘永秀大米’品牌，就得先把村居环境整治好。”

说干就干，村民们都很配合：全村开展生活垃圾分类治理，更换干湿分类垃圾桶，对垃圾分类房进行升级改造，配备生活垃圾分类专管员，并请第三方组织专业清运队伍及时装运。实施农村生活污水处理设施改造提升工程，在原有处理池出水口将污水统一接入新建的排污主管道，进行统一收集并新建微动力处理池进行集中处理；一改之前各家生活污水向河里、沟渠里排的陋习，清理宅前屋后堆积物，拆除违章搭建物，村庄环境基本干净整洁有秩序。

只要肯干，什么事都会改变。以前的永丰村是“污水靠蒸发，垃圾靠风刮，室外脏乱差”，现在的永丰村是“污水有了家，垃圾有人拉，室外开鲜花”。

水干净了，稻田里的稻子长得更好了；路干净了，生活的环境更好了。有油、有米的生活就会有滋有味。

大麻镇永丰村到处都是清新的泥土、彩色的花朵、飘香的稻谷，我想，这就是美丽乡村应有的样子！

河山镇：画图恰似归家梦

河山镇地处杭嘉湖平原腹地，位于桐乡市西北部，西邻德清，北接湖州，居沪、杭、苏金三角之中。现已建成的申嘉湖杭高速公路贯穿河山，这里交通十分便捷，地理位置优越。境内地势平坦，气候四季分明，土地肥沃，物产丰富，河流纵横，环境优美，素有“鱼米之乡、丝绸之府”美誉。

一垄垄的桑树特别茂盛，桑叶绿莹莹的。桑树之下是宽阔的鱼塘，清澈的塘水映出鱼儿游来游去的模样，鸟儿在鱼塘上空盘旋着不肯离去。“青山横北郭，白水绕东城”，这里景色优美，真像世外桃源。

每逢清明，蚕花盛会热闹非凡。庆典广场上彩旗飘扬，各村派出来展示本村特色的游行队伍已经排好，那旌旗队、蚕花队、马灯队、秋千队、抬阁队、舞龙队、高跷队……广场中心的舞台上布满了红地毯，道路两旁的特色小吃青团、茶糕、油墩、甜麦塌饼……油亮亮、香喷喷的，让人垂涎欲滴；那有着乡间特色的虎头帽、百锁、折扇等小玩意儿，花花绿绿的，让人眼花缭乱。

村民在蚕花庙会获得力量，喜滋滋地祈祷自家蚕花廿四分，农家生活过得越来越美好。

东浜头村：画圣浜理想村

“水田漫漫，舒荡人烟。”这是初到河山东浜头的画圣浜理想村的感受。

迈过桐德线东浜头村北边的游客中心入口，富有诗情画意的画圣浜呈现在眼前。浜两岸绿油油的古树遮住了午后热烈的阳光，油树、香樟树，还有榉树，如同父母张开双手环抱着这个宝贝疙瘩。河的南岸有栈道随着地形上下起伏，我们在这里行走就如同爬山，时而举手触摸树梢，时而伸手抚摸树叶，一股股田野香味扑鼻而来。踏在木板上，随着嘎吱嘎吱有规律的声响来到一处树屋。这树屋是随树形而建，大屋、小屋不一，红色、白色不同。最吸引人的是菜地上的漫画：在地头的菜垄上不经意地出现一只丰子恺笔下的猫，或在睡觉，或在扑蝴蝶，或在玩线团……

“传统村落是农耕文明留下的最大遗产，中华文明最遥远绵长的根就在村落里，大量重要的历史人物和历史事件都跟村落有密切关系。”（冯骥才语）画圣浜与丰子恺有着不可分割的渊源，这里是丰子恺早年避居的地方，具有优越的自然环境和人文底色，所以该村围绕着丰子恺创建了“丰回漫乡”这一旅游主题。

穿过乡间小道进入画圣浜自然村的中心，原来的住户大多搬迁去了新村点建了别墅，原有的自然村也就空了下来。乡伴文旅集团看中这里的原汁原味和地理位置的优越，确定在此地建设一个理想村。十五栋乡野度假独栋套房是第一期工程，就在画圣浜一处四面环水的洲岛之上，取名为“原舍·河州”。

一幢幢白色的农舍建筑，在原有的村庄中真显得有点鹤立鸡群，因为改变了乡村固有的灰色调，让人有眼前一亮的感觉：原来乡村也可以这样“洋气”。

进入原舍，一栋栋两层高中式建筑风格的民宿楼房呈现在眼前，落地玻璃窗让房间更为光亮透明，房间里简约却不简单的家具摆设干净利落。单门单户，保护了住户们各自的隐私。竹林引道，石子铺路，踩在石子上发出窸窸窣窣的声响；四周很安静，静到似乎能听到自己心跳的声音。

穿过中间较为狭窄的弄堂，由西向东进发，折过转角，豁然开朗。一个中心小广场，植上芭蕉树，青绿色的大芭蕉叶在阳光下更是光亮无比。民宿前面是个长方形的游泳池，一汪清水在蓝天白云的映衬下显得格外清澈，就连泳池底部那可爱的卡通图案都一目了然。真想去游一趟，游累了就躺在长椅上，顶着夕阳，看着田野，什么都可以想，或什么都不想。

民宿绕着河洲而建，三面环水。河水之外是田野，绿油油的稻田一望无垠。“风从天上来，稻田随风摇；天地连接处，心在空中留。”坐在民宿外的藤椅上，在树阴下，目光能触到地方都是一片宁静，偶有一群白鹭扑棱着翅膀在田园上盘旋，给金色的晚霞点上白色的装扮。

沿着民宿的边沿，挨着护堤，在原舍的范围内走了一遍。河水里倒映着那十五栋白色的建筑，使得绿色的河道里有了一抹显眼的白色。这只是理想村的一部分，虽然只是冰山一角，却也能给人一种全新的感觉。可以预见，理想村的全貌将令人耳目一新。

“画圣浜理想村总占地面积将达到九万多平方米，包含漫田文创生活区、精品民宿岛、水滨休闲区、乡野漫漫园、村民活动中心、漫茶饭休闲区六大区块。建设中的理想村围绕丰子恺乡愁漫画艺术、绿色自然教育和田园健康生活理念，集居住、休闲、商业、文旅功能于一脉，以古人的居游理念，结合现代业态和功能设施，探索一种中国传统美学的生活方式。”画圣浜的宣传手册清晰地传递着理想村开发的方向。

理想村的设计将“山水有可行者，有可望者，有可游者，有可居者”的生活理念植入新时代乡村的打造中，还原一个丰子恺笔下的漫画田园，以古人居游的理想，当然也包含现代业态与生活设施，探索出一种中国传统美学的生活方式。列夫·托尔斯泰说过：理想是指路明灯。没有理想，就没有坚定的方向；没有方向，就没有生活。依托丰子恺陵园、逃难码头等文化元素，以及画圣桥自然村落，“退散进集”后保留的工业厂房、农业产业基地等资源，河山镇对画圣浜进行整村规划、改造，一个立志于鼓励更多乡贤回归、创客下乡的“理想村”正渐行渐近。

画圣浜理想村有我们想象中的田园村居生活，亦有我们想要的现代化智能生活，真好！

八泉村：蚕俗与房车

在传统农耕文明社会中，清明节是一个特别盛大的节日，俗话说“清明大如年”。认为清明节“大”的原因不外乎三个：一是对祖先祭奠的重视，也是感恩的表现；二是节日庆典，祈祷农事蚕桑丰收；三是民众借机踏青春游、亲近大自然。祭祀、庆典和踏青三种主题有机结合的民俗活动内容更是丰富多彩，形式也是蔚为壮观。农历春分后，我们的清明日就到来了，但这只是该节日的时间标志，而其习俗活动往往前后要持续五六天到十几天才结束。桐乡市河山镇八泉村的清明节活动就是如此绵长而又热闹。

手机里推送着清明节期间河山镇八泉村要举行蚕花盛会的消息。我安排好了手头工作，忙里偷闲驱车来到指定地点参与这次富有桐乡特色的农俗盛会。我们从桐乡出发历时半个小时，一路畅通地到了目的地。

我们停好车，踏足在八泉村的蚕俗广场上，环顾四周，农民新村的建筑井然有序地分列在蚕俗广场的两旁，家家户户门前还有一个小花园。这里整洁、美丽的环境犹如都市里的别墅群，一点也看不出这里是传统意义上的农村。

广场上已是彩旗飘扬，各村派出来展示本村特色的游行队伍已经排好，那旌旗队、蚕花队、马灯队、千秋队、抬阁队、舞龙队、高跷队……花枝招展地等待乡亲们的检阅。广场中心的舞台上铺上了红地毯，道路两旁的特色小吃青团、茶糕、油墩、甜麦塌饼……油亮亮、香喷喷的，让人垂涎欲滴；那有着乡间特色的虎头帽、百锁、折扇等小玩意儿，花花绿绿的，让人眼花缭乱。

“铛铛铛……”一阵清脆的锣声，喧闹的集市顿时安静了下来，众人不约而同地朝着锣声的方向望去。

只见那“蚕花娘娘”在众人瞩目下坐在大花轿上沿街巡游，举手回眸间，一把把粘着蚕花，寓意丰收幸福的糖果沿街抛撒。据说“捡拾到糖果的，一年好运相伴”，所以站立在街道两旁的人们纷纷伸手接纳这些喜庆的糖果。为了接到更多的好运，大家满面春风地在摩肩接踵的人流中追随花轿，竟无劳累之感。十里长街，欢呼声一浪高过一浪。我也随着人潮追随着蚕花娘娘一路走来讨要吉祥。脑海里，我仿佛就是古时的一位农人，家有几亩薄地，以养蚕种地为生；今天参加蚕花盛会，讨得一把胜果，就如获得力量，喜滋滋地祈祷自家蚕花廿四分，生活过得越来越美好。

“我们这里每年都要举行蚕花盛会，一年比一年好看。”听当

地的老人说，清明时节，河山地界上要举行盛大的“蚕花盛会”。一来热闹聚人气，二来祈福人蚕兴旺。从老人愉快的神情中可以看出他们对蚕花盛会的喜爱之情。游行活动大约持续了半个小时，来自四里八乡的村民们将大道围得水泄不通。游行活动过后是各种与蚕桑生产有关的民俗活动展示时间，各村的大伯大妈们闪亮登场，将他们拿手的蚕桑丝织技艺搬到活动现场显露一把。

年轻人对剥丝绵、经丝、纺线、织布等桐乡水乡所特有的技艺很感兴趣，大家三五成群地围在一起看大伯大妈们表演，本地人、外乡人、外国人，那些摄像机、摄影机、手机在每个场点上举起落下，俯拍、仰拍、平拍，都为定格这个属于清明时节的特殊时刻，定格这难得一见的蚕俗“非遗”的特殊技艺，更是定格这个喜笑颜开的幸福场景。

现在的蚕花盛会只是一种民俗生活的再现，是让大家近距离感受桐乡蚕俗文化的魅力，把水乡的传统习俗世代传承下去。但随着社会变迁，八泉村的农民早已拔起泥腿，洗脚上岸，或务工或经商。看，蚕俗广场的南面是一个现代化的汽车露营中心——“毛家浜风情小镇”（2017 年 6 月，毛家浜风情小镇“慕云恺撒房车营地”开始融资创建），它是河山农村发展的一个最好的见证。在这里，传统乡村农业产业化与大都市的创新经营模式进行了有机结合。

跨进毛家浜风情小镇的大门，蚕俗广场上的喧闹渐渐远去，眼前是一片桃红柳绿的桃源风光。穿过木制的小桥，踏上一方方绿地，满眼的姹紫嫣红真让人心旷神怡。春日暖阳照得我们脱下外套，情不自禁地瘫坐在绿油油的草地上，在伸手的一刹那，指尖的缝隙里感受到一种气体在冉冉上升，冲击到了手掌：这就是阳春的气息、生长的气息。这种特别浓烈又夹杂着农家泥土气息的气味是城市中绝对不存在的，我张大嘴巴贪婪地闻着、吸着，真是过瘾。

日上三竿，阳光真的已经很厉害了，我们只得起身跑到农家小院里去乘凉。这里的农家小院很有特色，院前的圆石上刻有梅兰竹菊、春夏秋冬等富有诗情画意代表房号的名称。院外的竹篱笆错落有致地围着小院，院内菜畦分明，蔬菜生长茂盛。跨进“竹院”的栅栏大门，一条石板间隔铺成的小道直通现代化的房车，那房车就是一个休闲场所，里面的生活用品应有尽有，一点不亚于都市洋房。

乡村土地上的时尚房车不仅给了游客们一个惊喜，更是给了八泉村一个发展的空间。“我们家不仅出租了土地，还投资了房车，一年收入好几万呢！”给我们送野炊食材的大伯笑呵呵地说道。他们出租土地后就来“风情小镇”当服务员或做整理花草的园丁，而且是以股东的身份入职，所以工作起来更是服务周到又贴心。

房车内的空调一下子将刚才的热气吹散，洗了下手、吃了零食，在柔软干净的床上躺了一会儿，全身都是力量。走出房车，信步来到河边的临水亭子里喝茶。环顾四周，那清澈的小河如同一条绸带环绕着整个毛家浜风情小镇，河边有垂柳迎风飘舞，一河、一亭、一杆、一渔翁，更增添了乡村的宁静。一艘乌篷船由远及近，欸乃的摇橹声为田园奏响了喜庆的曲调，一圈圈的水波轻柔地画出了乡村美丽的图案。

喜欢热闹的你，还可以呼朋唤友来此地野炊烧烤。因为是独立院落，不会打扰到邻居生活。跨出小院还有亲子娱乐设施，还有丛林探险、热气球、卡丁车等娱乐项目待着你。这是都市人特别喜欢的场所：静可读书冥想，闹可聚会谈天。

房车露营地已然成了一方远离喧嚣闹市的净土。“怪不得，到八泉村毛家浜风情小镇度假感受就是不一样。”这一位资深游客很有感触，“这里不仅有优美的生态环境，更有超前的发展意识。”

五泾村：南北双桥通南北

进入五泾村，就看见一棵枣树，那翠绿的叶子间挂满了新枣，在阳光的照耀下闪闪发光，还没有完全成熟红透的枣子在空气中散发着沁人的香味。“在实为美果，论材又良木”，村口有枣树，总让我感觉到诗情画意。而且枣树上的枣子能成熟到自然脱落，而不是被人偷了去，足见村风淳朴。

错落有致的民舍间划出了像迷宫一般的小径，隔墙悬挂出来的丝瓜、南瓜藤蔓犹如爱热闹的村娃笑吟吟地藏在瓜叶下，打探远来的不速之客。沿着乡村民居旁的里弄，穿梭在五泾村地界，

去寻找传说中的五泾会船的中心。

我先摸到村外看田野风光，看到周边桑树特别茂盛，桑叶绿莹莹的。桑树之下是宽阔的鱼塘，清澈的塘水中鱼儿游来游去的模样都能看得清清楚楚。许多鸟儿在鱼塘上空盘旋着不肯离去。“青山横北郭，白水绕东城”，这里的景色真像一处世外桃源。

我又顺藤摸瓜走到村里，沿着村中的河水去追溯五河泾的前世今生。五泾村所在的地方原本称五河泾（古时曾称五溪镇）。所谓五河泾是五河（北双桥港、南双桥港、日晖桥港、三澄桥港及沈店桥港等五条河水，汇聚在此形成了一个大漾潭，人们称它为五龙漾）交汇而得名。

据当地老人说，每到清明这里可热闹了。一艘艘打拳船、高杆船、龙灯船、拜香船、菩萨船从四面八方的大河上纷纷驶向含山去“轧蚕花”，五河泾成为必经之地。古镇上的路都是由青石板铺成，街上的人摩肩接踵，两侧商铺鳞次栉比，河岸边都是水阁楼房，有南货店、百货店、茶馆店、食品店、诊所、药房、理发店、书店等。

由于五河泾水路交通发达，很久以前就形成市场，商贸繁荣。它也是个千年古镇，宋丞相虞允文（1110—1174）的五世孙虞集（1272—1348）在此留下了脍炙人口的诗篇《五泾清气》，诗曰：“野老无嚣习，临流小结庵。淳风三代上，清气五河南。”此诗足可佐证古镇历史悠久。

我从南向北走，看见有两座石桥相距不远，人们称它们为“南双桥”“北双桥”。当我站在南双桥上时，只看得见四条河；当我走上北双桥时，“五龙漾”里五条河的来水看得清清楚楚。

在北双桥下，我亲眼看见了那五河汇聚的漾潭。迫不及待走下桥堍的我，七拐八绕，终于站立在河水浜岸之上，以最近的距离，接触这个充满故事的漾潭。大约因为平视的缘故，总感觉此处的水面更为亲切，用刘禹锡的诗句“湖光秋月两相和，潭面无风镜未磨”表达我的感受也不为过。

面对这个大漾潭，我的脑海中浮现出一个画面：来自含山东部的打拳船、高杆船、拜香船正由西向东沿着北双桥港向五龙漾驶来。到了五龙漾，船上的艺人们精神抖擞地表演起来。特别是打拳船上的拳师们，个个赤膊上阵，又弄枪、又舞杖，跟着“咚咚锵”的乐声打个不停。岸边看客的喝彩声更是一浪高过一浪。

从北双桥回到五泾大街上，由北向南走在水泥路上。街道两边的店面倒是不少，都是二十世纪供销社遗留下来的公房。一块块门板满是灰尘，就连锁门的铁链也已经化成了一团。楼上的一间间房屋都已经是破窗烂门了，麻雀们在里面无忧无虑地做巢嬉闹着。最能体现当时建筑风格的是阳台栏板上菱形的图案，图案上还有绿色的玻璃瓶渣子点缀出时代特殊的审美眼光。

街道上行人已经不多了，只有上了年纪的老人还坚守着自己的信仰。在冷清的街道上，稀稀落落地开着一些农资商店，为附近的农民提供服务。街道虽然破旧了一点，但卫生真是干净，垃圾分类箱比比皆是，如果生活在此也是别有一番风味。

日辉桥曾经辉煌一时，是四里八乡的农民到五泾镇上赶集的必由之路。五泾镇曾经也是八泉乡政府的驻地，2000年时八泉乡并入河山镇。过去，这里供销社商店、收购点、代销点应有尽有，日辉桥北的一排两层供销社房子就是最好的证明。如今的日辉桥已经成为危桥，不再作为交通主干道的一部分而使用了。只有水泥柱子上那些斑驳的青苔诉说着当年的热闹非凡。

五泾大街的南段明显比北段高大上许多，时尚的饭店、服饰店、奶茶店琳琅满目。小年轻们都图交通方便进入小集镇的南段购物消费，也就慢慢地淡忘了北段曾经的辉煌。

庙头村：有座淹蹄庙

到河山庙头村走走看看，是有个情结萦绕在心头。那庙头村陆家埭是我奶奶的娘家。奶奶的娘我要叫外婆太太的，我小时候去过庙头村的陆家埭，记忆中外婆太太家就在河浜的浜底头，至于庙头村的庙是座什么庙，那就不知道了。

今天有机会走在庙头村的土地上，总有一种莫名的亲切感。当然，奶奶的娘家我现在是找不到了，因为新村建设需要搬迁，老地基上的老屋早就拆除了，不知踪影。再加上奶奶去世已近二十年了，亲戚间少了走动，庙头村也就断了音信。

导航将我导到了庙头村的庙前桥，这里除了一座水泥桥，桥堍外还有一片稻田，也没有看见庙前桥身后的庙。不过到了乡下就看看乡下的风景也是挺好的，金黄色的稻田色彩很是绚烂，仿佛一条大毛毯，夸张地铺垫开去，直至无边的远方。田野路边是一排广玉兰，树干很粗大的那种，看看就知有点年头了。把广玉兰当作村里的绿化树植在道路边上，想必每到春天，白色的广玉兰花一开，肯定是香满了整个庙头村的，这样看来庙头村的村民确实很有审美眼光。

停好车，沿着含仁港的环河绿道向南走。这里的小河港真的漂亮，河两岸有邦岸立挺，邦岸上有平整的柏油路，路边有水杉遮阴。河道里种有绿植，一簇簇、一团团，点缀着河道中的绿水清波。河道两岸还有斜拉桥相连，就像主题公园一样布置。我童心未泯，迫不及待地跑步上桥。随着脚步移向桥中央，桥身的晃

动越来越激烈，好刺激。当然最开心的要属采花粉的蝴蝶了，它们可以在河道里的花蕊上放心地采集，不用担心调皮的顽童在身后搞偷袭。我顺着阳光的指引，拍下蝴蝶们可爱的身影，当然还以远处郁郁葱葱的树影、红色农家别墅的房影作为照片的背景。

从庙前桥出发向南，大约走500米的距离就到了南庙前桥。在这里终于看到了庙头村的村标。一个别具特色的青砖垒成的墙头凸显出乡村的底色，墙头空白处篆体书写的“庙头”两个字用金属制作，在阳光下闪闪发亮，就如桥东的庙头新村一样让人欢喜。

新村前面就是开阔的龙河线，公路的两边是可爱的向日葵。它们个儿不高，但向日葵花盘一点也不小，而且个个花盘朝着阳光，金黄的花瓣就这样将田野的绿色烘托得喜气洋洋。

南庙前桥西就是一座小庙，名为“淹蹄庙”。庙不大，只是两进六开间的规模，但黄色的格调在乡村之中也是比较扎眼的。

你别小瞧了这庙，它可大有来头了。据传当年康王赵构为了躲避金兵追杀，骑着泥马一路从北向南逃往杭州，途经庙头村时，天色已晚。得知此地离杭州已不远，赵构不由得吁了一口气，说："好了，总算到了，可以歇歇了！"话未说完，泥马松了劲，一个趔趄，一条前腿就落进河里。村民们认为御马马蹄落在河里，这地方就沾染上了王气，能得福荫，于是就集资修建了一座庙，并取名叫淹蹄庙。这个村就在淹蹄庙的周围，于是就叫了庙头村。

乡下的小庙不像大庙那样天天开放，加之农人们也忙着农活儿，只是逢年过节和每月初一、十五才开放，善男信女聚在一起念佛祈祷。因为今天既不是节日，也不是初一、十五，所以庙门紧闭，我看不出庙里的布置和菩萨的模样。我很好奇庙里供奉着什么，是不是那只马蹄？转身看见庙前的简介中说明了此庙供奉的是本地的土地，想想也是，如果供奉着马蹄就不像样子了！

庙头村很有故事，除了村名由来的故事，还有含仁桥的故事。庙头村西边有座含仁桥。相传北宋末年，有姓金和姓潘的两位押粮官，押运粮食到崇德县一带后，看到当地百姓外出逃荒，甚至有饿死路边的，就将粮食分给了附近的百姓，自己则隐姓埋名在庙头一带住了下来。当地百姓就建了一座桥来纪念他们，这桥就是含仁桥。

含仁桥是一座南北走向的三孔平梁石板桥，它横跨于含仁桥港上。桥面每孔均由三块长条石板组成，桥柱则是竖壁型。与桥面相对应的，每个桥柱由三块石板组成。立于含仁桥上，桥面中央有着一个漂亮的水波图案，而桥面两侧的中心刻着"含仁桥"三个字。由于年代久远，桥名的左右两侧石面风化，石刻字迹已不清。我用手中的矿泉水浇在了石板上，从水印中隐约看到刻着的是"光绪廿九年立"和"重建里人公助"等字样。直起身，站在桥上远眺，不远处还有一艘小船正静静地横卧在河面上。那句"野渡无人舟自横"的诗句很自然地从脑海里跳跃而出。

含仁桥的南桥堍处有一棵高耸入云的银杏树。此树高寿多少，就连附近的村民们也说不清楚。一个老伯只是说在他爷爷小时候树就已经很粗壮了。如果要看到古银杏的顶端，仰望之时，头上的帽子恐怕也要掉下来的。仰头很累，那就低头看地上如同一把把澄净的黄色小扇子的银杏叶吧。阳光下，微风中总会有“深灰浅火略相遭，小苦微甘韵最高。未必鸡头如鸭脚，不妨银杏伴金桃”的意境显现。

今天，到庙头村一游，终于弄明白了庙头村的庙是怎么回事，也算解了我心中的疑虑。乘着秋风，我们又向堰头村进发。

堰头村：紫藤下的诗意

从庙头村向西出发，沿着开满向日葵花的龙河线，穿过练杭高速公路下的涵洞，就到达了堰头村的地界。

堰头村的来历早有耳闻：相传在北宋赵匡胤时期，本地钟家浜出了一位钟姓高官，官至监察御史。某年，这位监察御史省亲回乡，船行至五河泾上岸，沿河步行至家。到钟家浜必经朱家栅口，朱家栅口至钟家浜须过一低矮的土泥坝，此泥坝乃钟家浜人岸行外出必经之处，也是钟家浜人无钱修桥的无奈之举。一遇下

雨，泥坝两端道路泥泞不堪，影响村民通行，更常有老人小孩滑落河中溺水而亡。钟御史不愿此悲剧再发生，回乡第一件事便是带头捐银，并发动附近乡民捐钱捐物，在朱家栅口的泥坝上建起了石桥；同时掘通泥坝贯通村外河道，于桥下新筑栅栏方便乡民农事耕作。后此事传至京城，太祖皇帝大赞钟御史善举。当地百姓便将钟御史募捐建造的石桥取名为“朕封桥”（现本地人也叫“正封桥”）。后人将桥下拦河蓄水的低矮土坝称作“堰”，因土坝位于村口，当地便有了“堰头”之称。后来堰头叫开了，堰头这一称呼随着这段历史故事一代一代传承了下来。

带着美丽的传说故事踏进了堰头村村委会所在地东浜里，一进村就被两条紫藤长廊给吸引住了。在村委会的广场之上木架下的紫藤长得非常茂盛，将过道遮得严严实实，走过紫藤架下，顿感清凉许多。紫藤长廊之北是堰头村村委会的办公区，村民们三三两两地来这里办事，停车场上的车子不断。紫藤长廊的南面是个篮球场，每逢周末，这里都会热闹一段时间学生们，打篮球、排球、乒乓球，叫声、笑声、喊声此起彼伏。运动场前是村里的商贸之地，有日常用品商店、农资物品商店，也有茶馆，还有快递驿站。每到早晨，四里八乡的村民到这里来购买物资，喝茶聊天，也是热闹非凡。

堰头村最美的景点在村委会的东面，这里道路拓宽、道路黑化，新建了凉亭公园、景观节点、微田园、游步道，精品河道亮化提升、绿化提升等工程也都是可圈可点的。就连这里的伯鸿书屋也是别具一格。堰头村的伯鸿乡村书屋设计得古色古香，建筑总面积约一百五十平方米，分上下两层，现有藏书三千余册。书屋前后以优美庭院建设为切入点，配有室外图书区、室外活动区和休闲区，同时室内实现 Wi-Fi 全覆盖，配备多台空调，保证了阅读的舒适性，是一座古典与现代相辉映、景观与功能相结合的美丽书屋。进入书屋内部，木质的桌椅和装饰让书屋尽显古色古香的静谧氛围。从书架上随意抽出一本书，坐在靠窗的地方，静待时间流逝，可与书的作者来一场心灵对话。

走出书屋，发现绿草丛中的竹刻泛着幽幽的光芒，“窗竹影摇书案上，野泉深入砚池中”这十四个字深刻表达了人生最美的状态——晴耕雨读。小小的村坊上还有“张书生私塾”、丰子恺题写的校名“五泾完小”等，足见堰头村人重视文化和教育。如今村级集体经济发展了，还专门设立了教育基金，每年为中考、高考中成绩优秀的堰头学子颁发奖学金。

踏在黝黑的柏油小路上，那小路枝枝丫丫，像极了一棵参天大树，那户户农家就是树枝上争相开放的花朵，将堰头村装扮得花枝招展。河边的人家最幸福了，不仅生活洗涤方便，更能近河听水流的潺潺声，听着听着就入了眠。

农家后院树上的柿子最能勾起童年的记忆。也是深秋，高大的油柿子树终于落下了最后一片叶子，树丫上的红柿子就那样红灯笼似的在眼前晃悠，馋得我们直流口水。但由于柿子树高，用竹竿够不到；而且树干笔直光滑，根本爬不上树。唯一一个办法就是用硬泥巴当子弹向树上发射，经过不懈的努力，偶尔也会成功将柿子打下来。但结果可想而知，高高在上的熟柿子，重重落地砸出一地的红，我们只能望柿兴叹。

在乡间小路上只要你耐心寻找，儿时的欢乐场景随时会出现在你的面前。村里玩好了，再到村外。堰头村打造了渔光互补生态园、山花烂漫百花园、产业兴旺冬桃园、协商自治微家园四个园，每个园都生机勃勃，就等待着游客去探寻快乐的源泉。

回到龙河线上，在钟家桥西桥堍靠北一点的地方竟然遇到了堰头村有名的金钟寺（金钟寺是为纪念明朝时期救死扶伤的金大夫而建）。由于寺庙紧靠着河道的拐弯处，像是在一个大元宝的底部，稳当又有喜感。也许是新建的缘故，寺庙前的杂草还没有完全清理，草丛上或隐或现的庙宇更有了神秘之感。

告别金钟寺，我们一路向西，向着王家弄村进发。

王家弄村：山下村的芦苇

“山不在高，有仙则名”，按照这样的标准，全桐乡市最有名的村应该就是山下村。山下村地处桐乡市河山镇西北，在南浔区善琏镇交界处的含山塘东岸，因坐落在含山东南侧山下而得名。它与传承了千年的含山清明节“轧蚕花”民俗活动有着千丝万缕的联系。

山下村以前一直与含山连在一起，隶属桐乡县。1950 年 5 月行政区划调整时，以山前港为界，含山被划给了吴兴县。从此，山下村与含山便分属两市（区）管辖。中华人民共和国成立之初属河山乡第五村，1992 年为河山镇山下村，2000 年与王家弄村、花埠村合并，为河山镇王家弄村。今天要去的地方就是含山脚下的山下村。

到了王家弄村村委会的停车场，刚下车的一刹那就看见了那座现在不属于桐乡，却又与桐乡有缘的含山。含山真的不高，海拔也只有 60 米；含山也不大，但满山的绿树真的很养

眼。绿树把含山包裹得严严实实，只露出了一个高耸的宝塔，此塔名曰含山塔，又名笔塔，因纪念湖笔笔祖蒙恬而得名。该塔始建于宋元中（1086—1093），明正统六年（1441）重建。清光绪二十七年（1901）重修。塔为砖木结构楼阁式，八角七层，通高约 38.5 米。花岗石须弥座塔底。于塔内拾级而上，可到达七层。塔外有栏杆，近俯远眺，有“水乡清景数含山”之誉。作为平原无山之地的桐乡人，对山是充满着无限热爱的。可惜的是，由于疫情，在这个嘉兴市与湖州市交界的地方，我们只能隔着山前港望含山兴叹，也只是尽可能地脑补一下密林重重中含山应有的姿态，更只能想象一下每年清明含山下轧蚕花的胜景。

运河之上的含山大桥连接着桐乡与南浔区、德清县，我们也只有看看的份儿，因为那边不属于嘉兴。走在含山桥东面的王家弄村的乡村路上也是可喜的，虽然这里只是个村级汇集点，但商店不少，商品品种类也齐全，足见王家弄村地理位置的优越。

远望含山青翠是一种遗憾的美，近看运河流水亦是一种流动的美，留下一点念想，对下次再来亦是一种动力。

我们迈步在山下村的小河岸上，芦苇在我们的视线中左右摇晃。有的稀疏，有的繁密，密密的芦花舞动着袅娜的身姿，亭亭玉立、倩影婆娑。我被这样的乡村美景所吸引，干脆驻足观赏起这一片芦苇岸。选个河埠头走下河滩，不经意间惊起了一滩的水鸭，它们扑棱着灰黑色的翅膀，飞扑着向水中央游去，平静如镜的河面顿时激起了一道道波纹，如同灵动的油画，画下了江南的气息。

看着远去的水鸭，如此美丽的画面我竟忘记了拍照，真可惜。顺手掰下一根满头芦花的芦苇，像个孩童一样挥舞起来。在秋风的吹拂下，芦苇就像天女散花一样，在头顶纷纷扬扬飞起来。看着芦花在新翻的泥土上蹦跳，好不开心！

从河埠头上下来，穿过河含线，走进这个幸福的山下村。一进村子就明显感觉有新鲜空气进入心脾，顿时呼吸轻松多了，这就要归功于村子里的树木。王家弄村拥有丰富的林木资源，全村以“生态文化、美丽宜居”为总目标，结合实施乡村振兴战略，在村内广植林木，生态文明建设的氛围很浓厚。山下村的新村点就在生态公园里，出门就是花园，生态环境宜居、宜业。就连去河山、去桐乡的公交车站也在密林之中，好在有一座别致的凉亭标识了这个美丽的小汽车站，不然是找不到的。

这个凉亭来历不小，始建于光绪十五年。该凉亭为砖木结构，上铺青瓦，木条凳与柱相连，不易搬动。北向有墙保存相当完好，墙上有一“重建凉亭”石碑，碑文为：“窃吾里人公议，无论大小人等，至此不许毁瓦书漫，损伤柱木，如有违者察出，议罚助瓦二千，特此告白。”落款为“光绪十五年，山下村众姓同立”。依据光绪十五年计算，时间为 1889 年，由此可知该凉亭迄今已有一百三十多年历史，是桐乡市境内现存不多的古凉亭之一。

“凉亭西约 200 米是含山塘，塘西即为湖州南浔区善琏镇，亭北不远即是含山。”一位候车的老大伯告诉我，“这里是两府（湖州、嘉兴）三县（桐乡、德清、吴兴）的交界处，每年的清明到含山轧蚕花很热闹，汽车多得没处停。”因为地理位置优越，所以山下村外来村民很多。村里有潘、周、朱、杨等诸多姓氏可以说明这个事实。“这座凉亭原来位于现址北面约 200 米的河边，前几年修公路，村里将凉亭按原貌整体移到路边，供路人休憩。”老伯如数家珍地说着有关凉亭的故事。

“这里是桐乡西北最后一个公交车站，我们出行很方便。”三点半，一辆公交车准时停在了凉亭外，老伯朝我挥了挥手，拿起自家种的土特产上车朝河山方向去了。

仰头看亭子，终有一丝怀古味道。亭外的河道边就是摇曳的芦苇，想必也在思念远去的历史吧。

华台村：田园风光

站在永兴桥的西桥堍，透过那些竹枝，这座建于光绪廿三年的古石桥露出硬朗的身板。一座三孔平梁石板桥，简单到极致，普通到极致。因为在野草中隐逸的时间长了，桥面的颜色有些暗淡。不过这样也好，在树荫下静坐休养，没人来打扰它回忆的清欢。

涓涓的细流从桥下流过，水量虽不大，但从未间断，因此广袤的田野从不缺水。由于水流不断，这里的农作物一如既往的丰收。不要说庄稼长得茂盛，就连路边的野花也开出了心中的笑意。野花开得不大，但点点红色一直开到远处，连成了一条条红线，织成一张大网，将村庄、稻田、河道、小桥等一切都包裹在了网兜里。稻田的金黄色溢出了网兜，印染出华台村的底色。

沈家桥村的池塘很有型，一半是水，一半是墩，组成了一个八卦图。村庄的房舍连同墩上的桑树倒映在池中，池塘瞬间成了一块画布，印上了沈家桥村最美的样子。踏上临水栈道，近距离地靠近画布，那泛着光亮的农民画更具立体感。偶有鱼儿露出水面偷看这般美景，冷不丁看到我这个陌生人，马上沉下池底躲了起来。它们以为跑得无影无踪，但画布上留下的圈圈涟漪已经告诉我它们逃离的去向。

细细观看池塘岸缘凹凸不齐的模样，那河水伸进土墩，形成弯曲的浜兜。浜兜自然的弯曲，状似凤凰的尾巴。这样的美景吸引着鱼虾在浜兜里“安营扎寨”。村民拿捏住鱼虾的喜好，在浜兜里设下鱼虾网，从此，村民有吃不完的鱼虾美味。

农人在自己的道场上忙碌着晒蚕具，准备着今年最后一批晚秋蚕的上山收茧。午后斜阳正打在农人的脸上，那绛紫色的笑脸更是光彩无比。墩上种桑养蚕、池中养鱼，桑地和池塘相连相倚，形成了优美的“桑基鱼塘”式生态农业景观，孕育了丰富多彩的蚕桑文化和鱼塘文化。

“沟塍堕微溜，桑柘含疏烟。处处倚蚕箔，家家下鱼筌。”我总感觉唐朝诗人陆龟蒙也来过华台村，写下华台村那独具水乡特色的田园风光。

顺着环池塘的绿道走进村中，便被迎面而来的各种古树所震撼，有同根并立、相互依偎的连理樟，也有疤疖突兀、招人爱抚的水杉木。这些古树，根系遍布、蜿蜒如画者有之，曲茎虬枝、婀娜起舞者有之，绿叶如泻、窸窣作响者有之……

沈家桥村的古树真不少，其中樟树居多。在我的记忆里，

二十世纪七八十年代，樟木制作的各种家具颇为乡人所喜爱。樟木取材容易，且有一股特殊的香气，能驱虫避疫。每次开箱取物，总会闻到淡淡的香味。

古树给村庄增添了文化底蕴，文化给古树注入了历史的厚重。

穿梭在小弄堂里，古村依旧在。斑驳的墙面上可见各个年代留下的标语，宛若一部浓缩版的历史书。脚下是千百年来不曾改变的青石板路，中间深深浅浅的脚印是岁月深处一双双脚留下的吻痕。每逢赶集，十里八乡的人挑着箩筐、提着篮子向外走。篮子里装着蔬菜、禽蛋卖给镇里人，乡人用卖菜积攒下来的钱买下一头小猪崽，装在箩筐里往回赶。猪崽的叫声与嗒嗒嗒的脚步声相呼应，传到乡间的每条田埂。

坐在池塘边的石阶上，静静地享受乡村的宁静。唯有水杉树树叶轻飘飘地散落下来，给清澈的池塘水面点上了暖暖的焦糖色。顷刻间，这个池塘变成了一大杯卡布奇诺，那群灰鸭和水波成了咖啡表层的花纹。不用尝味道，就知道这杯咖啡非常香甜。

乡村真好，不仅是有景色的美，更有产业的兴。田野的尽头都是大棚，棚中有着城里人需要的果蔬，茄子、豆角、冬瓜、青菜、包菜……它们在大棚里长得正茂盛。华台村利用村中优质的土壤培育出高质量的果蔬，这些果蔬进入杭州、苏州、嘉兴、上海等大城市，既满足大城市市民的生活需求，更给村人们带来发家致富的资金。

道路宽阔了，农舍翻新了，环境美化了……一切的变化，农人们记在心里，笑在脸上。华台村的田野反射的光是彩色的，而且会随着时间、天光而变幻，有时是黄色、绿色，有时是红色、蓝色。

华台村“果稻飘香，长秀河山”的美誉真是名不虚传，那一排排的农家别墅就是最好的印证。

河山村：幸福生活

探访河山村，好像渔人踏入桃花源一般。车绕过华台村一道道弯，一路行至乡村道路深处，视线忽然开阔，河山村的新村聚集点就在转角处。

一下车就被河山村村委会门前的花儿迷住了。那蓝花丹、马缨丹的花丛就如河水一般涌出来，藤蔓争先恐后地匍匐前行，顷刻间包围了我们的双脚。蔓枝上的花儿争奇斗艳，红的更红、紫

的更紫、白的更白……将我们的眼眸定格在此。红墙、花圃……我们仿佛在花园里寻踪踏步，这就是河山村了！

河山村地处桐乡市河山镇西北部，西与德清县交界，北与王家弄村相邻。河山村村名的由来很有浪漫色彩。相传，天气晴朗之日，可在荒田漾和火墩头两个漾潭中看到西北2000米处的含山倒影，因“河中有山”，村名遂为河山。

如今的河山村由原来的含山村和河山村合并而成，下辖含村庙、东角落、东升、笼子桥等28个自然村。全村总面积4.83平方公里，其中耕地面积3900亩，共有农户777户，总人口3159。这里的新村还在建设中，道路两旁高高矗立着一排排脚手架，起重机还在不停地发出响声，给原本宁静的乡村注入了喧闹的气息。

我们到河山村刚好是秋日傍晚的光景，新农舍上方青烟袅袅，彩色小旗迎风舞动，农家别墅错落有致、层层分布、户户相连。远处的田园已褪去了夏日青绿的外衣，显露出肃穆的秋色。

村中的道路虽然狭窄了些，但路上的美景足以弥补这个缺陷。这些水杉树千姿百态，随季节而变化，每到秋天，焦糖色的树叶铺满小路，蔚为壮观。不要开车，就在路上漫步，细听脚下发出的窸窸窣窣的声音，那是河山村发展的声音，不大但不断。

在悠长的乡间小路上漫无目的地走着，忽然想起了美国植物学家约瑟夫·洛克的名言：“我平生未见如此绮丽的景色。如果《创世纪》的作者曾看见迭部的美景，将会把亚当和夏娃的诞生地放在这里……”诗一般的赞语用在这里也不为过。道路硬化、村庄绿化、路灯亮化、卫生洁化、河道净化的河山村，真的能让人过目不忘。

顺着步道向村里走去，一辆辆电瓶车从身边悄无声息地匆匆而过，卷起一层层落叶，像极了河中的小船推开波浪，周而复始地美下去。

河山村形成于何时？没人知晓，但跨于张家浜上的运通桥可以告诉你村史的秘密。立于运通桥上，细看脚下的石块，会有惊奇的发现。桥面由两块长条石中间嵌小石板构成，像极了木匠榫卯结构的造法。大小石料相嵌，天衣无缝，既省石料又美观大方。桥上刻有“运通桥”桥名及“光绪十二年”等字样，无言地诉说着村庄的前世今生，只等有缘人来倾听它的过往。横梁头有圆角和委角两种，桥柱宽侧面上有浮雕莲荷纹方形字堂，显示着村人为人处世的守正创新。

桥下碧水绕村，将村舍包裹在自己怀中，像母亲一样紧紧拥抱。沿着河水，走在田间地头、果园塘坝，河山村的每寸土地都有一种幸福的感觉，那盛开在田埂上的红蓼就是最好的印证。

“你来做什么的？”在村委会前大草坪上清理杂草的大妈们打量起我来。

“我是来看看美丽乡村的。”

“哦，我们还以为你是来喝喜酒的哩。”大妈们笑着指了指村文化大礼堂前的圆形拱门。那龙凤呈祥的图案格外醒目，大礼堂门口，主家在笑容可掬地迎接亲朋好友的到来，那早已点亮的电灯，照亮了每一位参加婚礼的宾朋，热闹又喜庆。

“大妈，退休了还在干活儿啊？”

“闲着无事，帮着村里打理一下大草坪。”

“你们有退休金吗？”

“有，我们前几年也买了养老金，现在每月一千多，够花了。”她们的脸笑出了皱纹，在夕阳下发出光亮。

“儿子、媳妇在镇上厂里上班，孙子在读书，家里的田地也出租给承包大户了，我们在家闲着。”大妈们七嘴八舌地与我聊天，但也没有放下手中的活计，边说边干，一点儿也不耽误工作。看来大妈们个个都是干农活儿的好手。

“能和老姐妹们出来打工，感到很充实。”大妈们很满足，在她们看来，做了一辈子的农民，到老了还将农活儿干成了消遣，真是很惬意舒心。

古色古香的村史长廊在霞光的照射下更有了历史的厚重感。石碑上的“大好河山”四个红字，显示出了河山村人的爱国情怀。就连1958年浙江电影制片厂摄制的电影《人小志大》都是取材于河山村爱劳动、爱学习、讲奉献的小朋友们，真是了不起。爱国爱乡的基因是遗传的，也使河山村人才辈出。优秀企业家杨良如，优秀导师陆炳荣，运动健将吕陆莹，能工巧匠沈荣根、陆新华、徐根生……每年的崇学奖在延续着“耕读传家”的良好乡风。

“明月中睡醒的村庄，田歌是升起的炊烟……”农民们在空闲的时候哼上几句小调。田野中歌声响起，我的河山村之行画上了句号。而那美丽的乡间小道、勤劳农人的微笑，与悠扬的田野歌声一道，留在了我的心中。

乌镇镇：月明乌镇桥边夜

“江南水乡展旖旎，屋衍风铃声悦耳。小桥蕴涵古城貌，青石幽雅怡心矣。”明朝程垓的一首《乌镇》已经让人产生无限遐想，历史文化氤氲在古镇的每个角落。

在“乌镇蓝印花布”的作坊里，游客们惊叹着天然染色技艺的高超。其实，高超的技艺需要朴实的原料。而桑葚、石榴、紫甘蓝、黑豆等这些普通的材料又出自乌镇周边的乡村。

去乡村寻找那些普通又神奇的原料吧！这里的路特别好走，乌黑的柏油马路平整又笔直；沿路田野的色彩也特别艳丽，黄的油菜花、白的萝卜花，还有细小的麦穗花……田连着田，地连着地，花连着花……一望无际，满眼翠绿。

河网如同树枝般密布，枝枝通向农家小院。河岸边古树参天，满目青翠，密密层层中掩映着一户户白墙黛瓦的农家。浜南浜北、浜东浜西都有小桥连接，路沿着河，河贴着路，如诗如画的乡村给人灵秀与婉约的印象。

乌镇是大文豪茅盾的故乡，茅盾先生的那句“唐代银杏宛在，昭明书室依稀”道尽了游子的心声，枕水的乌镇也成为游子思乡最好的载体。

皂林村：宗扬庙码头

记起皂林村，完全是靠着残留在脑海中的“宗扬庙轮船码头”的点滴记忆。时隔三十多年，留下的记忆模糊了，今天心血来潮来到西双桥的桥堍下，再次靠近那个熟悉又陌生的“宗扬庙轮船码头”，追忆一下儿时的情景。

现在的西双桥与老照片上的西双桥相比已有天壤之别。社会发展不需要人行老石桥，而改造为公路桥，哪怕老石桥再漂亮也适应不了社会发展的需要。穿过北桥堍的桥洞，就看见开了阔的运河河面，由于前几天台风“烟花”的影响，下雨多，河面已经抬升了不少。近距离地平视河面，总感觉来回的船舶像是在陆路上行驶一般。

按下手机快门，拍下蓝天白云下的美景。“突突突”，运输船马达的声响，带着我怀旧的思绪，走到了宗扬庙轮船码头。宗扬庙早已经化为乌有了，但宗扬庙这个地名连同西双桥桥名一并留了下来。

宗扬庙轮船码头虽然不大，但地理位置很重要（东西是运河塘，东南面是康泾塘，西南面是新板桥港，西北面是金牛塘）。宗扬庙轮船码头东西连接杭州和嘉兴，南北连接桐乡和苏州，东南到海宁，西北可到湖州，故有嘉湖班、桐乡班、苏杭班等轮船航次。东西南北的旅客乘船，必定要到宗扬庙中转。为此，码头上那小小的售票处常常水泄不通。汽笛声一响，船员抽下跳板，用长长的竹篙撑开船头。又一声汽笛，轮船正式启航，河面上只

留下打转的漩涡。

历史在运河的水道中演进，如今城乡的发展就像在公路上飞奔。漫步在已经斑驳不堪的水泥路上，到处坑坑洼洼，唯有向外凸出的河埠头还在等待那匆匆来往的轮船。

午后的阳光随着运河水的波动而泛着光芒，刺眼的光线击中眼睛，遥望在宗扬庙轮船码头的五路岔口，一个忽闪，我的脑海中已经时空穿越了。

现在的皂林村范围是南靠京杭大运河，东接南王村，西邻金牛塘，北和金牛村相连，湖盐公路南北贯穿。皂林村也是桐乡城区向北扩展的第一站，地理位置优越。其实皂林村的存在远比宗扬庙早。

古时的皂林驿站，因此处所栽皂荚树成林故而得名皂林。它是京杭大运河畔的一个水路驿站，兼有邮政、招待、巡检之职。宋置皂林驿（今乌镇镇皂林村）。元朝的皂林驿有船 30 只、船户三百户。明设皂林驿丞一员，船八只，水夫八十名，馆夫十二名。宣德五年（1430），分属桐乡县。嘉靖十二年（1533），移设崇德县南门外，名称仍为皂林驿。清康熙十三年（1674），添置腰站于皂林，设官马三十匹、马夫二十名；康熙二十年（1681）撤。乾隆二十一年（1756），裁皂林驿丞，驿务归县管理。民国元年（1912），驿站裁撤。随着现代社会陆路交通、邮政电信的发展，水路驿站的社会经济价值逐渐消失。

隋朝开凿了大运河后，皂林就因其特殊的地理位置而成了历史上各路政权的必争之地。有史料记载，皂林有过四次大规模战争。据本地老人说，他们在开荒造田之时，常有骷髅白骨出现。“朝发白水村，夕次皂林驿。水腥无饮马，林黑有归翮。昔时兵交地，白骨如山积。万灶今已夷，风亭换新饰。居人尚星散，父老悲故迹。团团山月夜，夜逐南徒客。”明朝贝琼的那首《皂林驿》可以佐证皂林之地曾经历的战乱和给当地老百姓造成的苦难。

皂林驿有“船只三十，船户三百”，与嘉禾水驿等同。皂林驿上接嘉兴西水驿，下接杭州长安驿，足见其规模宏大。严辰在《光绪桐乡县志》中记载：“皂林驿，在皂林镇。”说明由于皂林驿的规模大，而形成了一个市镇。桐乡博物馆中有一个名为《运河过境》的展示篇章，展现皂林驿在古代运河边的繁荣景象。

由于皂林是兵家必争之地，故皂林驿的相关建筑毁于一旦，不复旧观。如今有王士杰等有识之士建议恢复皂林驿、宗扬庙等古迹，为运河文化注入文化底蕴。这个建议值得点赞支持。

“呜……”一阵货轮的汽笛声打断了我的回忆。运河上的大小货轮千帆竞航，百舸争流，煞是好看。我望着被轮船劈开的波浪花，感叹这里昔日的繁华与热闹已经随着运河之水东去了，留下的是一家“桐乡市中良工贸公司双桥米厂”，这也是利用了运河水路运输的便利。由于机械化生产，米厂里员工并不多，多的是满仓库的粮食，还有轰隆隆的机器声。

米厂后院是一方水田，时过立秋，正是水稻拔节猛长之时。那田中的水稻绿得发沉，禾苗棵棵粗壮，它们要为下一环节的抽穗积蓄力量。水田之后是新建的小区，一幢幢高楼拔地而起，为乌镇的新农村建设注入新的活力。

我穿过米厂，走到了停车的地方，一排排挺拔高大的加杨树在风中发出“沙沙沙”的欢笑声。古时，皂林是水路之上的繁华之地；今时，皂林亦是见证美丽乡村的地方。

翔厚村：春雨下的银杏树

周日，我应邀到翔厚乡下亲戚家喝喜酒，几十桌的婚宴设在村文化大礼堂里，礼堂热闹又宽敞。送了贺礼后就等待酒席的开始。农村的喜事比较烦琐一些，所以等待的时间也比较长，我就趁着这个空当去翔厚集镇走走。

走出现代时尚的翔厚村文化大礼堂，穿过乡间的柏油公路，就到了传说中的翔厚集镇。脚踏在永安桥上，北桥堍处的泡桐

树上，花朵一簇簇地散发着浓烈的花香，好似在欢迎我这位不速之客。

一条悠长而斑驳的水泥路坑坑洼洼极不平整，与往日熙熙攘攘的喧哗极不相配。春雨一直在下，野草也是没了规矩，在每个角落里野蛮生长，就连墙壁上也是它们撒野的场地。断瓦的廊檐下，雨水滴滴答答地落下，地上的积水没有了更低的去处，肆意地横冲直撞。

我小心翼翼地在老旧房子的廊檐下行走，一个个门面都是紧闭着，木门上挂满了蛛网和灰尘。这里真静，静得听不见一声犬吠。我脑中忽然联想起《千与千寻》中的场景，好在是大白天，不然还真有点儿害怕。

我走到长廊尽头，望着集镇南面的一片竹林和几株青梅树发呆。“墙根新笋看成竹，青梅老尽樱桃熟。幽墙几多花，落红成暮霞。闭门风又雨，只道春归去。媚脸笑持杯，却惊春思回。”韩元吉的词作《菩萨蛮·春归》配在此刻也是绝妙。

在雨蒙蒙、雾蒙蒙中，我用一双眼睛极力探寻着这个翔厚集镇，探寻其中的生气。突然，背后一扇乌黑破旧的木门“吱呀”一声打开了。我一个转身，只见从屋里走出一位老者，带着憨厚的笑容，客气地打量着我。

我说明了来意，他便客气地邀请我到屋里坐坐。屋内是个小店，货架上摆放着牙膏、肥皂等日常用品。老者姓金，是翔厚集镇旁边的牌楼头村人，在自家屋子开店打发时间。

“这个集镇都已经搬空了，以前这里热闹着呢。”老金说起了翔厚的过往，“我年轻的晨光，每逢过年过节，四里八乡都来赶集，提着篮、背着篓买菜买肉，这条东西街是轧也轧不过。”从老金的笑容中，我可以感受到当时集市熙熙攘攘的场景。

老金很健谈，他是土生土长的本地人，熟悉翔厚的变迁。“我们翔厚好地方，四面有河道连通，向东到桐乡，向西通石门，像块荷叶地。听老人说有个桐乡人摇船到石门，到了翔厚，河港岔道多，不认路。看见岸边有个农民在耕作就去问询，但没有礼貌，只是嗨嗨嗨，问到石门怎么走。农人只是说扳艄、扳艄。这个桐乡人一路扳艄，转了一圈，重新回到了原地。”这个故事让人忍俊不禁。说者无意，听者有心，好在我刚才有礼貌，不然，作为翔厚人的老金也会惩罚我一下吧。

老金是个热心肠，他送我走出店门，手指着前方说：“翔厚有三爿桥，东面是永安桥（乡里俗称鲳鱼桥），南面是太安桥（乡里俗称卖肉桥），北面是万年桥（乡里俗称北沈桥），还有最古老的观音堂和堂前的两棵千年白果树（银杏树），你可以去看看。”

挥手告别了老金和他简陋的小店，从十字路口往东走，两棵参天的银杏树赫然耸立在我面前［树龄牌（2018年挂）标识为540年］。西面的这棵，树干挺拔而又清秀，每一根枝条都斜着伸向天空，枝条上长满了密密麻麻的叶子，碧绿的树叶在春雨下青翠欲滴。而东面这棵要颓废得多了，因为遭遇了一次雷击，树干被击中，一边的树皮已脱落，露出灰白色枯干的木质。好在古树顽强，仅用一半的树皮保持着生机。有人说“银杏单株不能长”，这句话说得很有道理，翔厚观音堂前的这两棵银杏树有力地证明了这个道理。“芳春平仲绿（平仲就是银杏），清夜子规啼。浮客空留听，褒城闻曙鸡。”站在古银杏树下仰望鸭蹼状的绿叶，很有岁月的沧桑感。

翔厚集镇相传形成于北宋年间。当时有一和尚云游到此，看到此地四面环水，形如荷叶，顿悟脚下是灵善之地，遂建起了观音堂。在观音堂墙后形成街市，故名“墙后镇”，因为“墙”与“祥”及“翔”在本地方言里是谐音，故“墙后”渐渐成了有吉祥意义的“祥厚”（清光绪《桐乡县志》曾作此称），现则叫作更具寓意的“翔厚”。（此段资料来自翔厚村文化长廊中的村情村史民间传说宣传板。）

两树之间是供销社两层水泥结构的老房子，窗玻璃上写着

“观音堂”几个不甚规范的字。根据老金的说法，这里原本是观音堂的地基。后来在观音堂的地基上建了供销社。再后来供销社撤走了，本地的老太太们就将废弃的房子重新办成了观音堂。每逢初一、十五，周边的老太太们汇聚在观音堂念佛拜菩萨。

踏着瓦砾铺成的小路继续朝东走，一爿永安桥出现在眼前，只是没有了往日石桥的模样，留下的是断了栏杆的水泥桥面，还有一块模糊难辨的桥名牌。桥西是一个老式的店面，从店面的布置来看应该是个茶馆。按照老金的说法，翔厚最热闹时，单茶馆就有五六家，其中最早、规模最大的就是阿五的茶馆，靠着河边。每日清晨，天刚蒙蒙亮，阿五就卸下门板招呼客人了。店里热闹非凡，一排排水壶发出欢快的哨声，一碗碗盖碗茶散发着茗香，一碟碟茶点可口诱人，点茶声、应答声、谈笑声，声声入耳……太阳升起，茶客们陆陆续续散去，买了菜后回到家下地种田，给小镇留得片刻安宁……

桥东路南是翔厚茧站，生锈的铁门紧闭。透过栅栏，偌大的场地满眼荒芜，连片的建筑已是人去楼空。唯有那些雀儿们在这里安家入户，无人打搅它们的清静。路北曾是翔厚皮鞋厂，现在只留下布满爬山虎的厂房。

走遍了翔厚集镇，看着这个原本在方圆十里之内最大的集镇因为社会发展、农村搬迁而黯然失色，我感到有点无奈。回望春雨中的翔厚小镇已是灰褐色一片，唯有那两棵参天银杏依然守望着远去的时光。

正福村：荷花，美在水中央

荷花，又名莲花、芙蕖、水芝、菡萏、玉环等，属睡莲科多年生水生草本花卉。荷花的娇姿常常出现在古诗词中：她有“接天莲叶无穷碧，映日荷花别样红”的艳丽；有“荷叶罗裙一色裁，芙蓉向脸两边开”的婀娜；有“一番荷芰生池沼，槛前风送馨香”的气息；她有“菱叶萦波荷飐风，荷花深处小船通”的幽深……在文人墨客眼中，荷花是风情万种的象征，是向往追求的目标。

忙了一个学期，终于有半日闲暇，只身来到位于乌镇镇正福村狮子浜的荷博园，独自观赏有“花之君子”美誉的荷花。恰巧今日又是农历六月二十四，是民俗中的“荷花生日”，我的到来也算是给荷花庆生。

从盐湖公路至乌镇方向，向北一公里左转就进入一条小道，抬头就看见一堵照壁，壁上有“荷博园”三字。照壁下一排小水缸，缸中翠绿的荷叶犹如调皮的小朋友睁着好奇的眼睛趴在缸沿往外观望；一朵朵粉的、红的、黄的、白的小荷花已开放，风儿一吹，荷花随风飘摇，如同邻家小姑娘穿上妈妈刚买的公主裙，在场地上旋转，活泼有趣。

转过照壁是一个空着的停车场。我停好车，拿上一瓶水就进入荷博园，按照导游线路，去一一拜访那传说中的三百多种神态各异的荷花去了。

向北踏过一段石子路，转向西，就进入了名贵荷花池。一

个个小池中种着不同品种的荷花。此处的造型有点像诸葛亮的八卦阵。池池大小不一，路路曲折通幽；朵朵花型各异，叶叶翠绿光亮。

你看那午后的光芒穿透荷叶的空隙，折射到透明的池水中，留下永生的记录。可惜池中没有小舟，不然就可以摇着舟楫，吟诵诗章，将万种温柔赋予荷花深处。但没有小舟也是对的，一朵朵荷花在池中开放，犹如伊人立于水中央，可远观不可亵玩焉。这个细节，足见荷博园主人对荷花的怜爱。

远看池中的荷叶像一个个大圆盘，荷花从大圆盘之间冒出来，有的才展开两三片花瓣儿，有的花瓣儿全展开了，露出了嫩黄色的小莲蓬。荷花貌若天仙，白的似玉，红的如火……荷叶挨挨挤挤的，像一片绿色的海洋。微风吹过，荷香沁人心脾，我陶醉在梦幻般的景色中。一阵蛙鸣将我惊醒，我想，小青蛙们肯定在笑我多情。

在迷宫似的八卦阵里穿梭，在色彩不一、造型各异的荷花池中追逐，我差点儿迷失了方向。好在小池的尽头有供游人休憩的亭阁，使我找到了坐标。坐下来，转过头，观荷花，思远方。

走过了各色小池，来到了一个大湖中，一湖的荷花甚是壮观。清澈的水面上，粉红的荷花在风中轻轻颤动，一一举起了晶莹剔透的绿盖，远远望去，仿佛一群身着红裳绿裙踏歌起舞的女子！湖上荷花映日，湖岸绿柳成荫，其间点缀着各色亭台楼阁。池水与晴空融为一色，犹如一幅巨大的彩色画卷，我就是那个画中人。

最后欣赏的是一方长形水池中的睡莲。一簇簇的睡莲贴着水面绽开着许多粉红色的荷花，随着水波摆动着，婀娜多姿，宛如一个个穿着粉红色裙子的小姑娘正在翩翩起舞。最为夺目的是睡莲王，一片片硕大的莲叶就像一个个翠玉雕刻的大圆盘贴在水上。莲叶上滚动着晶莹的露珠，在阳光的照射下闪闪发光。

我不停地按动着手机摄影快门，想把此时最为艳丽的荷花美景留下。现在的荷花是如此艳丽光亮，然而过了盛夏，荷花就要凋谢；荷叶就要枯萎，难免让人忧伤。李商隐的“留得残荷听雨声”也实属无奈之举，因为时节一过，美景不再，好花不开了。

荷花，是美艳又多情的！荷花盛满了赞美艳羡的同时，也盛满了忧郁感伤。

回望荷博园照壁下的荷花缸，我感觉到这是一百多亩水田、三百多种荷花“耐得住寂寞，才换得来精彩”的缩影。

董家村：茭白走天下

暑假里，我就成了一名“煮夫”，一日三餐变着法子为家人服务。

菜场走多了也就了解时鲜果蔬了。正值夏季，茭白鲜嫩。尤其是董家茭白外形粗壮匀称，表皮光滑洁白，肉质鲜嫩无渣，微甜爽口清香，具有“白、嫩、壮”的独特品质。我时常购买回家，做个茭白肉片的小炒，深得家人喜爱。当然买菜时要记住董

家茭白才好吃。

记得钱锺书曾经说过一句笑话：如果你吃到一个鸡蛋，觉得好吃，你又何必去认识下蛋的母鸡呢？而我却十分想知道茭白的产地。

有了想法就要行动，午休后驱车来到董家村。董家村位于乌镇镇的东南部，南接皂林，东连南王，农炉公路横穿。董家村地理位置优越。董家村也是桐乡市唯一的茭白种植专业村，很有特色。从嘉桐公路入董家村，村口的“董家村全国一村一品示范村镇”的广告牌特别醒目，也最能体现董家村的特色产业——茭白。（2012 年 11 月 21 日，农业部认定董家村为第一批全国一村一品示范村镇。）

村委会驻地周围视野很开阔，乡村公路路面很是干净，浙江省卫生村的荣誉称号果然名不虚传。停好车，我被村委会东边的绿地公园所吸引。一大片绿草地在蓝天白云下呈现出宫崎骏动画的风格。绿地的周围还有一条带状的花丛，五彩缤纷的鲜花竟有种让人不忍心踏进去的感觉。

我在绿地公园的周围走了一圈，终于找到了位于东南方的入口。我迫不及待地进去，找了一棵桂花树，在树阴下里坐了下来。那警惕的知了顿时闭了口，我只顾自己闻着花草的香味儿，压根儿来不及找它。

我坐在软绵绵的绿草之上，仰头看着天空中那些变幻莫测的白云如痴如醉。“知了知了”的声音渐渐又响了起来，看来，知了接纳了我的到来，确认了我的无害，就胆大地欢叫了起来。

偌大的草地布置得很有美感。草坪上三三两两地间隔着香樟、桂花等树木，错落有致，既有高低、空间的布局，也使得小草有足够的阳光；草坪的中间、边角处安放着一两块或竖立或横卧的石块，既有色彩的点缀，也弥补了整体的单调。

沿着绿地公园前的水泥小道一直往东走，参天大树下的新木桥显得更为优雅。虽然是水泥桥身，但保洁员将它打扫得干干净净。站在新木桥上往南看，一条小河如同绿丝带向南延展，最终汇入大运河。

过了新木桥就是董家茭白的一个生产基地。一方方水田中栽种着茭白苗，那棵棵茭白苗粗壮深绿，大片的茭白田似一汪绿水碧波荡漾。水田的上方还有大棚支架，一到春天，覆盖塑料尼龙纸来保温，可以继续生产春茭白。我蹲在田埂上，细看那正在夏风中摇曳的茭白苗：叶鞘肥厚，长于节间，基部长有横脉纹；叶舌膜质，略呈三角形；叶片扁平而宽阔，表面粗糙，背面较光滑，分枝多簇生。现在正是主茎和分蘖生殖生长期。短缩节拔节伸长，前端数节畸形膨大，那肥嫩的肉质茭白就在其中孕育。

一支白白嫩嫩的茭白背后是董家村人对事业的执着追求。1987年，董家村立旗桥组的村民首次进行茭白种植尝试，因其效益明显好于其他农作物，逐步向周边各村民小组蔓延。到20世纪末，董家村已初步形成了一定的茭白种植规模。

尝到种植茭白获利的甜头后，董家村人又有了更加长远的眼光：注册董家茭白商标，成立专业生产合作社，建立专业交易市场……以农户抱团发展的思路，将产品质量、销售渠道、种植技术进行正确定位，走出了一条可持续发展的农村特色产业发展道路。

种好茭白，开拓市场，各种荣誉接踵而至。最让董家村人骄傲的是，2020年4月30日，中华人民共和国农业农村部正式批准对“董家茭白”实施国家农产品地理标志登记保护。这小小茭白有了国家级的大身份，市场销售更上了一个台阶。

直起身，极目远眺。那看不见尽头的都是一片绿油油的茭白苗。董家村全村有万亩种植规模，产品远销全世界。一个小小的农产品能走出国门，说明董家茭白质量是靠谱的。有了好质量，才能卖出好价钱，小小的董家茭白富了整个董家村。

回到董家村绿地公园后，继续向南进发。一条南北向的乡间绿荫小路更是美不胜收。郁郁葱葱的水杉树立于两旁，绿荫下的水泥路散发着白光，绿荫小道都美得让人满心欢喜。路的左侧是董家新村，有些一幢幢别墅和农家小院；右边是一望无际的茭白田，茭白苗在夏风中泛起波浪。天高地阔的美丽景色有许多，但像董家村这幅画中的景色很少。如此气势磅礴的景色，或近或远，或高或低，让人心旷神怡。

按照指示牌出了村，发现在农炉公路旁还有一个董家茭白的保鲜仓库和交易市场，我想，董家茭白就是从这里走向全国乃至世界，用微甜、爽口、清香的品质去征服不同肤色人们的胃。

民合村：船丰浜里的水阁楼

处在乡下的船丰浜，有着让人惊讶的秘密。在浜底头竖立着一排石柱，一根根方形石柱矗立在水中，百余年来始终巍然挺拔地站立着，真是不可思议。那石柱上方的孔没事被绳索磨得光滑透亮，如同一只只滴溜溜的圆眼注视着船丰浜从古到今的时代变迁。

和朋友一起来到乌镇民合村船丰浜是听了文友徐炳祥的介绍，感觉很是吸引人，但听总比不上看来得精彩，因为“耳听为虚，眼见为实”嘛。阳春三月的一天，我们从桐乡出发，沿着乌镇大道向北折向乌塍线，不消半个小时就到了位于桐乡东北角的美丽乡村船丰浜。路特别好走，乌黑的柏油马路平整而又笔直；沿路的田野色彩特别艳丽，黄的油菜花、白的萝卜花，还有细小的麦穗花……田连着田，地连着地，花连着花……一望无际，满眼翠绿。

导航准确无误地指引着我们深入平原腹地。停好车，我们穿过一个书有“船丰浜”三个大字的简陋门头，踏进这个向往已久的古村落。脚下的条石稀稀落落地分布着，像是引导我们去寻找那能打开古老村落历史记忆的线索。

进村第一脚就踏上了荷叶地桥，此处四面环水，因所处地盘形似一张大荷叶而得名。村里因地制宜地沿河建起了走廊、凉亭，种上了花草。站在桥上，夏可观荷，冬可赏梅。在眠荷亭里可下棋打牌、聊天唠嗑，不失为一个休闲的好去处。

从地图上看，船丰浜的地理位置非常独特，它虽然不在大运河边上，但水系发达，河港众多。进得村中，沿着水泥小路行走，抬眼望去，河网如同树枝密布，枝枝通向农家小院。河岸边古树参天，满目青翠，密密层层中掩映着一户户白墙黛瓦的农家。浜南浜北、浜东浜西都有小桥连接，路沿着河，河贴着路，如诗如画的船丰浜给人灵秀与婉约的印象。

别过眠荷亭，向北穿过狭窄的农舍过道，就看见了正在修缮中的船丰楼。船丰楼是建筑在水面上的房屋，它主要用于停泊船只，其式样有点类似于乌镇沿河的水阁，但它是独立成屋，面积要比水阁大得多，有四间厢房那么大，隔岸望去像一艘将要启航的大船。此处的河浜底头有别于一般小而窄的浜底，水面宽阔，可容农船调转船头。沿岸筑有陡直的石岸，水中竖着五根石柱，每根石柱上端凿有石槽和榫孔，上面架着横梁。横梁的另一头搭在紧靠石岸的石柱上，共同撑起了这幢船丰楼。船丰楼这样的建筑样式在农村十分罕见，只有家境富裕的大户人家才能建造，船丰浜吴氏家族就是这样的大户人家。相传吴家祖上原姓徐，系宋淮东议幕徐纲之后（盛熿《前朱里纪略》）。

楼上可作住宅，楼下可停泊农用木船。船丰楼西侧靠岸处有门直通楼上，楼上朝东每间都有窗户，室内十分明亮。遥想当年，到船丰浜购买大宗农副产品的外地商贩络绎不绝，从四里八乡来的农人们摇着小船，争先恐后地来此地出售生丝、烟片、小湖羊皮……那船埠头想必也是一派沸反盈天的繁忙景象。落市后，工人们忙着装卸货物，老板们喝茶看戏，演绎着传统的农耕时代生活。

转过这个热闹的商贸之地往东走，那农家小院是屋连着屋地拥挤着，户与户之间竟没有夹弄分开；前埭的后门对着后埭的前门，小小的一块地上人家挨着人家。可见大家都想在这块风水宝地建屋立业，享受船丰楼带来的发展机会。但到了村东头，农户之间的间距就大多了，户与户之间也有了夹弄，冷不丁从弄里跑出一条小狗叫上一阵。

村东头有个白墙黛瓦的水阁楼，但不同于村西船丰楼的是，这里的水阁楼下挑空建在水面上。上面是楼阁可供商贾们喝茶谈生意，下面可以停靠小船遮风挡雨。阁楼对面还有一个长长的水上连廊，飞檐翘角、镂空窗格，制作相当考究。想必是达官显贵、大户人家的小姐们在此观景之用吧。靠着沿河栏杆，近观游鱼，远观荷花。下小雨之时，可以“静卧水塘听雨水，思念郎君何时归”。沐恩桥上是观景的最佳位置，桥西是村居，枕水人家、人间烟火；桥东是湾兜，烟雨蒙蒙，引人无限遐想……

船丰浜能成为商品输出地，必定物产丰富。可不是，村外是一马平川的绿色沃土，诉说着此地富庶的秘密。勤劳的农夫将那桑树栽培得又粗又壮，桑树枝上都是密匝匝的桑叶，每片桑叶都比手掌还要大；这里的农妇手特别巧，将那蚕宝宝喂养得又白又胖，吐出的蚕丝特别均匀和绵长。

养得好蚕，缫得好丝，引得外地商人慕名而来；景色秀美，书香传家，也引得文人墨客流连忘返。因为与外界联系多，所以这个小乡村的人们都是临市面、懂道理的。“孝父母，教儿孙；济贫困，礼让谦……”那村规民约中无不显示着村人们的知书达理、扶危济困，“书香传承家业”的理念得到很好的继承，为此，船丰浜走出去很多读书人，文友徐炳祥就是其中一个。他是当年桐乡县的理科状元，在复旦大学学习生物物理。虽然他是个标准的理科生，但他的文章自成一体、亲切可人，真是个文理全才。

与朋友沿着小河浜绕着船丰浜，在大竹林里休憩。那春笋如同顽皮的村童，冒着好奇的小脑袋在观望着，打量着我们这群陌生客。竹林里风吹竹叶沙沙声、屋后刨食的鸡鸣声、浜里嬉戏的鸭叫声、村口传来的犬吠声……一幅村居清平乐图就在眼前，这就是我们久居城市的人最想要的宁静状态。

有河就必须有桥来联通两岸。古人发家致富后都会做些善事，修桥铺路是件大事。有钱的出钱，有力的出力，建设好自己的家园。伫立在安定桥的长石板上，似乎能感受到村民们在一片热闹中架起这座爱心桥。桥不仅有连接道路的作用，更是村民团结和睦、邻里互助的见证。一块块整齐有序、写满了年代感的大条石，似乎在向来到这里的人们诉说着它们的故事。

船丰浜最漂亮的桥是“三胜桥”，因桥边有一座“三圣庙”而得名。它是一座廊桥，桥北是荷叶池，桥南是茄子地，是村人去干农活儿、过路客人休憩的地方。此桥地处三岔漾潭，河面开阔，河水清澈。桥堍种着红梅，漾潭中有水草。廊桥、红梅、绿柳倒映在清澈的水中构成了一幅江南水乡图。那些鸭子经不起美景的诱惑，扑通扑通地从岸上飞奔下去，在美图上添上几道灵动的水弧线。

再往里走，只见大树贴着水面，弯曲向上伸展，不时有人在河岸边忙碌浣洗，小孩子们在撒欢儿吵闹……小桥、流水、古树、人家的江南水乡风貌，在这里展现得淋漓尽致。

我想，如果航拍俯瞰的话，那船丰浜就是民合村绿地中央的一颗明珠。

横港村：古韵新吟

一条河东西向地横在村里，将一个村划分为港南、港北，此河便被称为横港。进入横港最大的感受是清凉，漫步在郁郁葱葱的绿道上，心一下子安静了下来。

带着“横港艺术村欢迎您”的暖心话语走在绿荫小道上，顷刻间，城市的喧嚣遁去得无影无踪。我放空自己的思绪，听着笃笃笃的脚步声前行。

密林深处是一家家民宿，房不高甚至有点灰暗，但窗明几净很是温馨。篱笆围住的小菜园里生机勃勃，就连小鸡仔都蹲在了卷心菜下，用菜叶做掩护，瞪大着圆鼓鼓的眼睛，等待着那一条青虫一不小心掉下来，啄入口中美餐一顿。偶然间，几声鸡鸣在宁静的小乡村上空盘旋，而后又重归宁静。

“宁肯食无肉，不可居无竹。”苏东坡的生活理念深得城里人的赞许。一群群城里人远道而来，选一个竹林边上的农家。趁着天未黑，摆上清淡的农家蔬菜，一家人吃起乘凉夜饭。

民宿的不远处是莫奈花园，园不大，却很是精致。踏上满是风车的小平桥，穿过陶泥作坊和木器作坊，莫奈花园就在眼前。

只容一人进入的小门上缠着的都是开着小花的蔷薇，一环又一环，真是“水晶帘动微风起，满架蔷薇一院香”。爱美的女士们在此流连忘返，拍下公主般一颦一笑的幸福笑靥。

进得院中，满眼的五彩缤纷。那一垄垄花草竞相开放，花垄中间间隔着绿草，绿色将花儿衬托得更加艳丽。小花园里让你目不暇接的花的品种真不少，就连你的脚下都是娇艳的小花，低头一看，又是一个惊喜。

小花园的园丁也特别有情调。他的工作房里不仅仅有工具，更多的是茶具和吊篮。工作之余往吊篮里一坐，伸手一壶茶。闭上眼，花香扑鼻；睁开眼，花海娇艳。这样惬意无比的生活人人向往。有块空地，种上自己喜欢的花草，做个园丁真不赖。

出了这个别致的小花园，进入港南的村中心。百年老树撑开巨伞，庇护着伞下的民居。“这棵油树有100多年了，是我爷爷种下的。”一位老大爷热情地介绍起这棵歪脖子树。这树造型奇特，离地50厘米处竟折了一道，折断处大约有1米长，而后树又往上长开，似乎是特意给村里的孩子们爬树留个方便，让孩子们坐在树上休憩玩耍。

古色古香的横港艺术文化中心就在古树丛中。信步至此，艺术文化中心的门脸在一排民宅中分外醒目。“大地几何足，诸天且作游”，此处真是个好地方。门前是一方开阔的天地，水田里的植物都已经艺术化地种出花纹，就连脚踏的地砖上都是艺术的符号，花草鱼虫都画得栩栩如生，惊得我们都不敢下脚了。

房后紧靠着横港，那河水波光粼粼，光线跳跃在红色的木门和黑色的瓦当上。“河上清风田间明月，春初早韭秋末晚菘”，河埠头上有一平台，中有石桌棋盘，不知何人有幸在此对弈。馆内正在举办“桐乡市女画家笔下的美丽乡村”作品展，书画、陈设、标识、植物等摆放得恰到好处。

墙角的石臼里栽着铜钱草，旧马槽里种着睡莲，将鹅卵石铺在地面，把吸水石雕刻成小山，让青苔自然滋长，历经数年，望去一派绿意盎然。这里的每个地方都是艺术文化的载体。

穿过一座小桥，再次进入港北，布局紧凑的横港书院赫然出现在绿荫下。书院正门对着横港，水自西向东流，不知疲倦，就如孩童们在书院里嬉戏一样乐此不疲。

初夏的书院是很美的，美得让夏季仍然像百花齐放的春天一样，连墙角都有姹紫嫣红的小野花儿恣情怒放。临水的平台上，可以聆听知了的欢叫，亦可聆听屋内先生谈论古今中外的历史，或乡村发展的未来。绕过墙角到后院，草地里有的是蟋蟀和织布娘，它们的叫声吸引着孩童们追逐打闹。院中还有一个砖块垒成的台阶，砖块缝里长满了青苔，就如老先生的知识一样长满眼角的每个皱纹。竹篱笆围得很深，竹林里夹杂着火桑，香樟树下长着枇杷树。

春天可以掘春笋，夏天可以采桑果，秋天可以烧陶瓦，冬天可以打雪仗。这里有着每个游客孩童时代的回味。

小小的横港书院不仅仅是书院，更是花园。布局雅致的小空间里亦有大智慧。“只要有空间，就可以做出农家花园。”横港村的村民亦是懂得美学的，“真正的花园其实跟大小没有关系，只跟内心的天地有关。”横港的村民都拥有一个属于自己的农家花园。

家家户户的小花园、小果园里，玉兰花谢了樱花开，樱花谢了杜鹃开，杜鹃谢了月季开，各种花儿热热闹闹地次第开放。小河边、道路旁、瓜田地角、庭院前后，目力所及之处，都是姹紫嫣红的花朵，处处惹人的眼。各种花儿开得太茂盛了，以至于我们分辨不清空气里弥漫着的好闻的味道，究竟是哪种花儿的馨香。

转出满是花香的横港村，踏上光滑油亮的柏油马路。转眼望去，那乡间小路没有尽头，它延展到了乌镇大道，延展到了高速公路……

村居田野是凝固的诗歌，自信地吟咏它们自己的生活，向远方的来者讲述美丽乡村横港的故事。初夏时节，迎着暖暖的清风，漫步于横港的田间地头，你若细心品味，将感受到横港的无穷魅力。

北庄村：竹编情缘

北庄村在乌镇镇南路的西端，翻过桥就看见高耸在村庄口的村标——“非遗匠”人村。

高高的村标展示着北庄村特有的竹编工艺品，墙体中间镂空处就是出自北庄村竹编匠人之手的蚕匾、斗笠、箩筐、扁担……一件件生产、生活所用的竹制品中展现了匠人的心灵手巧。

北庄村的村口设计的雨水花园富有生态意识。村民们将房前屋后和地表的雨水积累下来，汇聚在村口的低洼处，形成一块凹地。在凹地处铺上沙石，种上花草。这不仅过滤了雨水，涵养了水土，更使得村口一年四季有鲜花盛开。

徜徉在一大片的柳叶马鞭草中，那紫色的小碎花如同满天的繁星一样吸引着我们的眼球。就连蜜蜂都贪婪地伏在花蕊上，哪怕你靠近它都不肯离去。

村口的花就是引导我们进村的线索。站在北庄小桥上往里望，一个依水而建的小村庄在绿荫中隐隐约约地出现，白墙黛瓦的农舍在墨绿色中显得更有生机。

踏着欢快的脚步，沿着小河边的亲水栈道前行，惊起了在河中悠闲戏水的鸭子，它们匆匆赶到了对岸。村东口是一个儿童乐园，那一只只、一群群萌萌的小熊猫或趴、或跑、或滚、或呆坐……那神情让人看了忍俊不禁。

踏上一条小道，道口竟有一只中华田园犬趴在竹篱下睡大觉。我不忍打扰它，放轻脚步，打算蹑手蹑脚地走过。哪承想，

它的听觉特别灵敏，嗖的一下子站起来，警惕地看了看我这个不速之客。看我没有敌意，它抖了一下身子，转进了那竹林深处。

穿过密林，一排排农舍呈现在我的眼前。芳草斜阳间，去体验“庭院深深深几许”，不唯穿庭过巷，更是喜欢醉翁词中的那种妙意。我信步进入“匠人 6 号”，主人名叫张明松。他正低头蹲着，专注地在用木榔头敲打着手中的竹匾，根本没有发觉我的到来。我好奇地用手机拍下他工作的照片。拍照的声音打扰到了他，他这才抬起头，笑眯眯地打量着我。

自我介绍后，他客气地让我进屋坐，我们开始交谈起来。老张有两个儿子，都在城里工作；孙子辈都上了大学，还读了研究生。老张和老伴儿就住在乡下守着这份手艺。“我一天能做两个竹匾，能卖 100 多元呢。”老张笑容可掬。“嗒嗒嗒……”木榔头敲击竹匾边框的声音随着话音一齐落下，竹匾的最后一道工序也就完成了。

“小兄弟，你按一下，是不是很结实?”老张客气地招呼着，笑着递过刚刚完工的竹匾给我看。我接过竹匾，用力地按了一下，一点儿动静也没有。

“好结实!”

“做好一只竹匾，需要30多道工序，从劈竹、削片、分类、搭架、作圆、加固……每一道工序都得认真，不然松松垮垮就不结实、不实用了。”老张说着自己的拿手活儿，如数家珍。虽然我听不太懂制作竹匾工艺如何，但从老张那双长满老茧的手上，我悟得做任何事情都得认真。

“你家儿子、孙子都有出息，就去城里享享福吧。”

“儿子、儿媳都叫我去城里，但我还是放不下手里的活儿，做了一辈子了，都习惯了。”老张憨厚的脸笑得很满足。有篮有匾、有大有小、有棱有角……满屋子的竹制品，是老张对竹子的理解。每做一张竹匾，都带有对竹子的尊重，那是灵感与情感的激发，具有不露声色的创造力。

与老张挥手说再见，穿过他家的夹弄往北走。悠长的小巷两边都挂着圆圆的竹匾，匾中彩绘着一年之中的二十四节气。从立春到大寒，二十四张匾从北向南依次排列，意味着一年又一年的轮回。

走过农舍后看到的是别具一格的创意空间，这是北庄村旅游服务中心。这里有竹匾创意产品，从传统的农产品升级到居家小物品，从满足生活所需的实用品上升到陶冶精神的工艺品。竹制品创意空间对面是浙江老字号泰丰斋的生产基地，出自这里的糕点誉满杭嘉湖地区，其质地的松软甜糯使人尝过就不会忘记，泰丰斋生产的姑嫂饼更是名声在外。为什么泰丰斋的糕点好吃?主要在于原料选材地道。往西穿过一片花海就是泰丰斋的粮食基地，糯米、粳米都是农户自己优选品种、种植、管理、收割。产品质量从源头抓起，配上独门技艺，所以泰丰斋的糕点深受民众喜爱。

光亮的乡间小路，每一条都通往普通的日常。传统酥饼的味道、新茶的芳香、老戏的声腔，通过小河消融后传向四方。夏天的阳光一照，墨绿的叶片里鸟儿的羽毛光亮耀眼。

走到光明浜的浜底往南走，那一排排硕大的毛竹浸润在河水之中，等待竹匠们来将它们加工成各式各样的竹制工艺品。那白墙灰瓦错落有致地散落在小河边，让人觉得，这就是古老的院落。轻轻地走进去，一庭芳草、半池残荷，一簇簇竹、一垄垄花，包括墙角的一抹新绿，都是游子思乡的“归来堂”。和着陶渊明的意绪，进入竹匾文化馆。屋内的陈设简单到不能再简单，倒是与农家的生活很相配，但越是简单，就越是蕴藏生活的真谛。

在河埠头小憩，放眼望去，河的两岸倒是鲜明起来，绿柳扬波，花草蓬茸。顺着河再远些，是大片的花木基地，此刻赤橙黄绿，直接天际，成为北庄村的装饰。

北庄村的美得益于河，流经北庄村的光明浜不知道绕了多少道弯，将北庄村揽在怀中；竹匠们那嗒嗒嗒的敲打声，让北庄村进入了最美的年华。

元丰村：偶遇古桥

一到乌镇镇元丰村的元丰佳苑，就被一排排整齐划一的农家别墅惊讶到了。这里的别墅除有着城里别墅应有的配套设施外，各家各户小院前的花台里长着花丛，就算在冬季里也开着好看的花朵。这样好看的花台既别致，又具生活气息。

元丰佳苑除了齐刷刷的房子外，绿化做得也相当好。在房前屋后、过道走廊、里弄墙角都种着树。四季常绿的香樟，枝干粗

壮犹如卫士，在村口路边保卫着村庄的安全；柳树舒展开了娇嫩的枝条，在微微的风中轻柔地拂动，就像一群群身着花衣的仙女在翩翩起舞；还有夹在柳树中间的桃树，虽已褪下了枝叶，但根根枝条努力地伸展着，等待着春天的到来；最妙的是无花果树，它们站立在小河边，浅棕色的树干，左右分枝，向上伸展着，像极了调皮的孩童在河边玩耍。

站在甄祥桥上观望，河面如镜，镜面上静静地映衬出别墅、绿树的倒影，哦，还有香泡树，树上挂着黄澄澄的香泡，如同黄色气球在河水中荡漾。

从元丰佳苑出来，沿着南元线向北走，不到一公里的路程，路过狭径港桥，一扭头，发现一座古桥伫立在不远处。由于是冬天，桥周围的树木都已经落叶，更加凸显出古桥清秀的身姿。

刹车，靠边，停车，沿着狭径港南岸，走近刚才惊鸿一瞥的古桥。上下打量着灰色装扮的石桥，想要看清它身上特有的气质。

这座桥在村外，有点前不着村、后不着店的寂寥。桥的南堍有块石碑，说是此桥为桐乡市级文物，名为三新桥。现存的这座三新桥是1950年时重新修建的，其他信息不详。但整体看起来，此桥比较清瘦。桥上由三段狭长的石块连接成桥面，下面有两根石柱。每段桥面上有三块条石并列，两边的较宽，中间一条较窄。中间这段桥面上中间的条石是由两个石块拼接而成，站在桥面中间有点胆战心惊，生怕桥面承重不够塌陷下去。

其实是我杞人忧天了，因为石与石完美地挤压在一起承载了过桥人和货物的重量。同时两块拼接的石块像极了两个石榔头碰到一起，发出千斤力量。

我大着胆子在桥中央的石头上蹲下来，身体略微前倾去看桥名。可惜石刻风化严重，字迹已经模糊不清，好在侧面刻着的精致花纹还依稀可辨。虽然南桥堍的说明是“重建三新桥”，但村里人一直习惯叫它三元桥，新名字几乎无人用，以至于许多人都不知道它还有这么个新式名字，今天我侧身冒险细看也没有结果，只能以石碑说明为准，称其为三新桥。

站在三新桥上左右观之，很是空旷的感觉。老桥两边都有公路新桥，来来往往的车辆都是急急而过，古桥已人迹罕至。不过这样也好，清静。因为是近距离细观，发现石桥两头的荠菜长得很茂密，引发了我挑荠菜的冲动。折回身到车里翻出了水果刀和塑料袋，就在老桥桥堍的路边挖起了荠菜。一棵又一棵的荠菜引导我在路上蹲下细心地寻找，竟然忘记了冬风的寒冷和肥胖的身躯下蹲的辛苦。挖完桥北的，走过桥到桥南去，风吹响了手中的塑料袋，窸窸窣窣的声音在寂寥的田野似乎成了天籁。

此刻，我想古桥是诧异的，我想自己也是诧异的。竟在大冬天、在田野里、在古桥边，我们互不相识却相伴了两个多小时。是古桥的寂寥，是桥堍的荠菜，还是无聊的自己……反正这么有缘地会聚在了一起，留下了一组意境：一个闲人、一座古桥、一袋荠菜，在西北风下，但绝对没有断肠人在天涯的感觉。

今天的感觉很好，西北风不太冷，在桥堍用凉凉的河水洗了洗沾有泥土的手。进入车里，隔着车窗，定睛看去，清瘦的古桥连着古桥两头的宽阔田野，田野里是密密麻麻的桑树，被剪了树枝，只留下枝干灰色一片。而桑树下是榨菜，绿油油的长得正旺。

远远望去，蓝色的天空、灰色的桑树、绿色的榨菜，将空间分成了三层，我就是这三层中那微小的一粒。

单桥村：文化礼堂里的唱腔

推开虚掩的木门，顺着光线进入单桥村的文化大礼堂，一股熟悉的乡村味道扑鼻而来。空旷的礼堂大厅此刻很安静，安静得能听到自己突突的心跳声。

小时候家住运河塘南，每逢过年过节就会来这里“嘎闹忙”。此地小地名叫小庙里，是利民大队（单桥村的前身）的驻地。1975 年，这里建成了砖木、水泥人字梁结构的文化大礼堂，当时的规格超过了炉头公社的配置，成为红极一时的参观样板。利民大队有了二百平方米的大礼堂后，村民们的文化活动告别了露天，从此以后放电影、做戏文都能在室内进行，吸引了本村及周边的村民，丰富了乡村文化。

“坐在紫红色的阔长条凳上，双手撑在光滑的凳面，睁着好奇的眼睛，盯着大舞台上的红色幕布，急切地期待大戏的开演。”回想着当年的情景，我努力地追忆着儿时在大礼堂看电影《红楼梦》的细节。每次来看电影，整个礼堂座无虚席，观众从南面一一检票进场，从西面的边门出场。虽然人多，却井然有序。当加映片（一些公益的广告宣传片）一结束，全场就鸦雀无声了。

“天上掉下个林妹妹，似一朵轻云刚出岫。”

“只道他腹内草莽人轻浮，却原来骨格清奇非俗流。”

…………

王文娟、徐玉兰那柔和的唱腔仿佛还在房梁上萦绕。“好！”我情不自禁地喊了一句，空旷的礼堂里响起了热烈的回声，惊到

了前来休憩的麻雀呼啦啦地疾飞，它们在人字梁上绕圈寻找出口。有几只麻雀急着飞出去，慌不择路还撞到了透明的玻璃，发出清脆的撞击声。

静坐之后，我又绕着这个有着时代特色的文化大礼堂走了一圈儿，灰色水泥外墙上配上红红的五角星相当和谐，在连片的油菜花中，礼堂更显得大礼堂高大。这不仅是乡村的地标建筑，更是村民的精神圣地。

“竹外桃花三两枝，春江水暖鸭先知。”透过村委会边上的小竹林，村外的风景更是吸引眼球。沿着穆家笕港，我追寻着春的气息。青青的麦苗和黄黄的油菜花有规律地间隔着，在蓝蓝的天空下跳跃着，像顽皮的孩童不经意地挤进了我的眼眸。河港里的鸭子将长长的脖子伸进水中，找寻属于它们的美食。看着只露出双脚拼命觅食的鸭子，总让人忍俊不禁。我捡起一块泥巴，趁着鸭子往水里钻的空隙，抛进了河港。咕咚一声，鸭子被惊到了，纷纷伸出脖颈在水面上四处张望，寻找着这突如其来的声音来源。发现我在岸边笑它们，“嘎嘎嘎”，它们一齐发出愤怒的叫声，想必在集体声讨我这个无聊的人打扰了它们的惬意。

看着远去的鸭群，我回到大道上。站在万安桥上，朝着运河的方向望去，又见轮船在依依的杨柳间穿梭而过。轮船东来西往，吸水、吐水……穆家笕港里的河水也随着来往的船只呈现有节奏的涨落状态，河中的水草也跳起了热情的草裙舞。

河岸的空地上都是收割榨菜后留下的菜叶，给土黄色的泥土盖上了绿地毯。单桥村是盛产榨菜的地方，原先在运河边拥有榨菜厂。每到清明时节，运河边停满了四里八乡摇来的榨菜船，从黎明到黑夜都是人山人海，榨菜窖边上都是沸反盈天的叫喊声。菜场西面是单桥小窑厂，生产传统的青砖，薄薄的青砖很有古色古香的韵味。菜场的北面还有面粉加工厂，每到小麦收割季，我们都会去加工厂把新麦子碾成面粉，在轰隆隆的机器转动声中欣喜地等待面粉的出现。把白花花的面粉带回家，母亲做成咸菜面疙瘩，滑溜溜、酸溜溜的很是好吃。因为单桥村有很多村办企业，所以在20世纪70年代成了炉头公社的标兵大队。

据《越绝书》记载，秦始皇从嘉兴治陵水道，到钱塘越地，通浙江，途经桐乡单桥。单桥村虽然地处乡下，但千年的运河穿村而过，留下了底蕴深厚的运河文化。

这里有大力士的故事：吴大汉力气大到可以轻而易举地举起县衙前的石狮子，挑着石臼轻松过单桥，徒手搬石臼。

这里有人情祝福故事。单桥有望蚕讯一说：女儿出嫁以后到春蚕上山时节，新媳妇的父母要备好鲜肉、黄鱼、软糕、枇杷等整整一担礼物，送到女婿家。望蚕讯的寓意是预祝女儿家养的蚕宝宝廿四分的好。

这里有节气里的故事。传说冬至是姜子牙的生日，所以冬至那天百无禁忌。农民在那天有动土的习惯，排粪缸、修河埠、葬骨修坟、挖灶脚泥等。冬至时节天气冷了、农活儿空了、年关近了，村民利用这段时间祭祖请客，也算是热络人气。

站在单桥（万年高桥）上，回望单桥村，一个“四”字的地形赫然在目。南北两河横穿而过，东西间隔有4条小河。全村区域面积5平方公里，人口约3000。自北往南有申家田横、杨部庄、长廊下、北腰、中腰、南腰、申家桥、北蒋浜、曹家村、北高、砖桥头、水路港、三家村、花家浜、莫家埭、东一、东二、河西、竹洞浜等26个村民小组。因为与我老家离得近，少不了有亲戚。我娘姨家就在单桥北高，所以我对单桥村熟悉得很。

单桥下的运河水像极了白练一般往东而去，如同我的记忆一样绵长悠远。

分水墩村：花道惹人醉

表妹的婆家在长浜新村里，趁五一小长假来到此地，进行一次乡村游。长浜属于乌镇镇分水墩村下的一个自然村，名字真的一点也不洋气。但长浜西面有个叫“互联网之光”的地方，是世界互联网大会的会场，至此，长浜顿时就光耀了起来。当然，长浜的光耀不仅仅是沾了互联网会场的光，也是因为长浜本身固有的特质吸引着我们。

表妹家的新居的确“高大上”，锃光瓦亮的瓷砖能映出人的笑脸，更不必说其他的了。表妹一家人为了招待我们，在厨房忙碌开了，我们就自来熟地到新村外走走。

沿着长浜自西向东进发，瓦蓝的天、洁白的云、碧绿的树、艳丽的花一股脑儿地拥进了河道，河道如同一张巨型的长镜头照片，将美景一直延伸到五号桥的白栏杆上。

我们的眼睛已经挤满了红红绿绿的色彩，有点目不暇接了。“脚在丛中移，眼在花上飘”，走在花丛中的石板小道上，似乎有种走天街的感觉。但河道是如此接地气，有好农趣的村人在河岸的石头上支起了渔网，时不时地来拉上几网。每每起网，总会给渔人带来收获，少则几条小鲫鱼在网中翻滚，运气好也有白水鱼在网中挣扎。收回网，将鱼儿抓进小网兜里，收紧网口，又重新放入水中。淡水鱼生长在无污染的河流中，对水质要求极高。水好了，鱼的肉嫩才味美。

家中有客来，就去河边拉起网兜，抓活鱼做佳肴，可以做酒

糟小鲫鱼，也可以做红烧白水鱼，倒上二两乌镇三白酒，那生活真是逍遥自在。

走累了，当然有歇脚的地方，河道边有古凉亭在等你。暗紫色的木柱、青灰色的瓦檐，六角亭造就得韵味十足。坐在亭中，倚栏望向长浜，碧波粼粼，连河中水草扭动的舞姿都一目了然。最为调皮的是水中的小鱼，在水草之中上下翻滚，自由自在地做着自己喜欢的游戏。

我们还沉醉在五号桥上，看不够这里的美景。表妹打电话来催我们回家吃晚饭。宽敞的客厅里，旋转的圆桌上盛放着荤素佳肴。分碗、开酒、碰杯、举筷……满屋的欢笑之声。

酒足饭饱之后，趁着黄昏的光亮，我们又去散步消食。沿着智程路一直向北走去，一路上又是花香四溢。路边的花朵在夕阳的照耀下显得更加艳丽，有红、有黄、有紫、有白……

“乌镇各地方老灵阁，比阿拉上海还要好看。”

前面一群老人边走边笑，还不时地跷起大拇指点赞。看来长浜这个地方的美景真是吸引了他们的眼球，在这里他们找寻到了心目中的美丽乡村。

在花丛中走，那盛开的朵朵玫瑰花造型各异、颜色艳丽，总感觉到惊喜不断。一抬眼就是太师桥了，河的对岸就是江苏地界。运河两岸的芦苇已经高过人头，我们就在芦苇叶的空隙中隐约地看见对岸模糊的夜景。本想登上太师桥去看河景，可惜此桥不通，我们只得沿着姚太线往回赶了。

“远远的街灯明了，好像闪着无数的明星。天上的明星现了，好像点着无数的街灯。我想那缥缈的空中，定然有美丽的街市……”再回到长浜，天已经暗下来了，河岸的凉亭之中亮起了灯，也有很多的村人在亭中闲聊。这正应和着郭沫若写的《天上的街市》一般的景象。

夜间，漫步在小径花道上，较之白天更有风味。蜿蜒曲折的小径沿着河道伸展向远方，似乎要去追寻初夏的热情。在林间、在路中、在远处……盛开的鲜花时隐时现，一盏盏方形的仿古宫灯将柏油路面照得水雾蒙蒙。小径的花丛两旁是三三两两的柳树，而尽头却是一片繁花聚会在路灯下，“幽幽小径柳丝柔，姹紫嫣红一眼收”，让人产生无限遐想。

夜幕下的天空如黛山横亘在远处，长浜水在新区农家门后流，水清如玉。“青山隔断红尘路，鲜花满地无寻处。”幽静的小径上，夜光像橙色的酒倒进了透明的翡翠杯子里，让人沉醉；初夏的风，凉凉的，还带点草香和泥土味，让人舒心……

小外甥和小伙伴在花道上玩着踏板车，发着光亮的轮子转出了彩带，照亮了他们的笑脸。清脆的欢笑声划破夜空，增添了花海的热闹。

长浜村的花道真好看！

西浜村：邮亭头的河道

想去西浜村看看，这个上念头缘起于乌镇大道公交车站上的一个地名“邮亭头”，初次见到这个地名真的感觉很奇特。邮亭是古代官府信息交流的驿站，故此得名。这也证明了西浜村这个位置的重要性和特殊性，“邮亭头”这个地名还能保留至今也是值得庆幸。

星期六下午，沿着乌镇大道向北走，在右侧看见一块上书“乌镇西浜村”的大石头，于是右拐到横新线上，接下来就是一个古老而又现代的村庄出现了。

在横新线上一定要放慢车速，享受乡村的迷人气息。最好是打开车窗，一股清香扑鼻而来，路边的花草用它们最为鲜艳的色彩迅速挤满你的眼眸。不到300米的路程就到了西浜村村委会驻地，停车场很宽敞，停好车子就可以细细地参观这个在古代就是交通要道的古村落。

村中少不了村民聚会的地方，那就是西浜村文化大礼堂。青色的水泥墙上，红色的五角星占据高位，俯瞰着全村的村容村貌。西浜村文化大礼堂建于1972年，总占地面积370平方米，整座礼堂主体为单层结构，是“文革”时期乡村大礼堂建筑结构中典型的代表。

大礼堂的门没有锁，可以自由进入。据村史记载，2016年5月，经过半年的修复，西浜村文化大礼堂终于以它全新的面貌展现在我们眼前。新礼堂新增了农耕文化室，一幅幅生产场景图片、一个个农具都成为青少年们了解农耕历史的重要载体。

“偌大的舞台彩旗飘，整齐的木椅紧紧靠，嘹亮的歌声传村外，幸福的村民笑颜开。”村里的大会、农家的婚庆、孩子的假期活动、农民们的体检……西浜村的大事都在这里办，农村文化礼堂真正被打造成了村民文化的乐园、精神的家园。

退出文化大礼堂还可以到村里的“小街”上逛逛，虽然街道一眼可以看到底，但基本的生活用品农资商店里样样都有。还有一个“西浜村”公交站，在这里，村民乘车可以去临村、去濮院、去乌镇、去桐乡，方便得很。

公交站后面是文化公园，公园不大，但很有格调。小桥、古树、房舍都倒映在池塘里，还有蓝天、白云都来做伴，连小鸭子都被池塘美景所吸引，不肯上岸。公园里有凉亭，四周空旷的那种。踏着小道，来到凉亭之下，有种“红树青山日欲斜，长郊草色绿无涯。游人不管春将老，来往亭前踏落花”的感觉。微风习

习，闭目感受，真是惬意无比。睁开眼，满目的翠绿之中，黄色、红色、紫色的野花点缀出无限的生机。顿感这个公园很大，大到望不到边际。

休息了片刻，我往回走，来到西浜村西首的邮亭头自然村。浜底的水清澈而又缓缓流动，似乎很留恋，在浜底打转不肯离去。邮亭港两岸已经做起了护栏绿道，河面之上还有桥梁连通。走在河岸边上，景色不亚于公园。设计者拥有人文情怀，给村民们准备了很多休息的场所，而且休息场所形式多样，有临河的六角亭，有布满紫藤的长廊，甚至在河埠头都有石凳可以坐下。

慕名而来的钓鱼爱好者有福了，随便选个地方都可以开始垂钓。有树荫遮阳、有凳椅可坐，还有河埠头可以放网，更有绿道开阔，钓到大鱼都能有舒展的场地。

反正也是空闲，我就充当起西浜村的村民来，从邮亭头桥西向南出发，环着邮亭港跑起步来。微微泛黄的枇杷已经在枝头展现出成熟的色彩，引得雀儿们守在枇杷树上，专吃早熟的甜果。我的脚步声惊扰到了它们，它们呼啦啦往空中飞去，还发出叽叽喳喳的叫声，想必是在记恨我这个好事者打扰了它们进餐的雅兴。

从河西绕到河东，水中的身影始终伴随着我，使跑步的我不至于孤单。穿过邮亭桥，有个水上码头，还仿古建了长廊屋顶。想必以前的信息从水道传来，风尘仆仆的官差到了此地，可以停好船只，上岸补充一些食物了。

横新线在西浜村还是双线单行道，进村是看古村落风貌，出村是看田野风光，这样的布局真好，让我们看到了不同的西浜村。

浮澜桥村：在谭家桥上眺望未来

在暮春的一个周末，我去了位于乌镇镇浮澜桥村的谭家湾遗址。

“目的地就在附近。”导航系统就是这样官方地宣告着本次导航的结束。其实我还是一头雾水，车停在谭家桥上，透过车窗，除了桥栏是长城式的凹凸有型之外，其他的景物真的也看不出遗址应该有的风范。桥南有个工地在建设，我就驶了进去，蹭了一个车位停下，步行回到谭家桥上观察四周的情况。

桥北是在建小区，有很多个。有的已经在售楼，玻璃窗上反射着暖暖的光线；有的还在建设，高大的吊机还在轰隆隆地旋转着。我估摸着桥北是不可能有遗址的。桥南的东面也是个工地，留下西南还有一大片的田野。虽然公路边上茂密的树林遮住了我的视线，但透过树叶的空隙能够看到开阔的田野，我想那必定是谭家湾遗址所在了。

侦察好地形，我迈开步伐朝南面走去。路边都是高过人头的杏树，略有黄色的树叶下是密密麻麻刚刚泛点儿红的杏子，很是诱人。杏子形如野生的毛桃，却小于毛桃。我情不自禁地掏出手机，近距离地拍摄着这些可爱的杏子。由于靠得近，就连杏子表皮上的小斑点也被放大了。此刻，杏子最初的香味扑面而来，就是那种闻着会马上满嘴生津的效果。

这片杏子林还很大，果子在路边也没有人采，我一度怀疑果子是苦的。怀疑之下总有好奇心，反正没有人，索性挑了一个红中泛黄的果子，在手掌中擦拭了几下，咬了下去。味道还不错，酸中带

甜，最主要的是满口生津。看来任何问题不能靠猜测而定结果，而需要先尝试。怪不得陆游说“绝知此事要躬行”，很有道理。

由于果子多，所以挨挨挤挤的总会有几颗早熟的果子被挤到地上，那就便宜了那群爱甜食的蚂蚁们。轻轻地翻开每个成熟而落蒂的杏子，就会发现黑压压的一大群蚂蚁在忙碌着、舔舐。甜食使蚂蚁们愉快，就如人类也都喜欢吃甜食一样的道理。

走到杏林的中段，竟然有条小的石子路在野草的覆盖下隐约露出指向标的符号。石子路指示着遗址公园的大门，大门边上就是一块石碑——谭家湾遗址。终于找到了这个全国重点文物保护单位，有点小兴奋。那就在石碑旁休整一下，我要全身心去寻找先民留下的历史光阴。

喝口水，抬头看见在杏林深处的一个由水稻、小麦图案组成的广告牌。镂空的作物图案就印在铁块上，被雨水浸润过的生铁生出暗红的色调，就如先民们向往红红火火的生活一般虔诚。

图案上方还有一行红字——谭家湾云上农业实验区。这个实验区设立得好，因为这样的设计有个强烈的对比。谭家湾原本是古代农业发展的一个时尚前沿。谭家湾遗址发现于20世纪70年代，为新石器时代中晚期遗址，属于马家浜文化罗家角类型，距今已有六七千年历史。谭家湾遗址清理出墓葬15座，出土了陶器、石器、骨器、兽骨等遗物。其中陶器的陶质可分为夹砂陶、夹蚌陶、夹炭陶。

谭家湾遗址是乌镇历史的源头，对乌镇史研究具有重要价值。时间的印记被刻在土地的每个角落，曾经的故事也有了真诚的传承者，就是需要一点一滴地、慢慢地被诉说。我今天的到访就是在寻找被诉说的素材。站在田埂的三岔路口，竟然有些莫名的兴奋：每一条田埂都是现在与过去的时空接口。

“叽叽叽……”一阵尖锐而又稚嫩的麻雀叫声将我从美好的幻想中拉回现实。顺着急促的叫声，在周边寻找麻雀的位置。因为麻雀的声音是儿时最熟悉的声音，今天听到格外亲切。一看就知道小麻雀有多调皮，一不小心掉了下来，好在下面有油菜梗保护，有惊无险地渡过一劫。

好奇心总是与友善同时出现。当我靠近它，伸出双手将要把它捧起的时候，小麻雀发出急促的呼救声，背后楝树上的大麻雀也响起了更为急促的警告声。我知道麻雀妈妈是在担心我会伤害它的宝贝，但麻雀妈妈没有办法与我进行斗争，只得高声鸣叫以示抗议。我没有理会树上的警告，径直捧起那落在油菜梗里苦苦挣扎的，又被陌生的我吓得惊叫的小麻雀。

隔着小麻雀的羽毛都能感受到它瑟瑟发抖的身体，我用手掌心轻抚它的身体。慢慢地，它放下了戒备，那张带有嫩黄色的张着的尖尖的嘴巴也放松了下来。树上的大麻雀看见小麻雀不再呼救了，它们也放慢了叫唤的频率。但大麻雀还在树枝上急促地跳来跳去，观望着下面发生的一切。

满足了好奇心的我，在路边放下了稚嫩的小麻雀。让它们自己去处理这个突发事件吧，也给调皮的小麻雀一个教训：成长中不可能是一帆风顺的。

光顾着与小麻雀逗乐，却忽略了远处的田野风光。伸了一个懒腰，触摸着空气，似有一只手握着，温暖；抬头转了一下脖子，眼眸中满是瓦蓝的天，清新。远处的田野与天际连成了一片，分不清哪是天、哪是地。而在天地之间的我，也是忘记了一切，与庄稼一起融入了时空里。

如今的云上农业实验区规划从生产、生态、生活三个方面进行改造，从传统耕作与现代智造两个时空维度对农业遗产进行自然呈现与现代技术的活化演绎，将谭家湾农业遗址公园规划为室外稻作文明的活化展示基地，展现中国稻作文明的发展之路；同时作为乌镇乡村振兴的重要抓手，打造“绿水”生态样板，探索智慧农业的新模式。真是想不到，谭家湾在七千年之后继续引领着农业的发展。

徜徉在这片田野里，整个人感觉特别通透。满眼是一片片的麦子泛着金黄，间隔着麦子的是一片片青色的油菜，在青黄之间是野花盛开。此刻的空气都带着令人兴奋的甜味。

田野的深处有几幢形似民房的建筑，但这个建筑有别于传统民居，名曰“稻田书局”。书局是乡村文化公建性质的建筑，坡屋顶就像是乡村聚落的一种符号。在一个没有严格约束、相对自由的宏大田野中，突兀的房屋又显得很和谐。书局建筑高于一般民居，就像田野里的指示灯塔，锐利地冲破大地，有着强烈感召力，召唤着人们前来耕作。

当我们身临乡野，眼前的这片庄稼地就像是原始文化遗产给未来生活的一次奇妙的冲击。同时，我们希望有像时间容器一般的建筑，成为场地与人之间关联的媒介，衍生出时间的维度与在场的记忆。稻田书局做到了时空的有机结合。

真想在这里做个农夫，在农忙之余，躲进稻场书局闻着稻香，感受屋外稻田里发生的一系列充满生活气息的景象；和着书香，温柔地唤醒沉睡在这片土地上几千年的失落的文化记忆。

杨园村：在“务本堂”里遥望杨园美景

走进设在乌镇镇杨园村村委会里的“务本堂”，堂里的展览清晰地展现在我的眼前。

展厅中将张履祥的一生做了详尽的梳理。张履祥（1611—1674），字考夫，号念芝，浙江桐乡杨园村（今浙江省桐乡县）人。明亡后，隐居家乡讲授理学并兼务农业，世称“杨园先生”，生平事迹载于《清史稿·儒林传》。

张履祥自幼聪明好学，五岁父亲教读《孝经》。七岁，入私塾读书，师从余姚孙台衡先生。九岁丧父。十一岁，至钱店渡外祖家就读，师从陆时雍（字昭仲）先生。十五岁，到甑山钱氏鹤堂就读，师从诸董威（字叔明）先生，并结交钱寅（字子虎）等友人。

他在家务农，重视科学种田。在农耕时对《沈氏农书》极为欣赏，但尚感有不足，于是根据本人经验和从老农那里学到的知识，约在清顺治十五年（1658）写成专著。内容包括“补农书后”“总论”和“附录”三个部分，主要论述有关种植业、养殖业的生产和集约经营等知识，记载了桐乡一带较重要的经济作物（如梅豆、大麻、甘菊和芋艿等）的栽培技术，专著内容相当广泛，且切实可行。乾隆年间，朱坤编辑《杨园全集》时，把《沈氏农书》与本书合为一本，分上下两卷，统称为《补农书》，故后世刊本多用此书名。

“竹雨松风琴韵，茶烟悟月书声”，我们每个人心中都有一个桃源情结，“潇潇竹雨，阵阵松风，如此曼妙景色里读书赏月，确是无边风光之雅事”。走出展厅再回望务本堂，终会明白杨园先生民本思想的高度，杨园村村名的确立就是表达对这位重视农业的乡贤张履祥的崇敬。

村委会前面是良田千亩，那已泛青的麦苗正在春雨中滋滋生长。村委会的西侧是新村聚集点，一排排、一幢幢的农家别墅前都挂上了红灯笼、贴上了对联，进进出出的小轿车忙碌着，好一派过年的氛围。我想，这才是杨园先生最想看到的场景——安居乐业。

透过栅栏，那小院里覆盖了一层厚厚的礼花红红绿绿的彩纸，将花坛、卡座和各种器具都罩得严严实实，勾勒出喜庆的轮廓；小院围墙外面，茶花开得正艳；气温 25 摄氏度的今天，没有一丝风，一片静谧，所有声音都像是被春天所包裹了。

杨园村是个传统的农业村，但又不完全是个农业村。他们在

传统的种田养蚕基础之上，又发展了大棚蔬菜、瓜果种植、水产养殖等。这印证了杨园先生在《补农书》中的发展理念：农业发展有科学布局，农林牧副渔齐头并进。我想，一定是杨园村村民认真学习了《补农书》上的农业知识，才造就了今天现代化发展的杨园村。

“祖宗传贻积善二字”“子孙固守农士家风”“立身四要：爱、敬、勤、俭”“居家四要：亲亲、尊贤、敦本、尚实”。富裕了的村民也特别重视精神文明，他们传承着杨园先生的教诲，将《训子语》一书中的精髓运用到家庭建设中去。“浙江省文明村”的荣誉称号就体现出村民们对杨园先生所提倡的家规、家训、家风的优良传承。

既然来到了杨园村，那就去看看杨园先生的墓吧！村文化专管员小卫一边指路，一边跟我聊起有关杨园先生务本堂里的一些布局与用意。务本堂界碑、《训子语》《补农书》等一一道来，一个年轻人懂的还不少，真令人刮目相看。

汽车从新村西侧的小路一直向北开，那乡间小路越来越窄。窄到我们只得在田埂的十字路口停车，徒步进入杨园先生的墓地。路虽小，但整洁。路面水泥地的白和路旁松柏的青，给人一种肃穆的感觉。大约向西走了五百米后，拐了个九十度的弯，再向北走了五百米，杨园先生的墓就在苍松翠柏之中。静穆是一种氛围，也是一种心情。

清同治三年（1864），左宗棠任闽浙总督之时，为张履祥捐资修墓，并亲自题写墓碑“大儒杨园张子墓”，并写下墓门对联：“孝弟力田耕读以外无二道，忠信笃敬程朱而后惟一人。”墓前牌坊就是后人对先生缅怀和崇敬的最好见证。

墓西侧有一亭，暂无名，朱色的柱和黛色的瓦在红梅的掩映下更有乡村春色图的意境。墓后是一条画了弧形的河道，半包围着杨园先生的墓，其形像极了元宝。我想，这是杨园先生所期望的：要让村民们耕读传家、发家致富。

墓东南是一片开阔的水塘，水面微波粼粼。那水面将光折射出亮光来。鱼塘周边的桑树有了光亮，就显得格外有生命力，那桑叶已经探出了嫩黄的头，毛茸茸、亮堂堂。鱼塘中还没有鱼苗投入，水很清，水草都能看清有几张叶子。这是养殖户在为鱼塘杀菌、维修，俗称养塘，等到气温升高后再养鱼。塘边的柳树在春风下摇曳，如同顽童一般在塘边逗鱼玩儿。

乡间的空间就是大，村民的房屋间隔很大，前后还各有一个小院，种上一些花草，满足一下精神上的审美需求，真好！农家的光照也好，每户都安装了太阳能热水器。远远地观望，绵延成片的蓝色光伏板亮得让人看不清。

踏上回程的路，刚想上车，转身之时，水面上升起一层薄薄的水雾，将远处的村庄装扮得如同人间仙境。

杨园村，真好看！

石门镇：石门斜日到林丘

石门亦称“石门湾”“石湾”，俗称“湾里”，别称“玉溪镇”。据清《石门乡土历史》载，春秋时吴越争霸，两国于此接壤，“昔越勾践垒石为门，以为屏蔽。吴亦筑城于其地，以绝越兵，洵险要之地”。故此地始称石门，其历史悠久。

沿着运河南岸，漫步在香樟树下。干净整洁的水泥小路顺着运河的湾兜绘出了一个完美的弧形。坐在向北岸凸出的河埠头台阶上，遥望对岸林立的店铺，还有在湾兜里丰子恺先生的“缘缘堂”。

石门的美不仅仅在于丰子恺故居的建筑之美，还在于镇外的村庄之美。农家小院前，满池的荷叶虽然失去了盛夏时的绿意，连粉色鲜艳的荷花也已不再，但略微枯黄的荷叶体现出另一种风味。荷叶下不计其数的莲蓬都仰着溜圆的面庞，露出微微的笑容……

“方宅十余亩，草屋八九间。榆柳荫后檐，桃李罗堂前。暧暧远人村，依依墟里烟。狗吠深巷中，鸡鸣桑树颠。户庭无尘杂，虚室有余闲。”我想，能在此处石门乡村留宿定是个不错的选择，因为此处可以满足每个人对陶渊明笔下桃源生活的想象。

颜井桥村：罗家角的泥土

中秋节那天闲着无事，就去石门桂花村走了走。兴致勃勃地驱车前往桂花村，停车后穿过桂花村的门头，转过圆形环门，踏在青砖小道上，迫不及待地赶过去看那些姚太公在百余年前种下的金桂和银桂。本想闭上眼睛好好地吸上一口桂花香，结果却只有一阵乡间特有的泥土气息，睁眼看个究竟，整个桂花园竟无一开放的桂花。

怀着失落的心情，在绿树下绕着桂花村的财风湾走了一圈，在心中脑补了一下桂花盛开的景致。虽然没有看到桂花，但桂花年糕的香糯还是可以弥补一下遗憾的。我在桂花村的鑫缘农家乐里用完中餐就返回桐乡了。刚过石门丰同裕染整厂时，夫人提议去看看我们桐乡人祖先的发祥地——罗家角遗址。

一听这个建议我就来了劲儿：早就想去看看我们祖先生活的场地了。坐在后座的女儿已经开始导航了。调过车头，从丰同裕西面的公路一直向北开去，经过石门镇的经济开发区后折向东，来到了颜井桥村的罗家角。

停下车，走上村里的小道，穿梭在乡间。那小弄里冷不丁蹿出几条中华田园犬叫上几声，我们也不理它们，只顾自己走路。土狗们看看没有危险，也就甩甩尾巴走开了，寻找它们的快乐去了。

导航提示，目的地就在附近，但我们走完小村庄，还是没有看到我们想要去的罗家角遗址。

“是不是导航有问题啊？”女儿开始怀疑起高科技来。

“我去问问吧！”我举目张望。村里的房子特别有味道，那种白墙青瓦的楼房在蓝天白云的映衬下显得格外干净利落。家家户户由小隔弄分开，院子前是矮篱笆，篱笆上缠着丝瓜藤，藤上的黄花正怒放。碧绿的长丝瓜悬着，篱笆下的鸡鸭在草丛中觅食。

透过篱笆看，洁净的大门紧闭着，想必主人家在外忙着农活儿。一连走了几家都是如此，我也只得回来，硬着头皮往下走。当我们转过一个岔口，“罗家角遗址”几个白色的字镶嵌在一堵泥坯矮墙上。

“终于找到你了。”我快速地跑过去看个究竟。“罗家角遗址”这五个白色大字是石门书画名人吴蓬先生题写，拓在金属上用漆漆白。白色的篆书在灰色的泥坯上更显得有年代感。罗家角遗址东西长约 400 米，南北宽约 300 米，总面积 12 万平方米；1956 年被发现；1979 年和 1980 年，浙江省文物管理委员会组织考古队对罗家角遗址进行局部发掘，发掘面积1338平方米，文化层堆积厚20至350厘米，叠压着四个文化层，出土石、骨、木、陶器等794件。1963年3月，浙江省人民政府将罗家角列为省级重点文物保护单位。2001年，国务院将罗家角列入第五批全国重点文物保护单位予以公布。2018年6月，罗家角遗址入选浙江省第二批省级考古遗址公园。

在矮墙头的土坯旁拍下纪念照后，沿着小路左拐，走过大约50米的水泥小路再右拐，就看见了罗家角遗址的大门。一对硕大的木门敞开着，门后就是我们祖先诞生的地方。脚下的水泥路一下子改为了青砖路、泥草路……跨过门，就是一片空旷的天地。如同走进了时间机器，我们穿越了时空，来到了桐乡人的远古时代。一阵阵的泥土味扑面而来，强烈的阳光照得我们有点目眩。我是谁？你是谁？我们竟一时回答不上来了。

我们顶着大太阳，一步一步小心翼翼地踩在这片神奇又神圣的泥土上。青砖路的两边是田地，东一块、西一块，方方正正。田里一串串的稻花在烈日下挺立着望着远方，似在诉说着远古先民栽培水稻的艰辛历程。

田地中间的过道上有一棵伞状的楝树，我们快步钻到了树荫下。极目远眺，满眼的绿意。远处的天与地相连，近处田里的稻穗正开着稻花，田沟里还有几条小鱼在水草里嬉戏。站累了，蹲下来，我细看那些养育我们祖先的泥土：这泥土是褐绿色的，并带有一丝光亮。抬头平视，一方方的田里，正在接受花粉传播的稻穗花开正旺，这也就意味着今年稻谷丰收。

我想，绿色就是生命的颜色，光亮就是指引人们前进的方向。怪不得古人能在这里繁衍生息，因为这里的泥土有着神奇的力量。在罗家角遗址的第三、四层中出土的156粒稻谷，经科学鉴定是距今七千年的人工栽培籼稻和粳稻，从而可以推定嘉兴市境是迄今所知中国水稻的最早栽培地之一，也是世界最早的水稻栽植地之一。

正当我看着绿油油的稻田发呆时，妻子和女儿在树荫下竟拔了田埂上的野草编织起花篮来。看她们专心致志的样子，我就不打扰了，自己径直走出树荫，踏着青砖向北走去，去看那田地上面的高地。

走过一处小坡，只见那坡上的泥略有点儿黄，也许是泥中带有沙粒，在阳光的照耀下发出点点金光。这泥里有金子吧？我暗想。脚下的农作物都是菊花秧苗，墨绿色的。勤快的农人已经将长长的菊花枝条用泥块压在地上，让一株秧苗长成多株，开出更多的菊花。看着现在还比较稀疏的菊花秧苗，遥想当年的金秋十月，菊花开满高地上的壮观景象。男人们在田里割稻，女人们在高地上摘菊花，共奏一曲田野劳动的颂歌。田里的男人抬头看着满坡的菊花和自己的女人；地里的女人望着金黄色的稻穗和自己的男人。这也许就是我们现代人想要的田园生活吧。

天的确有点热，我在毫无保护的情况下漫步田野，真的有点吃不消。不远处有个树丛，我像小孩子一样飞奔过去。双脚踩在松软的泥土上，高一脚、低一脚的，舒服极了。走过了小土坡，我站在高处看她们娘俩在树阴下低着头乐此不疲地编织；跑进树阴，我对着楝树下的她们大声叫喊起来，空旷的田里有着断断续续的回声。她们只是挥了挥手，接着做她们喜欢的事情。

我在树荫下抬头打量起这些树来。它们的叶片似菱形、近似卵形，顶端骤然紧缩，有长短不等的尖头，中脉两面微凸起。树枝端头还有青色梨状球形的果实。我好奇地打开百度，拍下照片找寻有关这些树种的简介。

几秒钟后，科普知识随之而来。此树名唤“乌桕树”。《本草纲目》有记载，乌桕“因乌鸦喜食其子”而得名。所以，乌桕别名“鸦桕”。五月开细黄小的白花，深秋时叶子由绿变紫、变红。叶落籽出，露出串串“珍珠”，这就是木籽。籽实初青，成熟时变黑，外壳自行炸裂剥落。种子外被之蜡质称为“桕蜡”，可提取制造“皮油”，供制高级香皂、蜡纸、蜡烛等；果子榨取的油称“柏油”或“青油”，供制油漆、油墨等用，是农家重要的经济树种。遥想那时，男女老少在地头用工具将高高在上的柏子打下来的场景应该是欢快的。这里的泥土肥沃，这里的乌柏树的柏子特别多，也给农家带来特别多的回报。

我从高坡上走下，顺手摘下几朵野花，放进她们刚编织好的花篮里。就这样一路花香、一路歌声，我们往回走。当深秋时节到来时，“罗家角头乌柏树，微霜未落已先红”的美景应该十分壮观。我想我们到时还要来……

墅丰村：沈家墩的庭院风情

每次去石门总是走马观花、来去匆匆。这回终于下定决心给沈家墩村留足半天的时间，细细品味这个诗情画意的美丽乡村。

既然是美景就要与家人共享，停好车后，全家人徒步在乡村公路的绿道上。秋风不燥，阳光正好。一路的合欢花开得正艳，金黄色的花朵在阳光的直射下发出耀眼的光芒。家人们一路走一路看，时不时地用手机拍照片，留下一路的好心情。我们的高兴劲儿也感染了过路的车辆，司机们都放慢了行车速度观赏着一路的繁花。

走过绿道折过一个路口，就进入沈家墩的村口。刚才还是热闹的公路，一转眼就是清静的农家。一幅“牧童骑黄牛，歌声振林樾；意欲捕鸣蝉，忽然闭口立”的农耕图在我们眼前徐徐展现：牧童、老牛，池塘、水车，藤蔓、瓜果，晒场、谷子……好一个世外桃源的安恬场景。

“方宅十余亩，草屋八九间。榆柳荫后檐，桃李罗堂前。暧暧远人村，依依墟里烟。狗吠深巷中，鸡鸣桑树颠。户庭无尘杂，虚室有余闲。”我想，能在此处留宿定是个不错的选择，因为此处可以满足每个人对陶渊明笔下桃源生活的想象。

“白墙黛瓦的古朴色调，加上玻璃线条的时尚气息。”池塘边上的农家主人改造出具有自己个性特色的屋舍。最妙的是墙角边的美人蕉迎风摇曳、风姿绰约，为农家小院增添了生活美感。主人家很热情地介绍起了沈家墩庭院经济的发展历史：2015 年 9

月，沈家墩开始实施庭院经济项目。农户房前屋后的菜园围起了竹编篱笆，地里种的各式蔬菜整齐划一；曾经用于村庄抽水灌溉的废弃水塔被建成了观赏风车，田里立着稻草扎成的黄牛、犁车、绘画的儿童，浑然天成……从此，沈家墩迎来了翻天覆地的变化，不仅美化了人居环境，更是发展了旅游经济。新房主人满脸的笑容告诉我们沈家墩村民对庭院生活的满足。

顺着主人手指的方向，我们看见了新房北面由废弃水塔建成的观赏风车。迎风转动风车，与河边的绿草、野花构成了美丽的景致，更为这童话般的沈家墩增添了神奇的色彩！

沿着乡间小路，踏在青黄相间的野草上，软绵绵的。展望一幢幢的农舍，白墙上色彩斑斓的丰子恺式漫画引人注目，充满童趣。

村庄的美在于水，村中心的荷花池也就成了沈家墩的点睛之处。满池的荷叶虽然失去了盛夏时的绿意，鲜艳的粉色荷花也已不再，但略微枯黄的荷叶展现出另一种风味。荷叶下不计其数的莲蓬千姿百态：有的昂首挺立，显得十分神气；有的低头藏身，好像有些害羞；那些成熟了的，垂着黝黑的脑袋，鼓着大大的眼睛；未成熟的，仰着溜圆的面庞，露出微微的笑容。

荷花池中有一架九曲木道，游客可以近距离地观赏水中荷叶。木道中央有一凉亭，亭中一位老者正坐在藤椅上赏荷。老者戴着一副圆圆的眼镜，山羊胡须，目光慈祥地看着满池荷花，满足的神情在他眼里流露。他，就是漫画家丰子恺。右手边的茶几上有几本书和一壶茶，“留得残荷听雨声”是此时最妙的意境。我想丰老先生不仅喜欢沈家墩这乡村的宁静，更喜欢沈家墩农舍墙上的儿童画吧！

荷花池的边上是一垄垄的芋艿埂，它们撑开爱心形的芋艿叶子等待着白鹅们的到来。最让人忍俊不禁的是那群正要从荷花池里上岸的白鹅，它们扑棱着大翅膀，抖抖身上的水珠，正要爬上来。我赶忙跑过去，想要抓拍它们的身影。原本以为它们会因害怕而折回池中，但它们一点儿也不害怕我，依然定格着固有的动作。我定睛一看，原来这些白鹅是模型，但做得真是惟妙惟肖，以假乱真地骗过了我的眼睛。

夕阳西下，白鹅回家，一日的乡村生活画卷又徐徐落下帷幕。村外的向日葵园泛着金黄，每个向日葵花盘齐刷刷地朝西向着斜阳。在夕阳下，沈家墩的白墙上折射的光线就如沈家墩人的笑脸一样灿烂无比。

殷家漾村：梨园人家

“梨花风起正清明，游子寻春半出城”是梨树最美丽的姿态；“青皮梨头满数枝，挂在树上惹人痴”是梨树最高光的状态。可是这些我都没有遇见，今天来到殷家漾千亩梨园，看到的只是梨树将要落叶时那最“丑”的一面。

立秋后暑热不减，午后燥热更甚。来到位于石门镇西北部的殷家漾村看梨树需要莫大的勇气，其实钻进树林里，绿荫下还是

凉爽的。殷家漾村村委会前面的停车场是一片树林，树木按照车位来种植，方方正正地守护着每个车位，刚下车就能感觉到阵阵凉意。站在停车场上很容易辨别方向：正东面是高大气派的文化礼堂，正西面是浩瀚无边的千亩梨园，正北面就是红旗飘扬的村委会……

整理了一下心情，喝了一口水，去看这个梨园。入园之前，先拍几张照片以资纪念，当然要将村委会门口那展现“梨园人家”的浓缩盆景拍下来。盆景对面就是传说中的千亩梨园，梨园入口有个圆拱形门头，名曰“梨园探幽”，一副“忽如一夜春风来，千树万树梨花开”的对联贴于两侧。门头遮挡了梨园内的部分景色，这种若隐若现的园林美学激起了我的好奇心。看准了乡间小道上没有车辆经过，我穿过公路，进入了这个具有江南水乡特色的圆形拱门。观光大道是个两层的笔直长廊，将梨园一分为二。有了遮阳的观光大道，就免去了我在太阳下暴晒的煎熬。

在长廊下，只见那株株梨树笔直向上，树梢已经落叶。落叶后正好有了空隙，透过枝条可以看见梨园南北的农家别墅。农家别墅一排排、一幢幢，在阳光下折射出五彩的霞光。

树枝中部梨叶还很茂盛，那绿色也正深得浓烈。张开叶片正努力地吸收阳光雨露，为树木储存好营养准备过冬。最令人惊喜的是树杈上还有零星的梨花开放，那花朵虽然没有清明时节一团团一簇簇那样的气势，但零零散散的梨花仍不失风采，照旧开得别有风味。在艳阳的照耀下，几朵梨花洁白如雪、玉骨冰肌、素洁淡雅、美艳含香、风姿绰约，真有“占断天下白，压尽人间花”的气势。我想，这也是梨树在补偿我错过春天看梨花的损失吧。

地上的野草在野蛮地疯长，掩盖了落下的枯叶，整个地面都是绿草掩盖下的勃勃生机。不远处还有几株不知名的小草开着素白或微红的小花，也算是给单调的梨园增添一点色彩。

现在已经过了最热闹的采摘季，留给梨园的除了寂静，还是寂静。也好，千亩梨园此刻就属于我一个人了，我与梨树一起神游其中。

在悠长的廊下漫步，在落叶之中细数着三三两两的梨花。“呼……”麻雀们被我这个不速之客惊扰到了，扑棱着翅膀惊慌地飞向梨园深处。

梨园的本来面目是无趣的，密密麻麻的树枝，重重叠叠的枝叶，唯有树下的野草伴随着它们成长。更多的人来看花开时节“白锦无纹香烂漫，玉树琼葩堆雪”的艳丽，来看果熟时节“庭前八月梨枣熟，一日上树能千回”的热闹，但又有多少人会来看它们落下花朵、摘下果实后的真实生活？走在长廊的尽头，忽然想起了在老家的父母，每次节假日回家时，桌上的菜肴总是那般丰盛。但我们走后，他们又是怎样的生活？我想除了单调，还是单调。

父母就是这样，将最好的一面留给孩子们，将孤独寂寞留给他们自己。梨树亦是这样，一年之中只有花季、果季，这里才会人山人海，那观光长廊之上是多么“沸反盈天”。过了夏天之后的秋天和冬天，留给梨园的是无人问津。哪怕路过，人们也不肯多看一眼那光秃秃、伸长着灰溜溜的树枝的丑陋梨树。

退出千亩梨园，远处有些老农在给梨树施农家肥，空气中传来了浓烈的气味，虽然有点刺鼻，但不像工业废气那样让人恶心，不用捂住鼻子逃之夭夭。

回望在树林中看到的刻有“全国一村一品示范村”的石块，那红色的字迹在树影中格外耀眼，不禁要给殷家漾的村民因地制宜地种植梨树、发展特色经济点个赞。

他们默默地劳作，才有了美丽的花开和鲜甜的脆梨，更有了现在的幸福生活。

周墅塘村：蘑菇村里的童话世界

翔厚乡下的喜酒就是热闹，吃了中饭，还有晚饭招待。趁着中饭与晚饭的空当，用百度查了周边的美丽乡村。国际蘑菇村的景区跳入眼帘，单凭这个名字就够吸引人了。开启导航，十五分钟就到达了位于石门镇周墅塘村的国际蘑菇村。

周墅塘村以河命名，塘从练市流向南，刚入桐乡市所辖地就有一座横跨这条河的东西走向较雄伟的桥，名曰周墅塘桥。桥下的河水面宽、水流清、水势缓。稍微再向南，就在东侧见到一条小河蜿蜒入村，这村称为“漾口”。

为什么叫漾口？相传古时此处有大大小小九个漾潭，现在紧贴着塘边还有一口百米见方的大水塘，是九个漾潭的汇集处。漾口村古时水上交通便捷，水上贸易繁荣。现在的漾口村以“国际蘑菇村”为主题，围绕健康产业和亲子教育，提取蘑菇元素，打造成安徒生笔下的童话世界。

也许是下雨的缘故吧，游客中心空空荡荡的，偌大的停车场就我们一辆车。也好，游客稀少时，雨中漫步漾口村，更有浪漫情怀。

以周墅塘村游客服务中心为起点，沿着脚下的彩色健步小道，我们走进安徒生笔下的童话世界。小道的周围散布着蘑菇，大小不一、高低错落、形状各异、色彩斑斓……初到此地的我们目不暇接，想不到小乡村也有大世界。

在满足视觉享受的同时，总与童年时代的动画片场景相联

系。对，那是小白兔的家，那是小白兔的蘑菇，还有吃了让人变为恶魔的毒蘑菇……就连同行的父母亦是惊喜不断，他们也找到了他们童年的记忆。

蘑菇们散布得很自然，就在河的两岸、桥的两头、窗下的墙角、竹林的低洼处……不经意地转身也能遇见憨态可掬的蘑菇们在角落里朝你微笑。尤其是春雨绵绵中，那些蘑菇更是熠熠生辉。坐在漾口桥南的清溪亭中，听流水潺潺，看蘑菇点点，也是一种精神的享受。

继续沿着健身小道前行，最有感觉的是漾口河中段有一棵横卧在河面上的油树。树干很粗壮，全身平卧在河道上，树皮上长满了青苔。游客可以踩上去站到河中央，不管你做任何动作，都能显示出你“高大上”的形象，因为河水中的倒影增加了你身姿的挺拔。树干中央还有一根枯枝，在春雨的滋润下，枯枝上长出了一只只小木耳，像是在谛听来自河道的嬉笑声。调皮的你可以捡上一根树枝在空中飞舞，按下快门，一个正在施法的魔法师就诞生了。

漾口村落风貌凸显江南水乡特征，河道干净开阔，河道两边的古树、翠竹间隔排列，若有一艘船在河道上畅游则更是惬意。漾口地理位置优越，水系发达，为古时水上集市交易地，古桥、埠头尤为集中。这也有力地证明了漾口村周围的农村产业资源丰富，贸易频繁。站在漾口石桥上向西张望，树荫下一条水道绵绵不见尽头，很有“古树被青薜，蟠溪作卧龙。穷冬不蔽日，入夏却生风”的意境。

绕着乡间的迢迢小道，追寻着点点蘑菇，发现了幕幕童话……蘑菇餐厅、“非遗”展示馆、童乐书吧、露天电影等旅游景点与我们不期而遇，在此地就像在童话故事里，你我都是无知却又好奇的懵懂孩童。

一路走，一路看……绕到村北，“水潭里”的景色更是迷人。靠近河埠头的芦苇已经拔节，青翠的芦苇叶在河岸随风摇曳；潭对岸的高坡上满坡的杜鹃映红了潭水；远处的白鹭小心翼翼地在水边寻觅着美食，给红色的潭面点缀上几星洁白。大自然真是个杰出画家，随手一甩，一幅春色田野风景画就呈现在我们眼前，而且色彩无比柔和、光亮。此情此景再配上远处的皇宫城堡（机埠造成的模样），真是让人以为自己置身于安徒生的童话里。代入感超强的画风，一个转身，我们便也成了童话里的人物：大克劳斯和小克劳斯。

在村北回望漾口村民新建的宅屋更富有美感。尖屋顶有西式建筑风情，而宽大的窗户则具有中式风格。这样中西融合，使得房屋既美观又实用。最妙的是村舍前后都有童话故事在演绎，“白雪公主和七个小矮人”“长斑点的蘑菇”“蘑菇伞下的笑声”……彩色蘑菇成了漾口文旅产业发展不可或缺的道具，就如漾口村发家致富少不了食用蘑菇一样。

村南面是真正的食用蘑菇生产基地，一排排的大棚是全村的希望之光，一袋袋蘑菇产品是村民致富的宝贝。村民们正努力运用科技发展乡村经济，建设自己的美丽家园，过上童话般的幸福生活。

桂花村：年糕的甜味

时近中秋，天气还很炎热，桂花村竟无桂花可赏。但既来之则安之，在这个古老的村落走走也是有收获的。比方说在桂花村看不到桂花，但桂花年糕是可以吃到过瘾的。

在桂花村村口的树荫下停好车，站在桂花村桥上等待朋友来会合。中午的阳光的确有点猛，赶忙躲到通往桂花村的小路上，因为小路两边有的是参天古树，将阳光挡在半空，使之无法晒到水泥路上，热气也消除了不少。树荫与阳光形成了鲜明的对比，此刻尤其感受到了绿化的重要性。

等待总是焦急的，还好有一条绿荫小道遮了阳，不至于在烈日下暴晒，还有古树上此起彼伏的蝉鸣声帮助打发无聊等待的时光。小河港的河面上是阳光透过树叶投射下来的斑驳树影，缝隙中还透着一束束光线，为整个河面增添了光影效果。河中游弋的鸭群成了这个舞台的焦点，它们表演着《天鹅湖》。

朋友们终于到了，一阵嬉笑划破了树荫，惊动了沉浸在表演中的水鸭。一转眼，水鸭以最快的速度逃离了这个危险的地方。

时近饭点，先去点菜，吃了再看景，这是大家的共识。进了桂花园饭店，点农家土菜，当然不能少了桂花年糕这个经典美食。倒上一杯菊花茶润润喉，还没有开腔说各自最近的生活，油爆河虾就上来了。菜上了就开吃，边吃边聊身边的琐事。因为是中午，也因为各自开了车，酒就不喝了。不喝酒虽然少了吹牛胡侃的气氛，却多了生活的感慨。

农家菜真的不错，总是给人一种柔和、温馨的感觉。我们都喜欢糖炒桂花年糕，就是因为它甜而不腻、柔而不黏的口感。从小到大就是这个味道，犹如老友一般亲切、热乎。

饭菜吃饱之后，我们来到桂花村景区走走，不为景色，只为消食和聊天。穿梭在姚太公植下的桂花树下，感受着树荫的庇护。关于这棵最老的金桂还有这样一段传说：一百七十多年前，姚家太公姚生财去杭州灵隐寺进香，诚心拜佛、乐于捐助，他的善举感动了寺里的老和尚，老和尚特地命人从山上取了一棵桂花树送给他。

回家后，姚生财把树栽培在僻静雅致的后院，此处三面环水，无人踏足。3 年后，桂花树开出了金黄色的桂花。日复一日、年复一年，经过千万次的压枝繁殖，独木便成了林，最终便成了桂花村。

前人栽树，后人乘凉。姚家后人不仅仅在乘凉，更是在开发桂花村的旅游资源。桂花树可不只是用来观赏的，桂花还是做年糕的好佐料，故名曰“桂花年糕”，它是桂花村的传统点心。桂花年糕被做成伴手礼，让前来观光的游客满载而归。南瓜、南瓜叶、黑紫糯米、芝麻馅、豆沙馅……五花八门的桂花年糕新产品随着客人的赞誉提升了桂花村的美誉度。

“独坐小庭里，风送桂花香。冷露如清泪，嫦娥亦何伤？”今天虽然没有看到桂花的姿容，也没有闻到桂花的香味，却领略到了财风兜里的风姿。据说乾隆皇帝下江南到石门，龙船就停在这个形状像元宝的湾兜里。更有后人进京赶考之前在这个湾兜里沐浴，并把湾兜里的水用瓶装上，寓意遇事发财、遇试高中。

来财风兜碰运气，是个美好的祝愿，但来财风兜看风景的确是个不错的选择。一个湾兜，在两棵参天古树的庇护下显得绿意葱葱。财风兜的对岸是桂花村的景点，有假山奇石，有芳草鲜花，更有杨柳抚堤，好一派世外桃源的景象；湾兜的背面是一片稻田，绿色之中开始泛起金黄，沉甸甸的稻穗低下了成熟的头。秋风吹起阵阵稻浪，好一番丰收的景象。

坐在财风兜河边上的木椅之上，吹着中秋的风，闻着河水微微的水草香味，总有一种说不出的惬意。木椅前方是一条长长的紫藤廊道，紫藤紧紧缠绕着廊檐水泥柱子，将原本挑空的柱子盖得严严实实。就算是午后最强烈的日光也难以进入廊道，给廊道带来了幽深的美感，悠长的廊道给足了游客无限的想象。

就在此处，刚才还弥漫着嘻嘻哈哈谈笑的声音，那声音好像突然蒸发了一般，留下的只是寂静。真的不想起身了，就在木椅上倚着，望着水平如镜的河水发发呆，看着老友们卖个儿时的萌。此时无声胜有声，不为别的，就为自己找个放空一下的理由。

“喳喳喳……”喜鹊啼叫得像一只清脆的银铃，在古树上跳跃着，欢叫着。抬头仰望树梢上的喜鹊，它们长得真漂亮，棕黄色的嘴、粉红色的舌头，大大的眼睛像两颗星星。我们在树下议论着它们，它们也不怕生人，摇头摆尾地叫着，还不忘梳理一下花衣裳。老话说“喜鹊叫喳喳，好事到我家”，我们一群人开心地笑了起来，只是笑声太响了，竟把喜鹊吓走了。

喜鹊走了，我们也该走了。带上财风兜的财运，带上喜鹊的祝福，带上桂花村的美景，踏上回家的路程。

郜墩村：荷塘月色

汽车开在羔羊集镇上，熙熙攘攘的街市是让人开心的。大道旁商店比比皆是，商店门面不大却很和谐，就连店堂的广告字也是圆溜溜的接地气。

正当我驾车慢行打量着这个小集镇时，导航响起一个右拐的指令，我就顺从地从羔石线进入了育兴线。一个转弯就进入了乡间，眼前的景致立马就换成了乡村，就如电影镜头的切换一样没有半点过渡。

说是乡间小道其实也不小，黑色的柏油路面在阳光下闪闪发光。路旁的村舍在低矮的围墙里显得温馨宁静，就连看家的中华田园犬也是慵懒地趴在廊檐下晒着太阳。这里的农舍围墙别具一格，半人高的矮墙高低不平，黛色的瓦片随着墙体起伏，宛如神龙游走的姿态。墙中有窗，窗中有瓦片正反交叉叠放，留出鱼状的镂空纹。墙内鸡冠花开得正艳，透过镂空纹，似乎一条条红色的金鱼栩栩如生地游弋在白墙之上，好看极了。村民们都是民间艺术家，将自己的家园设计得美轮美奂。

沿着育兴线，遇见那块用红漆撰写着“美丽乡村，幸福郜墩”的大石头，就到了郜墩村村委会了。停好车，站立在村委会办公大楼前，有一种气派而又视野开阔的感觉。路面是一尘不染的洁净，就连空气都是清新的，因为村委会前面就是一大片的树林，为村民们提供新鲜的空气。

树林与办公区用一条法治宣传长廊隔开了。北面是办公区，

南面则是村民的休闲区。郁郁葱葱的树林中间空出了一个圆形的广场，其形状像个喜庆的灯笼。这是村民跳广场舞的汇聚点，每到夜幕降临，村里的大叔大妈，还有年轻人，就会汇聚在这里，听着《荷塘月色》的神曲，踏着欢快轻盈的步伐，在圆圆的舞池里尽情地舒展身体。村里为大家点上大灯，将黑夜照成白昼，配上音响调动大家的激情，还有专门的老师来做舞蹈动作指导。“剪一段时光缓缓流淌，流进了月色中微微荡漾。弹一首小荷淡淡的香，美丽的琴音就落在我身旁。”歌声传到村外，舞姿轻盈起伏，笑声响彻天空。那场面，胜似20世纪村民看露天电影的盛况。

郜墩村是一个名声远扬的“皮鞋村”，拥有大小皮鞋企业、个体工商户164家，所以平时大家工作也很忙。但制鞋行业有个很特别的规律，那就是每年有三个月时间是空闲时段。村里针对这个现象，想方设法发挥公园的作用，购置音响设备，鼓励大家去跳舞。渐渐地，周边村民也闻声而至，就连河山、洲泉、芝村的农民也赶来跳排舞，最多的一次石门排舞比赛有上万人聚集在一起跳舞。

我站在偌大的圆形公园中心，享受着午后暖暖的阳光，闭上双眼，静静地聆听，似乎有村民整齐的排舞声在耳边响起，是那么整齐和有力。

睁开眼，那抹绿色更深了，我禁不住诱惑，径直走进了树林之中。一道道小径就如紫藤的荆条自由地延展着，在必要之处又有规则地存在着。每到一个转折点上总有一些通俗易懂的法治故事、法治标语醒目地呈现在你的眼前，就如人生路上的航标，指引你走在正确的道路上。在法治宣传牌的周围总有翠竹、松柏、香樟、桂花等树木相伴，相得益彰，就像人生路上的良师益友一样时刻提醒着你。郜墩村是个法治村，不仅有个法治宣传广场，更主要的是村民讲法治、村民守法律，所以连他们跳的排舞也总是整齐划一的。

走出幽静的法治广场，从东面小路向东走，一个更大的水上广场等着你，一泓50多亩宽阔的水域在夕阳的照耀下发出金灿灿的亮光。如果说刚才的法治广场是一抹绿色，那么现在呈现在眼前的就是一抹金色。可惜时节已到立冬，一湖的荷花已经退去，只留下静静的湖水，有点寂寥。好在湖中的喷水柱在喷水，给平静的湖水激起层层涟漪，增添了一丝生气。那层层涟漪好似戏剧舞台上的青衣花旦在拂动着丝绸的衣袖那样轻巧有型。

水雾均匀地洒在空中，形成了一张幕布。在夕阳的照射下，幕布之上映出了斑斓的彩虹，整个湖面顿时就绚烂了起来。那九曲连廊、那湖心凉亭、那湖岸农家别墅就如蓬莱仙境一般妙不可言了。

郜墩的冬天竟如此美丽，想必到了夏天，湖中满池荷花盛开将会更加漂亮。我想，夏天到了，我一定会再来郜墩村看那“荷塘月色”。“在一个夏日的夜晚，曲曲折折的荷塘上面，弥望的是田田的叶子。微风拂过，送来缕缕清香，仿佛远处高楼上渺茫的歌声似的……”

白马塘村：田野菊海

白马塘村的菊花开了，开得五彩缤纷、姹紫嫣红。朋友圈里的照片一张比一张好看，看得我心里痒痒的。天气预报说下周要变天，寒潮就要来临了，时间紧迫，我只得定在20日的下午，趁着寒潮到来前的好天气去石门镇的白马塘村走上一遭，体会一下陶渊明笔下“采菊东篱下，悠然见南山”的人生意境。

驶过洪泾桥，便到了茅民线。最吸引人的是这里的乡村道路一

眼望不到头，路两旁的香樟树旁枝逸出，面对面的两棵树竟“牵起了手”，形成一道道拱门，将整条茅民线围成了一条“绿色隧道”。在“绿色隧道”中行驶，让人有一种“绿野仙踪”的感觉。

先是导航到白马塘村村委会，一看到广场上偌大的花园就让人欢喜，五彩斑斓的花朵点缀着这片土地。农民新村的居舍一幢幢、一排排，错落有致地建在村委会周围。“盆栽绿植花正艳、藤蔓缠绕姿妖娆”，每家每户都有一个小花园，园艺美学在白马塘农家的庭院中自由绽放。

漫步在农民新村的绿道之上，绿色是白马塘村的主色调。紫藤在花架上展现出婀娜的身姿，护岸绿树展现出初冬特有的油亮。蜿蜒的白马塘在初冬的阳光下泛着点点波光；鸟儿们在空中盘旋，声声啼叫清脆悦耳。

村外的美景更是吸引人，大口自然村的那一大片“田野菊海”看得让人眩晕。一路走着，一路闻着，浓烈的菊香涌入心田，蔓延全身，可以让人忘却一切烦恼。田野之中，白色的菊花夹杂着绿叶，形成一片漫无边际的菊海，与远处的树木交相辉映。村人们成群结队来田里采菊花，人与花形成了一道独特的风景线。

田头还有一辆辆黄色的农用车，是收购鲜菊花的。村民们将采下的菊花装在塑料袋中，肩扛背驮地从菊海中央来到车前，过秤称重。

“一袋四十五斤，二百零两块五角。”

“扫扫好特！”

出示微信收款码，“滴”的一声，钱一秒入账，卖了鲜菊花的老伯笑盈盈地又返回田中继续采菊花。工作这样即刻见效，我想老伯很有成就感吧！

成书于秦汉时期的《神农百草经》列菊花为百草上品，名医陶弘景说菊花主治“风眩，能令头发不白”。中医把菊花看作一种神经强壮药和清凉解热药，认为它对防治冠心病、心绞痛、高血压、动脉硬化、血清胆固醇过高等症有一定作用，对胸闷、心悸、气急、头晕、头痛、四肢麻木以及感冒、喉咙疼痛等缓解效果明显。菊花有了药用价值就值钱了，从这个角度来看，白马塘的村民在田里采菊花比陶渊明笔下的“采菊东篱下，悠然见南山”的意境更有幸福感。

田野菊海是白马塘村的“聚宝盆”，也是城里人的“后花园”。周末好天气，城里的人们闻香而来，享受冬日里菊色绚烂的视觉盛宴。不知名的大口一下子成了网红打卡点，一辆辆汽车一直停到了老远。大口自然村田野菊海北面的菊色展示园就像是冬天里的一团“火焰”，燃烧了整个白马塘的田野。

这些观赏菊花正在怒放，真是美翻了。这里的菊花属于小花型的，花瓣虽然不是很大，但是很多，给人一种簇拥团结的感觉。不同的菊花各有特色，有的秀丽淡雅，有的鲜艳夺目，有的昂首挺胸……看！那花儿红的似火，白的似雪，粉的似霞；大的像团团彩球，小的像盏盏精巧的花灯。那一团团、一簇簇的菊花五彩缤纷，千姿百态。谁能够想得到呀，这白马塘的田野竟是菊花的天下。在阳光的照耀下，多么迷人、多么耀眼、多么令人赞叹！

《澄怀录》载：“秋采甘菊花，贮以布囊，作枕用，能清头目，去邪秽。”这样看来，菊花还是空气“卫士”呢！菊花不但好看，还能净化空气，怪不得人在田野菊海里总是身心舒畅。

人多的地方就有商机，乡村小贩们早已闻风而动，就这样自然而然地在路边形成了一个乡村集市。集市上有卖甘蔗的，紫皮的那种，长长的茎秆高过人头。小贩是个高大的中年人，由于长期在外面跑生意，皮肤有点儿黑，但很有精神，力气也大。只见他先用甘蔗刨子背面的刀口在长长的节点上去掉甘蔗芽头，再用刨子的正面从上到下一鼓作气地将高过人头的甘蔗削下紫皮。小贩使唤刨子的力气也是刚刚好，甘蔗皮不厚不薄一片片褪去，一节节洁白的甘蔗就裸露在你的眼前，看看都有食欲。顾客自己撑开塑料袋，小贩又用刨子背面的刀口将甘蔗一段段地斩入袋中。由于近几日天气比较热，甘蔗是最好的水果了，甜而汁水多。你来一支，我来一支，不一会儿，甘蔗皮削得已经堆积成小山了。“微信收款十五元……”小贩手机里的收款语音提示此起彼伏。“爆米花、爆米花，咬着松，嚼着甜，齿间还留着香……”紧挨着甘蔗摊儿的卖膨化食品的小贩特别会吆喝。小朋友们终是膨化食品的追随者，家长是拗不过孩子的，总要买上一袋让孩子吃。人们就在乡村道路上进行着买卖，甘甜的甘蔗、松脆的爆米花就和绽放着热烈的花蕊、散发着香味的花海形成了一个独特的场景。

夕阳将要西下，白马塘田野上的那些菊花如同打上了蜡，散发出有质感的光亮。田野里的人们还在呼朋唤友、拖儿携女地在菊色展示园中拍照留影，录像留声，乐此不疲，久久不肯离去。

看此场景忽又想起峻青的《秋色赋》来：秋天，比春天更富有欣欣向荣的景象；秋天，比春天更富有灿烂绚丽的色彩。

东池村：蚕桑缘

就在临杭大道边，有个村落叫东池村。村口有一块漂亮的宣传栏，上面书写着“桑梓蚕缘研学路”七个大字，让人一目了然地知道了东池村的农业生产特色——蚕桑业。宣传栏的底图为镂空的桑叶，桑叶上的蚕宝宝正在认真地吃桑叶呢。宣传牌后是一群蚕茧状的白色路灯。白色的灯罩在午后强光的照耀下将丝丝蚕茧的纹路都折射出来，煞是好看。如果在晚上亮起了灯，由内而

外的光亮将会更有韵味。

东池村是一个传统的农业村，全村有一千五多亩桑树，村民们世世代代都种桑养蚕，与蚕桑结缘。这里的养蚕种桑史可追溯至新石器时代。桐乡石门镇罗家角遗址在第三文化层曾发现桑树花粉。春秋时，该地区已开始植桑育蚕，有了丝织生产。清乾隆皇帝南巡至石门镇，作诗赞美此地“夹岸桑树数十里，果然桑事此邦多”。这里的桑叶好，养得好蚕，结得好茧。朱彝尊在《鸳鸯湖棹歌》中写道：“五月新丝满市廛，缫车响彻斗门边。沿流直下羔羊堰，双橹迎来贩客船。”仲弘道则在《石门行》中写道：“茧缫石门丝，机纺石门绸。夹岸烟茂柳，商贾群嬉游。”古人的记录有力地说明此地一边是繁荣的市场，一边是强有力的蚕桑生产基地，两相呼应，搞活了蚕桑经济。

进入村里，黝黑的柏油马路蜿蜒伸展，似有一股神秘的力量牵引着我往里走。乡间道路两旁是崭新的农家小院，这里的优美庭院特别多。农家主妇都有巧手，将乡间不起眼的树根、稻草完美地与矮墙、篱笆有机地结合，再点缀上花花草草，一个充满生机的小院就这样让人赏心悦目。安排上秋千，孩子们可以肆意玩耍；摆上石桌石凳，老人们可以在树荫下家长里短。

东浜村 1 号农户家的东面是个池塘，还是个活水池，东南西三个方向的水流都来这个浜底的圆池中逗留玩耍。暖暖的夏风在池上掠过，顷刻间变成了凉风，轻抚池塘四周的花草。池塘周边的香樟树上，夏蝉扯起高调，歌唱着它们对夏天的热爱。鸭子在树荫下静默，像是思考着自己的人生，就连爱恶搞的我甩下小泥巴发出的“扑通”声，它们也是充耳不闻。

沿着东浜往西走，就是西浜了，这里的民房比东浜的要密集，家家户户紧挨着。如果要找人家是方便的，门牌依次为 43、44、45、46……从东到西一家不落。其中 47 号人家很特别，是一个门面的八路头开间，大门紧闭，但镂空的细格子门窗在乡间很是特别，想必是乡间大户人家留下的遗产。

细细打量这座与众不同的民宅，发现是桐乡市文物保护点，这里的木结构建筑很有特色。抬头看雕梁画栋，人物栩栩如生；低头看廊柱石墩，木石粗壮有力。老宅前就是浜底头了，古人讲究风水。47 号的主人家也是选了个好位置，置地建屋。因为水到浜底，可以留住财运。

出了西浜沿着水泥路往回走，路边桑树成林。桑叶正在蓬勃地长，那片片桑叶造就了田野间一派墨绿的桑海正在随风翻滚。

路上行人不多，尽是些上了年岁的老人骑着三轮车一闪而过。他们不怕天热，去桑树地里劳作。俗话说“小蚕育不壮，大蚕没指望”。东池村针对蚕桑从业人员年龄结构老化、桑园面积缩小、蚕桑文化传承面临挑战的情况，在村里建起了小蚕共育室，取名为“养蚕人家”，用科学的方法养好小蚕，等到蚕长大时，再由各家各户的村民领回饲养。这样既节省了养小蚕的劳动力成本，也提高了蚕宝宝的质量，为蚕茧产量的提升奠定了基础。这一创新实现了传统蚕桑产业向现代蚕桑产业的转变，每年的蚕茧产量固定在 150 吨左右，产值 600 万元，为农民增收注入活力。

东池村还将种桑蚕产业与蚕桑文化进行了有机的结合，建立起两千多平方米的蚕桑文化创意中心，将古老的蚕桑文化发扬光大。进入蚕缘文化园，仿佛穿越到了远古时期。展厅之中展示了古代的蚕文化，包括蚕生长的图文视频，生产工具缫丝机、织布机等，还有桑果、桑茶、桑黄、桑根、桑枝等。一件件养蚕农具、一个个洁白的蚕茧、一件件靓丽的丝绸服饰无不透露着蚕桑文化的继承和创新。村里结合蚕桑文创产品打造研学基地。

“白玉龙蚕盘接盘，巧手弯弯上龙蚕。隔脱三日看一看，满棚洁白像雪天。大的茧子像鸭蛋，小的茧子像汤圆。去年采得廿分半，今年采得廿四分……今年蚕花收成好，全靠马鸣王送龙蚕。”这是桐乡蚕歌《马鸣王送龙蚕》。蚕乡流传着这样的风俗，清明前后，养蚕前夕，村上人要请皮影戏艺人唱蚕花戏，预祝蚕花廿四分，迎来丰收与喜气。

今年清明节，东池村承办了石门镇首届蚕桑丝织技艺大赛，将古老的烧茧制丝技艺展现出来，让迷人的非物质文化遗产绽放出耀眼的光彩。

走出东池村，看微风吹过那成片的桑田，那里有丰收，那里有美好的明天。

民丰村：钱王村的栾树红

午后秋日的阳光洒遍大地，掩映在栾树间的钱王古村显得更加宁静。房屋矗立、古桥斜卧、稻田铺地……组成了一幅流光溢彩的乡村画卷。

停下脚步，站在钱王新桥上，聆听着永新河潺潺的流水声，抬头仰望整个秋日的天空，似乎因为栾树枝头那一抹红色而变得更加妩媚绚丽、多彩而美好。

沿着穿村而过的永新河南岸小道进入钱王村，一排古树就在机埠后，油树、樟树、楝树……它们伸展出各式各样的姿态，就如乡村生活的悠闲自得。

“番薯收起后，要翻地撒榨菜籽了！”杨大伯笑呵呵地在地里冲我们打招呼，述说着乡间四季的农作。杨大伯的大嗓门儿就如永新河的水流一样清脆响亮。

老人就是一个宝藏，有关村里的历史就如他对村人的家长里短一样熟悉。

钱王村，以钱王庙得名，钱王就是五代时吴越王钱镠。这个历史事实信息量有点大，说明钱王村来头比较大。据传，五代时吴越王钱镠出生在古称“碧溪”的钱王村。据说钱镠一生下来就笑闹异常，生就一副傻样。五岁时，他还不会唤一声爹妈，直到九岁那年方能说话。

一天，钱镠和几个孩子在村北的一座石桥旁玩耍。河旁的芭蕉树叶将孩子的小脸拨弄得痒痒的。突然，钱镠指着芭蕉树说起

傻话来："嗨！谁能拿芭蕉叶砍下树叶来？""傻头儿，要是我能把它砍下来你又怎么样？"一个剃饭勺头的孩子说。"你要是能把它砍下来，我就拿芭蕉叶片在这石桥上砍出三道口子！"钱镠一边与"饭勺头"打赌，一边顺手摘了一张叶片。那几个孩子都知道钱镠是个要面子的傻瓜，便都采了一张叶片，拿在手中挑逗起来："傻头儿，你真能？可别光吹牛没有真本事，你就先亮亮功夫吧！塌了台可不是玩的！""是啊！傻头儿，要是你真能的话，我非把全村的树枝都砍下来不可！"钱镠听了伙伴的话，十根手指痒痒的，几个箭步冲上桥，举起两尺来长的芭蕉叶，找准一丈二尺长、三尺宽、一尺多厚的巨石狠劲地连砍三下。顿时，火星四溅，碎石横飞，石桥动摇，吓得那几个孩子目瞪口呆。等他们定下神来，只见桥面上果然留下了三条两寸深的"刀"痕。后人为了纪念这件奇事，便将这座桥的名字改为"三刀桥"。

"物是人非，古桥依在"，虽然桥面石板上的三道刀痕依稀可辨，但有关钱王村的来历，已经在历史的烟云中散去。杨大伯带着石门口音的爽朗笑声，穿过密密麻麻的树叶，撒在了纯净的天空之中。一阵微风吹过，栾树在暖暖的秋阳下摇曳舞动，不同色块相互碰撞，宛如秋日里的一幅油画，分外俏丽惹眼，令人赏心悦目。

三刀桥边就是钱王庙，彩钢棚搭建，还有一只香炉，在初一、十五开放，其余时间锁门。我来时正属于“其余”时间，所以无法见到钱王的模样。村人说，这是以前的庙基，钱王庙拆除大概已有半个多世纪了，但这一带的善男信女上庙还是来这里，哪怕进不了庙，就在小庙的广场上坐坐，也是一种精神的寄托。

蜿蜒曲折的小河在广袤开阔的钱王村缓缓流淌，连绵的小微湿地群如一条秀丽的玉带，与沿岸百姓相偎相依，诉说着与水为邻的悠闲与静谧。钱王村由钱王、杨介里、西村里三个小村组成，农家有一百多户，在民丰村属于大村坊。人多，田地也多；田地多，河港也多。村里有“三十六只漾，七十二只浜”之说。站在沈家桥与赵家桥相连接的地方，左顾右盼就能发现乡村水系的发达。那水系前后左右自由延伸，像极了树木生长的枝丫，那一户户的农家就是树枝上盛开的花。

“赵家厅”“杨家厅”等古建筑特别有气势，在乡村的平房群里属于鹤立鸡群的存在。大开间，木楼房，带天井，呈回字形，青砖黛瓦……推开吱呀有声的木门，那醇厚的回响穿透房梁，直上云霄。夹弄里的风很会叫唤，像唱着田园牧歌的孩童从墙角飞奔而过，带落时间的尘埃。

大户人家讲究住大屋，还讲究出行通道。河埠头的条石长而厚，排得整整齐齐；埠头的两侧有孝顺竹墩，竹子密而青。蓝天白云，翠竹碧水，行舟而来，绝对是心旷神怡。冷不丁地看见鱼儿在碧波间翻滚、跳跃，白鹭、水鸭不时从水面掠过，动态之美是乡村美的核心所在。

“何事吟余忽惆怅，村桥原树似吾乡”，从河埠头的条石上站起回望，斑驳的外墙上竟出现了我们心目中的乡村水墨画卷。沿着永新河往西走，穿过田埂，像儿时那样伸手抚摸那些野草，让手掌感受野草那毛茸茸、软绵绵的身段，唤起心底深处的乡愁。

现在的乡村，人们不再为“开门七件事”而烦忧了，更为注重的是生活的情趣。乡村也建起了别墅，房前屋后是花草，沿河绿道是绿树，尤其是栾树护河、护村之景，特别引人瞩目。

葱茏的绿叶之间，栾树多彩的硕果挂满枝头。红的、黄的、橙的……似团团火焰，又如点点星辰，是果，却似花。

永新河畔的钱王村真的很漂亮！

陆家庄村：稻香四溢

美丽乡村，不仅要看乡下人家的漂亮别墅，更要体验乡村的自然宁静。

双足踩在乡间小路的枯叶上发出咔嚓咔嚓的声音，似天籁。在这里，什么都可以想，什么都可以不想……

每一个村庄都有美丽的传说，陆家庄村村委会的驻地陈家庙也不例外。庙内石碑记载，陈家庙建于宋开庆年间，庙前的古银

杏树树干可合抱，足见此地历史的悠久。时间推移，社会发展，如今庙宇不见，别墅却成群。

历史要继承，古桥是见证。万福桥就在桑树地的尽头转角处，斑驳的树影斜映在灰白色的桥身上。站立在桥上，桥侧两岸的枯草、杂树点缀着这座建于民国时期的小石桥。三孔石平桥，普通到司空见惯。往日负担村民来往重任的石桥，到如今已经失去交通功能，隐匿在了乡野之中。唯有垂钓爱好者在桥堍“安营扎寨”，沉浸在钓鱼的乐趣之中，时不时与古桥进行一场默不作声的交流。

偶有一艘小船经过，是收集河面垃圾的清理河道工作船。清洁工是个老大伯，慢悠悠地在河道上撑着橘红色塑料船在碧绿的河道上徜徉，有一搭没一搭地捞着河道中枯萎的水草，平静的水面留下一道浅浅的水波。

因为是半岛地形，杂草丛生，人迹罕至，我们只得从原路退回。

走在开阔的柏油马路之上，那一辆辆的三轮车在老人的踩踏之下悠悠而过。三轮车上的农具由于车辆的颠簸而发出碰撞之声，那声音显得格外清脆，给秋收时节增添欢乐的响声。骑车的都是上了岁数的人，他们就是喜欢这三轮车，经济实惠，还能在车兜里装上很多的农产品：萝卜、青菜和芋头……他们整天忙碌着地里的活儿，往返在乡间小道，因为这是他们的希望所在。

田间的稻禾已经呈金黄色，连田埂上的野草也被同化成一种颜色。只见千百条水渠像彩带似的把无边无际的田野划成棋盘似的整齐方块。那沉甸甸的稻谷像一垄垄金黄色的珍珠。地头还有吐絮的棉花，像一颗颗雪白的珍珠，等待人们的采摘。一根根横跨蓝天的高压线，伸向远方，连接着一座座电灌站，像琴弦般日夜弹奏着丰收的乐章。

地里的番薯已经长大到拱出地面，露出红色的笑脸。大婶先将布满垄上的番薯藤割断，像卷席子一样，把番薯藤卷在地边。不一会儿工夫，地边堆起了一座小山。大伯赶紧拿起铁耙，顺着隆起的地，横着翻下一耙，用力一拉，随着那泥土的翻身，藏在地里大大小小的番薯，一并跳出来呼吸起乡间的新鲜空气。已经处理完藤蔓的大婶不紧不慢地将形态各异、大小不一的番薯捡起，扳掉番薯身上的泥巴，一股脑儿地装进蛇皮袋；装满了一袋就扎个口，立在地头……

老两口儿没有过多的言语，默契地配合着。当夕阳西下，满载番薯的三轮车和两位老人长长的背影映在乌黑的柏油路上，融进了民春线两边的花海之中。

什么是浪漫的爱情，这就是最好的诠释：一辆三轮车，两个老人影，三餐农产品，四季永相随。

“穿梭于田野之中，寻找儿时的乡愁。”这是到陆家庄村采风的初衷。在大庄桥上向西眺望那一望无际的稻田，有的是乡间的空灵和暖色，就连油车桥港临水堤坝上的野花也尽情展示出秋天的热烈。

远处的收割机在田间轰隆隆地响着，似乎在高歌收获的喜悦。在农村长大的我们对稻田里的一切都感到亲切，哪怕是去了稻穗的稻草也有暖心的温柔。因为这里的稻草会由农业科技公司统一收集，以稻草为原料生产双孢蘑菇培养料。这一技术既可以使培养料性状更稳定，提高培养料利用率，大幅降低生产成本，又能缩短栽培周期，提升双孢菇品质，实现双孢菇立体集约化栽培、周年化生产。看似无用的稻草却发挥了不小的作用，这就是美丽乡村发展的潜力所在。

在稻田里行走，一路闻着稻谷散发出的清香，我们走起路来浑身都是劲。常言道：“手里有粮，心里不慌。”在过去缺粮的年代，秋收往往代表着农人的生计，凝结着一年的辛勤付出，意义非凡。对年少的我们来说，能和父母亲一起去田野收稻，晚上回家吃上新米饭，配上小青菜，是最兴奋不过的事情。那种简单而又满足的场景至今仍令人记忆犹新。

岁月不居，时节如流。从曾经的储粮备荒到今天的丰衣足食，各色粮食蔬菜水果四季供应，粮食丰收成为我们内心深处对故乡的记忆符号。“喜看稻菽千重浪，遍地英雄下夕烟。”在陆家庄收获的季节里，田野犹如大地粮仓，收纳着汗水，收纳着喜悦，也收纳着希望。

美丽幸福的陆家庄在哪里？在乡间的小道上，在摇曳的野花上，在新居的别墅上，在金色的稻田上……

崇安村：春暖展新颜

来到崇安村，是因为参加桐乡市妇联优美庭院建设验收。从临杭大道穿过东叶线就到了崇安村。村名来自旧时崇福庵名，后渐作“崇安”。

崇安村村委会驻地是匠人桥。以前村中从事手工艺的人众多，为了出门方便，就在河道之上集资建桥，故名匠人桥。走过村委会，去看看这座承载众多匠人期冀的桥，到了实地就入了迷。这座桥建于明代，是三孔石平桥，南北走向。令人惊奇的是，同一河道上还有着不同年代并排而建的三座匠人桥，堪称奇观。

细细观看发现，老桥在东面的树林深处，龙门石已挖掉。桥头还保留着一块虎头石碑。古桥排柱上刻有铭文，明朝万历十三年（1585）七月修，民国三十二年（1943）当地村民曾募捐进行了修缮，基本保持了原来的风貌。看了古迹，在感叹古代匠人的高超技艺之外，更加感叹如今的变化。

不管行走在崇安村的小村庄，还是行走在村里的文化广场……都仿佛置身于灯的海洋、光的世界。随处可见的过年彩灯点缀着一条条乡间道路，也装扮着古色古香的村庄。

龙福新年也在崇安的角角落落亮灯，花灯高悬，色彩斑斓。乡村一盏盏高高挂起的明灯与城市万家灯火交相辉映。

过年灯笼高挂的背后是农村人红红火火的生活。舞龙表演、送福吉祥、花灯制作等轮番在村里的大礼堂中上场，让冬日里的

崇安村“沸腾”起来。

崇安村有众多的优美家庭，他们与众不同地布置着自家的幸福家园，用独特的审美装扮普通人家，引得路过的游客前来打卡留念。走进优美庭院中打卡的游客不仅能享受家园美景，还能提升自己有关年俗的文化修养。

崇安村的制高点就是那座高耸的水塔了，虽然水塔已不再使用，但作为历史的见证依旧保留着。水塔如同历史的老人注视着崇安村的发展，保护着村民的安康。

“邻居好赛金宝”“远亲不如近邻，近邻不如对门”“交人交心，浇花浇根”……一句句谚语就书写在汤家埭村民家的墙上、门上……还有其他二十个自然村也是如此。崇安村村民就是这样学、这样做的。韵美崇安村显示出她独有的魅力。

崇安港将崇安村一分为二，崇福庵就在河北岸。崇福庵在初一、十五开门，接纳善男信女膜拜。平时崇福庵不开放，就成为附近村民聚集的地方。庵前的三轮车密密麻麻，老人们在此喝茶、打牌、聊天。

崇福庵临河而建，河水不深，但很干净，因为有河道清理工人每天来回地清理。河边深蓝色的步道与天空中的浅蓝色很搭，再加上一个跑步的你，通过河水倒影，可以拍出一部运动大片来。

水是崇安村人生活的重心，保护好水源就是保护好村民的健康，有了好的水源就有好的农业生产。

将车停在共享菜园前的空地上，迈进划分得整整齐齐的菜地，感受农村菜地的丰富多彩。村里土地流转之后，留下一块公共菜地让村民们耕种，既满足了老年人种菜的情结，也解决了年轻人回乡吃菜的难题，一举多得，是个好办法。

穿过共享菜园，走进田园深处，踏上一条碎石路，接着又是一条土路。走着走着，其实已没有了路，但我越走越兴奋，因为脚底触到了柔软而温暖的土地，那是一片充满希望的田野。

泛青的麦苗正在努力地蹿高，盖过那已经枯黄的稻禾。我自由自在地行走在崇安村的土地之上，甚至有些“自鸣得意”。

我以这样一种行走的方式寻到乡村的原汁原味，我渴望与乡村对话，渴望找到乡村所承载的更多的东西——那些创造了韵美崇安的灵巧的手和美的心灵。

二大埭村：农家的审美观

数字，源于远古时期的结绳记事，是人类在生产和生活实践中逐渐创造的一种文字。

可能是因为数字容易被记忆，所以在地名中较为常见。桐乡乡间流传着很多的数字地名，如一渡里、二大埭、三家村、四撸浜、五行经、六带村、七介木桥、八泉村、九曲里、十介村……数字地名都是好记又有趣，二大埭村也不例外。

古时江南常受洪涝灾害，为治理水患，修建大规模的陡门难度很大，无论人力物力都难以统筹安排，所以有些地方只能简单地修“埭”（音 dài，指堵水的土坝，类似小陡门）以蓄水。当时二大埭村这个地区的人就在河道上修埭。他们就以埭加编号为地名。二大埭以前有两个渡口，即南渡口和北渡口，旧名二渡埭，现名二大埭。我带着好奇进入二大埭村村委会的驻地，别看办公地点比较小，但村里制鞋业比较发达。

村委会驻地叫财丁木桥，旧时村中有一座木桥，桥名取财、丁两旺之意，图个好口彩，也是好愿望。二大埭村原本就是个传统的农业村，种田养蚕是主业。但二大埭村村民绝不仅限于农业，他们有自己的想法，紧跟政府政策及市场脚步发展鞋业，全村共有鞋业企业三十余家，其中尤以欣辉鞋材、裕泰鞋材规模较大，主要生产鞋底、鞋跟和 PU 成型底、TRR 成型底、橡胶成型底、橡胶大片等。本村的制鞋技术始终保持国内先进水平，款式新颖，受到各地客商青睐。

有了农业的基础作保证，又有工业的发展作支撑，二大埭村村民现在的生活水平早已超过了前人的期盼。老的财丁木桥已不复存在，但村民的美好愿望已经实现。

看，那一幢幢农家别墅在村头、路边、河边建起。富裕起来的农家注重生活的美感，门前种大柳树，屋后植上小竹林；早看柳枝随风摆舞，夜听风吹竹声入眠，真可谓“柳竹绕墙，幸福满村”。

随着土地流转，闲下来的老人都会往村里的老年活动中心赶，参加老友们的茶聚。上至天文地理，下至家长里短，都是他们的谈资，一张张笑脸堆满了皱纹，那皱纹里有对生活的满足。“到田间地头去割上一筐草也是好的，那是活动活动筋骨，也属于锻炼身体。”闲不住的老太太笑盈盈地骑上三轮车，远去在田埂之上。

建于二十世纪五十年代的“文化大礼堂”依旧高耸着，俯瞰着整个二大埭村，将全村十个自然村守护在自己的怀里。虽有岁月的瘢痕，但它依旧容光焕发。它是过去那个时代社会潮流的记录者，也是时代变迁的见证者。

站在二大埭村村委会旁的公交车站上，聆听乡村公路上的汽车声、鞋厂的机器声，还有树上的鸟鸣声，这就是乡村发展的声音，既有农业，又有工业；既有生产，又有生活……

在李家石桥的小村庄，最为吸引人的是那个河边的竹林。春天刚到，嫩笋迫不及待地探出脑袋，你挨着我，我挨着你，争先恐后地来看这个被春雨滋润的大地。

放假在家的孩童们就在竹林中玩耍，如同年少时的我们。暖暖的微风掠过，竹叶窸窸窣窣，像在窃窃私语。阵阵凉风拂面而来，缓解了对春热的不习惯。“我长大想当科学家！”“我想当明星！”“我想当老师！”……春天都是一片的欣欣然，也有少年的梦想在林间此起彼伏地歌唱，像动听的乐曲，悠扬婉转、悦耳动听。

我的到来，打断了他们对未来的遐想。“这里是李家石桥吗？”为了避免尴尬，我假装问路，得到肯定的回答后就匆匆地离开了。“未出土时先有节，便凌云去也无心”，少年们用梦想激励着自己，竹林中又响起了一片悦耳的笑声。

重回到村委会旁的公交车站台上，有一群老太太要结伴乘204路公交车去桐乡逛街，看她们背着挎包，笑盈盈地向北张望，这一定是一出生活喜剧！

昔日的二大埭村如今已变成了一个人流如织的富裕村。这里交通便捷，柳树竹林前的乡村公路通向城市，通向天边，通向乡亲们的梦想。

叶新村：烟火味正浓

在石门镇子恺路西端有这么一个行政村，路东是城镇，路西是乡村，一路之隔泾渭分明。沿村而流的悠悠碧水，潺潺流过新村。这个被绿水眷顾着的新村有着十分悠久的历史，流着令人陶醉的河水……它，就是叶新村。叶新村，由叶家浜村和立新村在2000年合并而成，就在石门镇之西，下辖25个自然村。

初到叶新是正午时分，虽正值隆冬，气温却高达25摄氏度。一下车，我们就进入村委会办事大厅，找文化专管员咨询有关叶新村的概况。虽然文化专管员出门办事了，但另一位热心的村干部还是介绍了一些村里有关的情况。小伙子很实在，怕讲不清楚，把我引荐给了他们的领导诸建强书记。

憨厚实在的诸书记讲起叶新村如数家珍，从村里的基本概况到生产特色都说了一遍。看得出诸书记是个热心肠，因为叶新村的数据都装在他的脑子里。喝了一杯热茶后，我就出门去实地参观叶新村的美景了。

“看一看整齐划一的农家小院，听一听河道里的流水声，心情舒畅！”沿着叶新村河道，踏在平整的健身步道上，走路都带劲儿。置身叶新村的美景中，有种“久在樊笼里，复得返自然”的感觉。

“身体健康是最大的福。”诸书记理念好，干得也好。叶新村利用紧靠城镇的区位优势，在发展经济的同时，非常重视村民身体素质的提升。村委会在安排新村聚集点的时候就谋划出体育公

园的场地，让上班回来的年轻人跑跑步，让在家的老年人健健身，让放学回家的孩子打打球……有了公园式的体育场地，大家都愿意出门走走、聊聊。这样既保持了乡亲邻里之间的热情，也消除了城市大楼里对面邻居都不相识的冷漠。有个体育公园一举多得，真好！

全村七百八十户家庭，有四百多户入住了新村聚集点，这说明新村的吸引力越来越大了。新村中的农家小院干净整洁，房前屋后的绿植花卉点缀着农家的幸福生活，那些大红灯笼、吉祥对联更是惹人怜爱。

新村之外的宅基地复垦，使得叶新村土地不断增多，并且还连成一大片一大片。这样一来，全村的水稻、蚕桑、蔬菜、瓜果、鱼塘等多样化的生产都可以得到科学规划。一格格的农业生产布局看着就让人舒服，更喜人的是农家收入如芝麻开花一样节节高。

刚巧是春节，过年的人们都喜欢吃上一口软糯的年糕。“你知道吗，叶新村的年糕年产量在三千吨以上。”诸书记讲起这个特色，喜上眉梢。这一天我也长知识了，很多人喜欢的“光头年糕”“老虎年糕”等知名品牌都出自叶新村，还有最近几年最为时尚的葡萄新品种“妮娜皇后”也是出自叶新村。

走在新村的西侧，我沉迷于自然村落，流连忘返于一棵又一棵的古树之间。“会里埭”“牛桥头”“午家浜”……每个自然村的村口都立有一块石头，石头上标注村名，增加了岁月的芳香。

到不到新村聚集，完全遵循村民的意愿。留下来的村落，村里也给予了最大限度的保护，哪怕是一棵老树、一座古桥都是爱护有加。“我们加大了对古村落的保护力度，让更多人知道叶新村的历史，了解叶新村的文化底蕴。”诸书记坚定地说。相传村中有六座塔，前六塔、中六塔、后六塔这前中后三个自然村围绕六座塔而成，有趣味；村上的古柳树、古香樟依然枝繁叶茂，散发出勃勃生机，有看头！

风吹过叶新村的新建筑，拂过叶新村的古村落，空气中飘出阵阵草香。

天气暖，加之正值晌午时分，在村庄之间徒步，在古树之下穿梭，真是惬意。走累了，可以在河道边小憩，看那水雾扑面，凉气逼人，麻鸭在清澈的水面上溅起朵朵银花。到了饭点儿，村民们忙活起来，噼里啪啦的炒菜声不绝于耳。不一会儿，一家人围坐一桌，有说有笑。

叶新村，就在这一家又一家的谈笑声中，升腾出更多烟火气……

后 记

作家冯骥才说：“我国的很多传统村落，就像一本厚厚的古书，只是来不及翻阅，就已经消亡了。”而桐乡的乡村却有着我们想要的美丽和未来。

翻开《桐乡县志》，大墙门、纪目墩、庙白、分水墩、胭脂汇、五桂芳弄、麻姑墩、金山漾、营盘头……一个个古地名像是有着魔力的指挥棒，引导着我去实地走访。史料中的一个个地名因为我的到来变得生动起来，吴越征战的古道上车水马龙，戎马倥偬，仿佛就在眼前……

走在石板路上，沿线散布着各个时期的文物古迹，古寺庙、古窑址、古阁楼、古石桥等一应俱全，它们串联成一幅绝美的乡村画卷。乡村是历史的见证、文化的载体，值得被原汁原味地珍藏起来。也只有走近乡村、走进乡村，才能发现乡村“沧海桑田”的巨变。

乡村因时而进。桃园村的槜李、董家村的茭白、利顺村的腌菜、殷家漾的蜜梨……无不证明产业振兴是乡村振兴的关键。有了产业振兴，村级经济得以壮大，才能为村民做更多的事情。每到一个村，都能从道路的硬化、广场的绿化、水质的净化、晚上的亮化、墙面的文化中感知农村是如何从粗放发展中不断反思和转型，并走上一条兼顾“绿水青山”和“金山银山”的道路的。

乡村因事而化。在行走中，我体会到了“绿水青山”和“金山银山”的内在关系，更能从居家养老中心、文化大礼堂、特色文化馆、体育健身场馆等场所体会到政府的“发展为了人民、依靠人民，发展成果由人民共享”的指导方针。每到一处，我就边看村容村貌，边采访年长的村民、文化专管员等，在访谈中了解每个村的历史、特色经济、文化底蕴、风俗习惯、故事传说……在记录中发现乡村发展中的文化之根、乡愁之魂。

乡村因势而新。我在行走中发现，村民们创新发展思维，因地制宜地办起民宿，搞生态旅游，发展桑蚕产业，并依靠优势品种、科技致富，脱贫后还将技术推广到外地“先富带后富”。村民口袋鼓了的同时，头脑也更加充实，伯鸿书房、文化礼堂、乡村舞台、文化中心全覆盖，村民们的文体活动更加多彩；村头健身角、乡村健身绿道等体育运动设施逐渐完善，全民健身蔚然成风……乡村文化品类丰富多样，村民们平凡的日子里也有了“诗与远方”。

走在乡间的小路上，树木郁郁葱葱，花丛姹紫嫣红，农民公园小巧玲珑；农家庭院错落有致，垃圾分类井然有序，河道小港水清鱼靓……

说不尽乡村的美景，道不完乡村的发展，桐乡的乡村有着无尽的未来！

费国平

2024年2月29日